천애협로

KB078370

천애협로 5

촌부 新무협 판타지 소설

초판 1쇄 찍은 날 § 2019년 4월 29일
초판 1쇄 펴낸 날 § 2019년 5월 6일

지은이 § 촌부
펴낸이 § 서경석

편집책임 § 김경민
디자인 § 이혜정

펴낸곳 § 도서출판 청어람
등록번호 § 제1081-1-89호
등록일자 § 1999. 5. 31
어람번호 § 제2-2786호

주소 § 경기도 부천시 부일로 483번길 40 서경B/D 3F (우) 14640
전화 § 032-656-4452 팩스 § 032-656-4453
http://www.chungeoram.com
E-mail § chungeorambook@daum.net

ⓒ 촌부, 2011

ISBN 979-11-04-91987-9 04810
ISBN 978-89-251-2651-7 (세트)

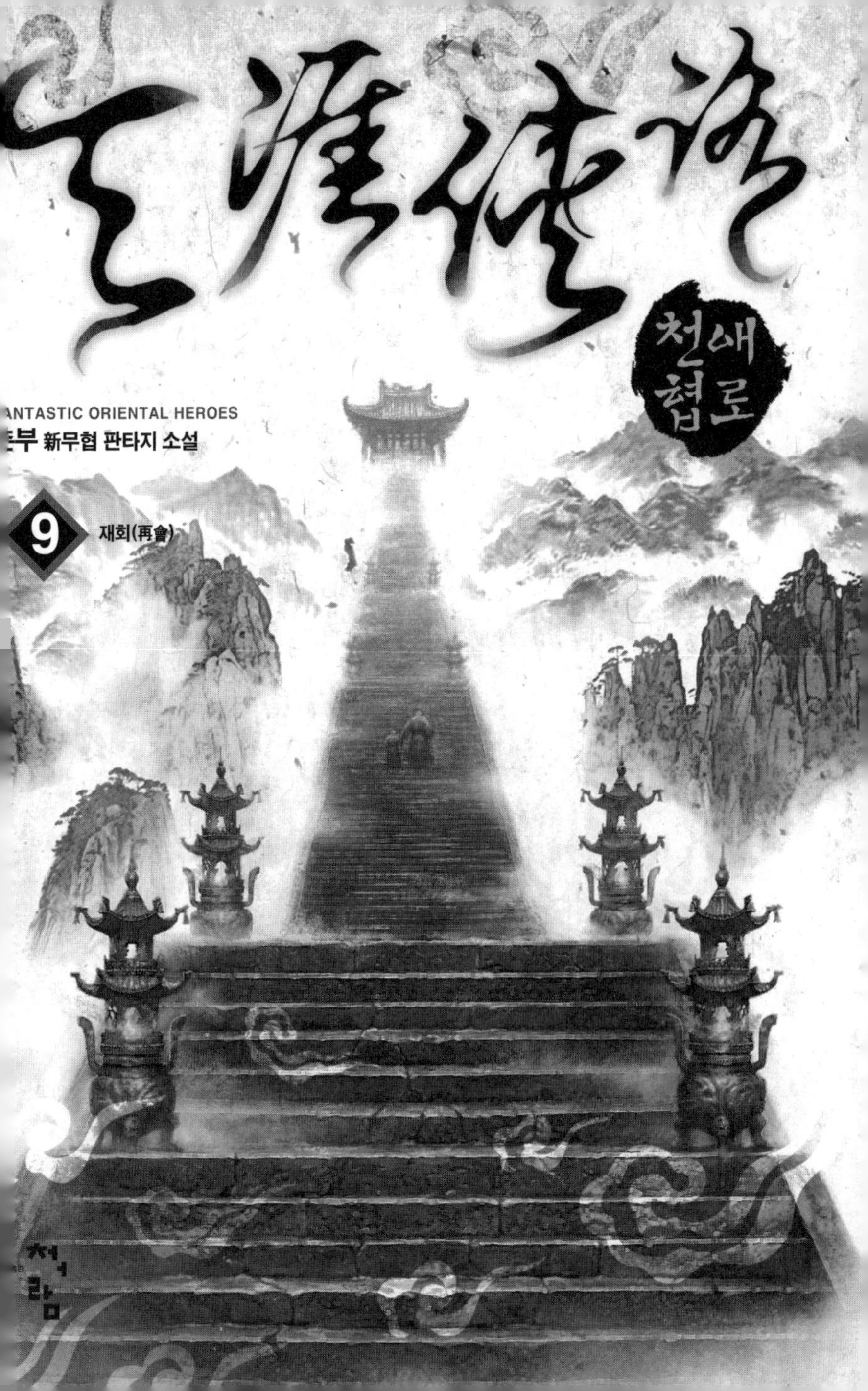
천애협로
ANTASTIC ORIENTAL HEROES
부 新무협 판타지 소설
9
재회(再會)
청어람

目次

제1장 함정   7

제2장 금협출행(金俠出行)   45

제3장 돌파(突破)   81

제4장 혈수(血讐)   105

제5장 재회(再會)   131

제6장 회한(悔恨)   167

제7장 탈출   203

제8장 형제(兄弟)   239

제9장 불충(不忠)   265

제10장 묘수(妙手)   293

第一章
함정

1

천장에서 물이 한 방울 떨어져 내렸다. 동굴이 워낙에 고요
하였으므로 물방울 떨어지는 소리가 천둥처럼 들려왔다.

소량은 수검한 채로 좌측을 흘끔 바라보았다. 다 타버린 횃
불 몇 개가 바닥에 널브러진 것이 보였다. 송진을 먹인 옷자락
을 나뭇가지에 대충 감아 만든 모습이 조잡하기만 하다.

'흑수촌의 백성들이 사용했던 것이로구나⋯⋯.'

슬프게도 횃불의 숫자조차 얼마 되지 않았다.

몇 안 되는 횃불에 옹기종기 모인 백성들과, 동료들을 잃은
슬픔을 감춘 채 그들을 이끌어야 했던 현무당원들의 모습이

눈에 보이는 듯했다.

한쪽 무릎을 꿇고 나뭇가지를 만지작거리던 소량이 천천히 자리에서 일어났다.

"……."

많은 것이 변했지만, 할머니를 찾기 위해 청해로 가야 한다는 사실은 변하지 않았다.

하지만 청해까지 가는 길만은 자신이 직접 정할 생각이었다. 소량은 자신이 떠나왔던 첩혈행로(疊血行路)를, 동료들을 두고 떠나왔던 그 길을 거꾸로 거슬러 가고자 했다.

지금 소량은 단애곡으로 이어지는 동굴에 서 있었다.

'반선 어르신께서는 소란스레 오라 하셨지.'

검천존은 청해에서 혈마와 마존을 상대하게 될 것이라 예상했고, 소량에게 '경지에 올랐으니 오라'는 전언을 남겼다. 그는 '기왕이면 소란스레 오라'는 전언 역시 남겼는데, 이는 곧 '가능한 한 혈마곡의 마인들을 제압하며 오라'는 뜻이나 다름없었다.

말하자면 이것은 진무십사협의 복수인 동시에, 혈마곡에 대한 역습인 셈이었다.

휘이잉—

가느다란 바람이 소량의 옷깃을 스치고 지나갔다.

바람이 분다는 말은 동굴이 아직 무너지지 않았다는 뜻, 그렇다면 거리낄 것이 없다.

소량이 동굴 안으로 성큼성큼 걸음을 옮겼다. 울퉁불퉁 튀어나온 암석과 칼날보다 날카롭게 찢어진 바위가 길을 가로막았지만, 소량의 보보에는 거침이 없었다.

소량은 동굴의 끝에 도착해서야 걸음을 멈추었다. 공기는 지금도 흐르고 있지만, 동굴은 이미 무너진 듯 암석으로 막혀 있었던 것이다.

'아니, 막힌 게 아니야.'

동굴 안에 진법이 펼쳐져 있음을 이미 알고 있던 소량이었다.

암석에 손을 올린 소량이 가볍게 태허일기공을 일으켰다.

우우웅―!

소량의 호흡이 가느다랗게 변해가는 것과 동시에 암석이 일그러지기 시작했다. 천지간의 기운이 태허일기공에 호응하여 진법의 일그러진 기운을 원래대로 돌려놓았던 것이다.

"허! 천산노옹아, 천산노옹아! 칠십 년 공부가 헛되구나!"

동굴의 어딘가에 숨어 진법을 살피던 노인이 허탈한 듯 외쳤다.

노인은 천애검협에게 진법의 허상이 통하지 않는다는 것을 확신했다.

동굴 안쪽으로 도망치듯 달음박질친 것은 바로 그 확신 덕택이었다. 만약 진법이 통하는 줄 착각하고 외부에 머물러 있

었더라면 애써 준비한 기관을 펼쳐보지도 못하고 목숨을 잃었
으리라.

노인이 재차 한탄을 토해냈다.

"아무리 기관 없이 진법만 펼쳤다지만, 설마하니 천애검협의
일보조차 막지 못할 줄은 몰랐다! 혈마곡이 너무 큰 대적자를
만났구나, 너무 큰 대적자를 만났어!"

강호 무인들이 노인의 별호를 들었더라면 놀람을 감추지 못
했을 터였다.

천산노옹(天山老翁) 등주광(鄧朱珖)!

등주광은 옛 서역도호부(西域都扩府: 훗날의 신강) 출신으로, 한
족이 아니라 유오이족(維吾爾族: 위구르족) 사람이었다. 어린 시절을
중원에 들어와 보낸 까닭에 그는 회회교(回回敎)에서 자유로울 수
있었는데, 훗날에는 회회교 대신 일월신교를 섬기게 되었다.

일월신교가 사교로 지정되었을 때, 등주광은 조정의 손에
노부모와 형제들, 처자식을 잃게 되었다. 말 그대로 조정의 손
에 삼대(三代)가 멸족당한 등주광은 그 분노를 참지 못했다.

비록 그 무공은 미약했지만, 등주광의 복수는 그야말로 두
려운 것이었다. 당대 제갈세가의 가주조차도 희대의 진법가인
등주광이 펼친 기관진식을 쉽게 파훼하진 못했던 것이다.

등주광은 진법만으로 수도 없이 많은 무림인들의 목숨을 앗
아갔다.

훗날 패색이 짙어지자 그는 혈마곡의 본궁(本宮)에 동귀어진에 가까운 기관진식을 펼쳐두었는데, 그것이 바로 그 유명한 만겁대진(萬劫大陣)이었다.

지금 동굴에 펼쳐진 것 역시 그것이라 할 수 있었다.

천산노옹이 씁쓸한 어조로 중얼거렸다.

"내가 과거에 펼쳤던 만겁대진은 진무신모의 손에 의해 파훼되었지. 내심 기대하는 바가 있었는데… 지금도 마찬가지로군. 자네는 정말로 신인의 경지에 오른 거야."

사실 지금 동굴을 지나는 이가 소량이었기에 망정이지, 만약 다른 이가 이 동굴에 들어왔더라면 몇 걸음 걷기도 전에 스스로 목숨을 끊고 말았을 터였다. 기실 동굴에 펼쳐진 진법의 초입은 환상을 다루는 것으로, 인간의 정신을 파괴하는 진법이었던 것이다.

"하지만 나의 기관진식도 과거와 똑같지만은 않다네. 제자와 함께 손을 좀 봤거든. 내 제자는 나 따위는 비교도 되지 않는 천재! 나는 이것으로 천존을 제압할 수 있다고 믿네."

그것을 끝으로 천산노옹의 목소리가 사라졌다.

그 순간, 소량 주위의 모든 것이 변화하기 시작했다. 진법이 만든 인위적인 기운이 사라지고 천지자연의 기운이 움직이는 것이다.

그와 동시에 주변의 풍경이 빠르게 바뀌었다.

소량이 미간을 찌푸리며 동굴을 올려다보았다.

'공동(空洞)?'

원래 좁디좁은 길에 서 있었던 소량은 이제 제법 커다란 공동을 마주하고 있었다.

공동의 중앙에는 당장 목을 축여도 될 만한 맑은 호수가 자리해 있었는데, 그 옆으로 이끼가 자라 있었다. 녹색 벌레들이 그것을 갉아먹고 있는 것이 일견하기엔 평화롭게 보였다.

소량의 눈빛이 놀람으로 물들어갔다.

'금생수(金生水), 수생목(水生木)? 허도(虛道)가 아니라 진도(眞道)… 진법 안에 이치에 맞지 않는 것이 없다.'

원래 진법은 천지간의 기운을 비틀어 사람을 미혹케 하는 것으로, 엄밀히 따지면 기환(奇幻)에 가깝나. 그렇게 하기가 어려워 그렇지, 청심을 유지한다면 능히 미혹에서 벗어날 수 있고, 기감을 읽을 줄 안다면 능히 생로를 찾을 수 있다.

그러나 지금의 진법은 달랐다. 역리(逆理)가 아니라 순리(順理), 응당 그러한 이치를 좇으니 더 이상 미혹이 아니다. 진법으로서 진도에 올랐다면 바로 이런 경지를 말하리라.

또한, 공동에는 진법만 펼쳐져 있는 것이 아니었다.

'금기(金氣)… 호흡?'

소량이 재빨리 호흡을 멈추었다. 공기 중에 지극히 미세한 모래와 같은 것이 숨어 있는데, 그것이 금기를 품고 있다는 것을 깨달았던 것이다.

소량은 몰랐지만, 그것은 자철사검(磁鐵沙劍)이라는 이름으로 불리는 귀물이었다.

자철사검은 누군가 만든 것이 아니라 원래부터 존재하던 것으로 그 성질이 가벼워 공기 중에 떠도는데, 인간이나 동물이 그것을 흡입하면 성질이 무겁게 변하여 하나로 합쳐진다.

금기를 품은 것, 즉, 철로 된 모래가 신체 내부에서 합쳐지면 어떻게 되겠는가? 폐는 물론이고 오장육부와 혈맥에 미세한 구멍이 생기고, 마침내는 걸레처럼 너덜너덜해진다.

고작 모래 주제에 검(劍)이라 불리는 까닭이 바로 그것이었다.

그러나 천존의 경지 역시 만만히 볼 것이 아니었다.

"후우우—"

소량이 길게 숨을 내쉬자, 이미 흡입하였던 미량의 자철사검이 다시금 밖으로 배출되었다.

그 상태에서 오른손을 가볍게 흔드니 자철사검을 머금은 공기가 사방으로 밀려난다.

양팔을 옆으로 펼친 소량이 부드럽게 주먹을 쥐었다.

푸스스스—

도대체 어째서일까! 동굴 좌우의 벽이 금이 가더니, 부식되듯 변해가기 시작했다. 생물이 흡입해야만 그 성질이 무거워지는 자철사검이 까닭도 없이 저 스스로 뭉친 까닭이었다.

수많은 세월이 찰나의 순간에 지나가듯 동굴의 벽면이 바뀌었다.

"……."

손을 거둔 소량은 그 결과조차 보지 않고 앞으로 뚜벅뚜벅 걸음을 옮겼다.

작은 호수에 당도한 소량은 대수롭지 않게 그 안에 발을 내디뎠다.

그 순간, 장내에 습기가 짙게 일어나기 시작했다. 공기가 축축해지다 못해 이제는 물안개까지 일어난다. 금생수(金生水)라, 알고 보면 이 역시 오행을 따른 것이었다.

출렁―

소량이 호수에 담갔던 발을 빼내고는 발치를 흘끔 내려다보았다.

'중수(重水)라 해야 하는가? 이와 같은 물은 처음이다.'

소량의 생각대로, 그 물은 중수라 불린다.

중수는 그 성질이 보통의 물보다 무거워 한 번 빠져들면 다시 떠오르지 못하는 기이한 물로, 그 안에는 생물이 살지 못한다. 자연히 빠져들어 죽은 것 역시 썩지 않는다.

물 위로는 자철사검이요, 물 아래는 중수이니 말 그대로 죽음의 함정이라 할 수 있었다.

공동의 건너편에 서 있던 천산노옹이 눈빛을 빛냈다.

'천존의 경지에 올랐으니 이 정도는 능히 견디겠지? 허허, 어디 지켜보세나.'

기관진식을 발동시키는 천산노옹의 재주는 그야말로 귀신과 같았다. 원래 기관진식을 이처럼 즉시 발동한다는 것은 말도 안 되는 일이라 할 수 있는 것이다.

기관이 발동되는 시간이 있으니만큼, 약간이나마 지체되어야 마땅하다.

하지만 천산노옹은 마치 미래를 알고 있는 사람처럼 제때에 기관을 발동시켰다. 알고 보면 천산노옹은 그간 살아오며 얻은 모든 재주를 한순간에 쏟아붓고 있었던 것이다.

따지고 보면 기관진식의 거목(巨木)이 쌓아 올린 칠십 년의 정화와, 천존의 경지에 오른 젊은 무인이 한판 생사투를 펼치는 셈이었다.

천산노옹은 작은 구멍에 미리 불을 붙여둔 화섭자를 집어 던지고는 소량을 주시했다.

"후우우—"

소량이 재차 호흡을 길게 늘이더니 패검한 검을 등 뒤로 바짝 붙이고 한 걸음을 중수 위에 올려놓았다. 그러고는 곧바로 수면을 박차고 공동 건너편으로 달려가기 시작했다.

'허! 등평도수?'

천산노옹의 눈이 휘둥그레 커졌다.

'대단하구나, 천애검협! 대단해!'

천산노옹의 손길이 또다시 바쁘게 움직이기 시작했다. 몇 가지 기관을 조종하여 미리 던져둔 화섭자를 이동시키니, 곧 소량이 딛고 선 발치에서 폭음이 울려 퍼졌다.

콰아아앙!

지반에 숨어 있던 화약이 폭발하자 중수가 동산처럼 부풀어 오르더니, 한계에 다다르자 거품이 터지듯 터지며 사방에 튀었다.

소량은 그것을 피해 잠시나마 우회했다.

수생목(水生木)이라!

그 순간, 중수에 닿은 이끼가 갑자기 변화하기 시작했다. 부글부글 끓어오르던 이끼가 펑, 소리를 내며 폭발하더니 사방에 검푸른 안개를 피워냈던 것이다.

소량은 그 안에서 독기(毒氣)를 느낄 수 있었다.

"흡!"

소량은 달려가던 그대로 검을 뽑아 들어 능하선검(綾河仙劍)을 펼쳐 나갔다.

소량 주변을 가득 메웠던 독기가 그가 일으킨 기세를 견디지 못하고 사방으로 흩어졌다.

천산노옹의 눈에 귀화가 피어오른 것은 바로 그때였다.

"목생화(木生火), 폭(爆)!"

천산노옹의 손이 번개처럼 움직이는 것과 동시에 이번엔 천장에서 굉음이 울려 퍼졌다.

콰앙, 콰아앙!

천장에서 두 차례의 폭음이 울려 퍼지더니 하늘에서 불의 비가 내리기 시작했다.

불이 붙은 기름이 한가득 떨어져 내리며 불의 비를 만들어 낸 것이다.

소량의 기세에 밀려났던 독기가 화기를 이기지 못하고 녹아내렸다. 원래 독은 불에 약한 법이니 원래대로라면 독기가 사라져야 옳은데, 기이하게도 독기는 사라지지 않았다.

이는 자철사검이 만들어낸 기사라 할 수 있었다. 화생토(火生土)라, 독기를 머금은 이끼의 조각이 자철사검과 합쳐지더니 마치 진흙처럼 개어지기 시작한 것이다.

토생금(土生金)이라, 금기가 강해진 자철사검이 성화를 부렸다. 그것이 몸에 닿으면 이끼의 독에 당하는 것은 물론, 자철사검이 흡수되어 신체가 엉망으로 망가지리라.

천산노옹이 희열에 잠긴 얼굴로 외쳤다.

"보아라, 강호야! 이와 같은 기관진식은 고금에 없었으리라!"

천장에서 불의 비가 내리고, 자철사검과 이끼의 독기가 합쳐진 진흙 덩어리가 쏟아진다. 천산노옹은 아무리 천존의 경지에 오른 이라도 이것을 벗어나지 못하리라 확신했다.

아니나 다를까!

지옥과 같은 풍경 속을 달려가던 소량이 경신의 공부를 거두고는 걸음을 멈추었다.

찰나의 순간, 공동 건너편에 서 있던 천산노옹과 소량의 시선이 마주쳤다.

천산노옹이 짧게나마 중얼거렸다.

"잘 가게, 천애검협."

천산노옹의 말이 끝나는 순간, 소량의 신체가 수면 아래로 사라졌다. 소량이 사라진 것을 확인한 천산노옹은 물끄러미 자신이 만들어낸 지옥도를 바라보았다.

콰아아아—

중수에 맞닿은 불의 비가 견디지 못하고 꺼져 버렸다. 화염이 타오르는 소리와 그것이 꺼지는 소리가 동시에 들리니 기괴하게만 느껴진다.

이끼와 자철사검이 섞여 만들어진 진흙이 풍덩풍덩 떨어지는 소리도 들려왔다. 당장에라도 살이 익을 것만 같은 열기가 천산노옹을 덮쳤지만, 그는 조금도 움직이지 않았다.

그렇게 얼마나 지났을까?

천장에 배치했던 기름이 마침내 다 떨어졌는지, 불의 비가 조금씩 멎기 시작했다. 자철사검과 이끼가 합쳐진 진흙도 더 이상은 보이지 않았다. 매캐한 연기가 사방으로 흩어지는 것을 보던 천산노옹이 한숨을 가볍게 내쉬고는 몸을 돌렸다.

쏴아아―

그 순간, 천산노옹의 등 뒤에서 물이 흐르는 소리가 들려왔다.

느긋하게 걸어가던 천산노옹이 불현듯 걸음을 멈추었다.

'…잠깐, 물이 흐르는 소리?'

허공을 바라보던 천산노옹이 눈을 부릅떴다.

'말도 안 돼! 중수가 어찌 흐른단 말인가?'

천산노옹은 벼락에라도 맞은 사람처럼 황급히 뒤를 둘러보았다.

호수 한가운데에서 중수가 미약하게나마 회전하고 있었다. 중앙에 일어났던 회전이 곧 호수 전체로 번지더니, 마침내는 거대한 소용돌이를 만들어갔다. 이는 결코 자연적으로 일어난 현상이 아니요, 누군가가 인위적으로 일으킨 현상이었다.

"이, 일선공!"

천산노옹이 믿을 수 없다는 듯 외쳤다.

2

공동의 이끼는 주독청태(湊毒靑苔)라고 불리는 것으로, 원래

남만에서만 자라는 이끼였다.

주독청태는 기이하게도 독물(毒物)을 끌어들이는 성질을 가지고 있는데, 이끼 자체는 무해하나 독물이 즐겨 찾으므로 자연히 독을 품게 된다.

독지에서 삼 년 이상 자랄 경우, 주독청태는 그 어떤 독보다도 무서운 독성을 가지게 된다.

지금 공동에 있는 것은 무려 반백년을 자란 것으로, 그 독성을 가늠하기 어려울 정도였다.

'지독한 독기… 화기에도 독성이 사라지지 않는다.'

소량이 주변을 흘끔 돌아보았다.

그 독기가 얼마나 끔찍한지, 천존의 경지에 오른 소량조차 피부를 통해 파고드는 독기만은 막지 못했다. 소량이 입고 있던 마의가 수십 년은 지난 것처럼 낡아가기 시작했다.

등평도수의 재주를 부려 달려가던 소량이 공력을 한가득 끌어 올려 독기를 도인(導引)했다.

"후우우—"

소량의 옷자락이 펄럭이는 것과 동시에, 그의 입에서 긴 숨이 새어 나왔다. 피부를 통해 파고든 독기를 내력으로 끌어모아 호흡을 통해 내뱉는 것이다.

'공기 중에 섞인 금기 역시 극독이나 다름없지.'

갈지자로 이리저리 움직이던 소량이 동굴의 천장을 흘끔 바라보았다. 불의 비는 이제 폭포가 되어 있었다. 갈래갈래 떨어지는 불의 줄기를 피하기가 쉽지 않다.

거기에 더해 자철사검과 주독청태가 합쳐진 진흙 덩어리까지 피해야 한다. 이미 주독청태의 독기를 받아들이고 만 지금, 자철사검까지 더해진다면 낭패를 피할 수 없으리라.

'천존을 제압할 수 있다고 믿는다던 말은 허언이 아니로구나. 만약 이와 같은 기물이 천하에 퍼지면 크게 해가 될 것이다.'

물 위를 달려가던 소량이 문득 걸음을 멈추었다.

'공기 중에 섞인 금기와 이끼의 독성을 제압하려면……'

마치 늪지에 빠져드는 것처럼 소량의 신형이 천천히 아래로 가라앉기 시작했다. 소량은 그 상태로 공동 건너편에 있는 천산노옹을 노려보았다.

"잘 가게, 천애검협!"

천산노옹이 희열에 가득 찬 어조로 외칠 때였다.

풍덩!

소량의 신형이 중수 아래로 사라졌다.

'흐읍!'

수면 아래 가라앉은 소량이 미간을 찌푸렸다.

천 근 무게를 짊어진 것처럼 몸이 무겁다. 천지간의 기운과 소통해 보고자 하였으나 내력의 운용조차 제약을 받는 듯하다.

소량이 한 가닥 내력이나마 끌어 올리며 검으로 앞을 겨누었다. 물속에 잠기면 자연 그 동작이 느릴 수밖에 없는데, 하물며 중수 안은 어떻겠는가?

소량의 움직임은 굼벵이처럼 느렸다.

사실, 중수 속에서 몸을 움직일 수 있다는 것 자체가 기적이나 다름없는 일이었다. 만약 소량이 천존의 경지에 오르지 못한 상태로 중수에 빠졌더라면 그 즉시 목숨을 잃었으리라.

소량이 느리게나마 검로를 마치자 중수가 한 차례 일렁였다.

그러나 그것이 끝이었다.

그 이상의 변화는 없었다. 천지교유의 경지에 오른 그였지만, 스스로 그러한 성질[自然]마저 바꾸기는 어려웠던 것이다.

중수의 성질이 이처럼 무겁고 고요한 데 있으니, 그것을 바꾸는 것은 오히려 역리라 할 수 있었다.

꾸르륵—

소량은 더 이상 검로를 펼치지 않았다. 육신이 한 차례 크게 경련하는데도 움직임을 보이는 대신 조용히 가라앉을 뿐이었다.

바로 그것이 천산노옹이 바란 바였다. 그는 자철사검과 주독청태를 이용해 소량을 중수로 밀어 넣고자 했다. 중수에 들어가면 헤어나지 못하니 어쩔 수 없이 죽음을 맞을 테고, 중수를 택하지 않는다면 자철사검과 주독청태에 당할 테니 역시 죽음을 맞게 되는 것이다.

지금 천산노옹이 물속을 볼 수 있었다면 뜻이 이루어졌다고 생각하고 크게 기뻐했으리라.

몇 차례 더 경련하던 소랑이 움직임을 멈추었다. 마치 죽은 사람처럼 말이다. 그렇지 않아도 고요하던 물속에 한층 더 짙은 정적이 내려앉았다.

그렇게 얼마나 지났을까!

기관을 설치한 천산노옹조차 예상치 못한 일이 벌어졌다.

'역시 그렇구나. 공기 중의 금기와 이끼의 극독은 중수를 범하지 못해.'

소랑이 눈을 번쩍 떴다.

천존의 경지에 올랐던 그때처럼 소랑의 눈빛은 깊고 고요했으며 또한 태산처럼 무거웠다.

만약 강호 무인들이 소랑의 눈빛을 마주했더라면 크게 위압되는 것을 피하지 못했으리라.

이제는 중수를 움직일 차례다.

'성질이 기이하다 하나 결국은 물. 물은 만물을 이롭게 할 뿐 다투지 않으며[水善利萬物而不爭], 땅처럼 낮은 곳에 거하거니와[居善地] 그 마음이 연못처럼 깊다[心善淵].'

도대체 어찌 된 일일까!

무거워 흐를 일이 없다는 중수에 가벼운 흐름이 일어났다.

소랑의 검이 물의 흐름에 휘말린 것처럼 사선으로 움직였다.

그가 검로를 움직이는 것인지, 아니면 그저 물결에 휩쓸린 것뿐인지 알 수 없는 노릇이었다.

'물은 공을 다투지 아니하니[夫唯不爭]……'

아무리 기이하다 해도 그 성질은 물. 본질을 파악한다면 미세하게나마 흐르고 있음을 알아낼 수 있다.

'물은 공을 다투지 않는다'는 말처럼, 소량은 흐름에 거스르는 대신 순응했다.

그러자 소량의 검로가 태극혜검처럼 변해갔다. 소량이 신형을 한 바퀴 회전하니, 그를 중심으로 작게나마 소용돌이가 일어났다.

'허물이 없느니라[故無尤]!'

콰콰콰—

물길의 흐름은 점점 더 커져갔다. 소량을 중심으로 수면이 낮아지더니, 마침내는 빨려 들어가면 헤어 나올 수 없을 것처럼 거대한 소용돌이를 만든다.

천산노옹이 경악한 것은 당연한 일이라 할 수 있었다.

"일선공! 말도 안 돼!"

천산노옹이 벼락처럼 고함을 질렀다.

사실, '천존을 제압할 수 있으리라 믿는다'는 천산노옹의 말은 결코 허언이 아니었다. 아무리 내공이 높고 신체가 날래다 한들 자철사검과 주독청태, 중수를 넘어설 수는 없는 것이다.

하지만 천존의 경지에 오른다는 것은 깊은 깨달음이 없고서야 불가능한 일이다. 범인은 결코 알아채지 못할 중수의 흐름을 알아챌 수 있을 만한 깨달음 말이다.

중수의 흐름을 쫓을 수 있다면, 천산노옹의 말은 허언이 된다.

"어, 어찌하여 중수에 흐름을 만든단 말인가!"

그 순간, 거대한 소용돌이가 만들어내던 소음이 뚝 멎었다.

잠시 뒤, 마치 용이 승천하듯 소용돌이의 중심이 물기둥을 만들어 솟구쳐 오르기 시작했다.

물기둥의 중앙에는 소량이 한바탕 검무를 추고 있었다.

검무의 끝에서, 소량이 검으로 자신이 디디고 있던 물기둥을 내려쳤다.

콰아앙—!

천지를 뒤흔드는 굉음과 함께 공동의 모습이 마치 파도가 치듯 일렁거렸다. 서로 상생을 이루던 오행이 일순간 뒤집어지며 상극을 이루었다. 중수에서 벗어남으로써 기관을 깨어냈다면, 소량은 이번엔 기세를 일으켜 진식을 깨어버린 것이다.

일렁임이 극에 달하더니 곧 장내의 풍경이 유리처럼 쪼개져 무너져 내렸다. 풍경 자체는 이전과 같으나, 환각이 깨어지자 그간 발하던 기기묘묘한 빛이 사라져 있다.

그것은 또한 자철사검과 주독청태를 없애기 위함이기도 했다. 사방으로 흩어진 중수는 금기와 독기를 끌어당겨 스스로의 안에 가두고는 다시 뭉치기 시작했던 것이다.

앞으로 강호에 자철사겸과 주독청태가 등장할 일은 없으리라.

소량의 신형이 물기둥을 내려친 힘을 이용해 공동의 건너편으로 향했다.

"허, 헉?!"

눈앞에 떨어진 소량의 모습에 천산노옹이 헛숨을 들이켰다.

천산노옹은 이제야 비로소 소량이 일부러 중수에 들었음을, 그를 이용하여 자철사겸과 주독청태를 없애려 한 것임을 깨달았다.

그러자 등골에 소름이 오싹 돋아 오른다.

천애검협의 무공은 자신의 상상을 훌쩍 뛰어넘는 곳에 있었던 것이다.

천산노옹이 눈을 지그시 감았다.

"믿을 수 없다. 나는 믿을 수 없어."

소량은 대꾸 대신, 검인에 손가락을 가져가 가볍게 쓸어내렸다.

왼손의 엄지가 살짝 베이며 검은 피가 몇 방울 떨어져 내렸다.

푸스스!

소량의 핏방울이 바닥에 떨어지자 검푸른 연기가 피어올랐다. 알고 보면 소량은 독기를 손끝에 모아 두었던 것이다.

피를 서너 방울 더 떨어뜨리자 검은색 대신 붉은색 핏방울이 보였다.

소량은 검을 수검하고는 천산노옹을 흘끔 돌아보았다.

"혈마곡의 미래가 어둡구나."

패용하고 있던 도를 뽑아 든 천산노옹이 씁쓸하게 중얼거렸다. 실의에 빠진 탓에 그렇지 않아도 자그마한 체구의 노인이었던 천산노옹은 이제 난쟁이처럼 보일 정도였다.

천산노옹이 소량을 흘끔 바라보고는 도를 그 앞에 던졌다.

챙그랑—

"일관(一關)으로는 부족하다는 귀곡자의 말을 믿지 않았는데, 이제는 믿지 않을 도리가 없군."

"일관?"

소량이 의아한 듯 미간을 찌푸렸다.

"그렇네, 일관. 귀곡자는 그대를 막기 위해 세 개의 관문을 만들어두었지. 나는 그중 첫 번째에 불과해. 푸흐흐, 죽음을 앞둔 사람이 호의로서 하는 말이니 귀담아 듣게. 패배한 자가 승리한 자에게 남기는 축언이라 생각해도 좋고."

강호 무인들이 천산노옹의 말을 들었더라면 크게 경악하고 말았으리라.

자철사검에 주독청태, 중수까지 소용한 기관에, 만겹대진이라는 진식까지 펼쳐놓고 일관, 첫 번째 관문이라니, 그야말로 놀라지 않을 수가 없는 것이다.

"아무리 그대라 해도 삼관을 뚫지는 못하겠지."

천산노옹이 불현듯 한숨을 길게 내쉬더니, 눈을 지그시 감았다.

"제자에게 전해야 할 것은 모두 전하였으니, 굳이 미련을 가질 필요는 없겠지만… 아쉬움 한 조각은 버릴 수가 없구나. 혈존이여, 혈존이여! 천하에 복수를!"

천산노옹이 갑자기 손을 들어 자신의 천령개를 내려쳤다. 소량이 어쩌기도 전에 벌어진 일이었다. 원래 그 무공이 대단하지 못한 탓에, 천산노옹은 즉사하지 않았다.

드드드—

천산노옹이 쓰러지는 것과 동시에 동굴의 바닥이 파르르 떨려왔다.

"푸흐흐, 이제 이관… 이관이 열렸……."

씁쓸한 얼굴로 천산노옹의 시신을 내려다보던 소량이 바닥을 내려다보았다. 작은 돌멩이 몇 개가 진동을 쫓아 덜덜덜 떨리고 있었다.

눈을 부릅뜬 채 숨을 거둔 천산노옹의 시신 역시 경련하듯 떨린다.

'은원의 고리'라는 천산노옹의 말은 과연 틀림이 없었다. 천산노옹은 일월신교의 복수를 하고자 했고, 소량은 혈마곡에 대한 복수를 하고자 하니 어찌 은원의 고리가 아니라 할까.

소량이 가볍게 손을 휘젓자 천산노옹의 눈이 감겼다.

그 순간, 바닥의 진동이 사라졌다.

"세 개의 관문……."

소량은 고개를 돌려 바람이 새어 들어오는 곳을 바라보았다. 만겁대진은 이미 깨어버렸으므로, 더 이상 진법의 환상은 없었다.

진동이 사라진 탓에 사방에 고요한 정적이 깔렸다.

소량의 눈빛이 차갑게 변해갔다.

'삼관이 아니라 십관(十關)이라 해도 상관없어. 무조건 뚫는다.'

이형환위라!

소량의 신형이 픽 꺼지듯 사라졌다.

콰아아앙!

그 순간, 동굴 사방에서 폭음이 울려 퍼졌다.

흙먼지가 자욱하게 일어나며 천장이 쩌저적 금이 가더니 마침내는 무너지기 시작했다. 집채만 한 바위들과 그보다 조금 더 작은 바위들이 순서 없이 떨어진다.

떨어져 내리는 바위 하나를 딛고 신형을 날린 소량이 허공에서 몸을 한 바퀴 회전하며 수검한 검을 움켜쥐었다.

소량의 검에서 한 마리 용이 일어나 앞으로 쏘아졌다.

콰콰콰!

용은 앞을 가로막는 바위를 모조리 분쇄해 버리며 나아갔다. 곧 다시 무너지긴 했지만, 일순간이나마 길이 환하게 뚫린 것이다.

번개처럼 쇄도하던 소량이 문득 속도를 늦추었다.

동굴의 입구는 예전에 소량이 무너뜨린 바 있었던 것이다.

소량이 자신의 머리 위로 떨어져 내리는 바위를 내력으로 멈추었다. 천 근 무게가 넘는 바위가 소량의 허공섭물을 이겨 내지 못하고 덜컥 정지했다.

소량은 그 상태로 검을 높이 들어 올리더니 빠르게 아래로 베어나갔다.

콰아앙!

동굴의 입구가 파편이 되어 뒤로 튕겨났다.

어두웠던 동굴에 비로소 환한 빛살이 비쳤다.

소량은 천천히 동굴 밖을 향해 걸어갔다.

"천산노옹이 실패했는가?"

동굴의 입구에 있는 작은 공터에서 누군가의 나직한 중얼거림이 들려왔다.

뒤따라 또 다른 목소리가 들려왔다.

"흥! 천산노옹을 넘었다 해도 그뿐이지. 혈마곡을 우습게 봐도 너무 우습게 보는구나, 천애검협! 그대는 진정으로 진무십사협의 복수가 성공할 것이라 믿는가!"

소량은 물끄러미 단애곡을 훑어보았다. 동굴 앞의 작은 공터는 물론, 절벽 위부터 소로에 이르기까지 혈마곡의 마인들로 가득 차 있었다. 동굴을 무너뜨리는 것이 이관의 시작이라면, 지금 이것이야말로 이관의 본신이라 할 수 있었다.

잠시 단애곡에 무거운 침묵이 흘렀다.

소량은 눈을 지그시 감았다. 지난 첩혈행로에서 동굴의 입구를 무너뜨릴 때, 소량은 질풍권사 이종곽, 선풍기협 기혹호와 흑의창협 신여송의 시신을 보았다.

소량은 가슴속에서 무언가 울컥 솟아오르는 것을 느꼈다.

다시 눈을 뜬 소량이 차갑게 중얼거렸다.

"…길을 막지 마라."

소량은 말을 마치자마자 가볍게 진각을 밟았다.

"허, 헉?!"

그와 동시에 천지간의 기운이 마인들을 짓누르기 시작했다. 마인들은 저마다 침음성을 토해내며 뒤로 물러났다. 가장 앞선 자는 기세를 피하지도 못하고 짓눌려 무릎을 꿇고 말았다.

"길을 막는 자, 모조리 베겠다."

소량이 나직한 어조로 말하며 한 걸음을 내디뎠다.

한 명의 무인이 삼백 마인들을 압도하는 순간이었다.

혈마곡의 입장에서 보면 천애검협의 복수행로는 예상치 못한 날벼락이나 다름없었다.

혈마를 대적하고자 삼천존이 찾아오는 지금이거니와, 사천을 놓고 무림맹과 건곤일척의 승부를 벌여야 하는 지금이다.

천애검협은 방어와 공세를 동시에 취해야 하는 복잡한 시점에 복수행로를 시작한 것이다.

또한, 천애검협이 가지는 의미가 어디 보통 의미던가? 그는 검신의 진신절학인 일선공의 후인이자, 당금 무림의 신성(新星)으로 정도(正道)의 상징이 되는 자다.

그를 죽이려던 몇 차례의 시도가 거꾸러진 지금, 그의 역습을 허용한다면 혈마곡은 어떻게 되겠는가? 천애검협 단 한 사람에게 농락당한 꼴이 되고 만다.

'무슨 일이 있어도 소검신의 복수행로는 실패로 끝나야 한다……'

만장단애 위에서 아래를 내려다보던 마인이 생각했다.

천애검협은 사방의 마인을 부복시킨 채 홀로 오롯하게 걸어가고 있었다. 천존의 경지에 오른 지 얼마 되지 않았으나 천애검협은 날 때부터 그러했다는 듯 자연스러웠다.

내력으로 주변을 제압하고 있지만 그것은 중요한 것이 아니었다. 진짜 중요한 것은 천애검협 그 자체다. 그는 자신을 드러낸 것만으로 마인들을 위압하고 있었다.

만장단애 위에 있던 마인이 허탈한 체하며 말했다.

"복수행로라… 허! 그대와 같은 자마저도 결국 변하고 마는군."

검을 자연스럽게 늘어뜨린 채 걸어가던 소량이 공터를 둘러싼 만장단애 위를 흘끔 올려다보았다. 다만 시선은 움직이되, 걸음을 멈추지는 않는다.

"그간 그대를 청수(淸水)와 같은 자로, 구름 위에서 굽어보는 자로 생각했는데 세상이 그대를 바꾸고 말았어."

나를 가장 잘 아는 이는 적이라 했다.

마인은 소량을 유협 주가와 같다고 평가했다.

그에게 있어 천애검협은 다른 사람의 곤경에 뛰어들어[赴士之阨困] 자신의 생사존망을 도외시하고[旣已存亡死生矣] 돕는 사람이었고, 부조리한 세상의 모습에 아파하던 사람이었다.

그러나 지금 그는 인간의 세계로 내려오고 말았다.

"백성들의 아픔을 제 몸과 같이 여기던 천하의 협객조차 은원의 고리에 뛰어들어 복수를 꿈꾸고, 강호의 논리대로 움직이는구나! 혈마곡은 일월신교의 복수를 하고자 하고, 그대는 진무십사협의 복수를 하고자 하니 그대와 우리는 같은 모습이 아닌가? 이상을 버리고 인간의 세상으로 내려왔으니, 그대 역시 살귀(殺鬼)의 길을 걷게 되리라!"

언뜻 보기에는 한탄하는 듯하지만, 알고 보면 소량을 조롱하는 것이나 다름없었다. 천존의 경지에 이른 이이니 통하지는 않겠지만, 말하자면 격장지계를 펼치는 셈이었다.

"살귀의 길이라……."

소량이 문득 걸음을 멈추고는 나지막하게 중얼거렸다.

물론, 격장지계에 놀아난 것은 아니었다.

"그래, 그 말이 옳을지도 모르지."

지금의 마인처럼 천산노옹 역시 같은 질문을 한 바 있다.

끊임없이 소량에게 행동의 당위성을 묻는 것이다.

하지만 소량에게는 조금의 흔들림도 없었다. 이미 혈마곡을 대적하기로 하였고, 진무십사협의 복수를 하기로 하였는데 어찌하여 흔들리겠는가?

"하지만 나는 그 길을 피할 생각이 없다. 일월신교의 복수? 무엇이 복수더냐?"

같은 질문을 두 번이나 받게 된 소량이 비로소 자신의 마음을 밖으로 꺼냈다. 흑의창협의 시신을, 선풍기협과 질풍권사의 시신을 떠올렸을 때의 슬픔과 분노를 거리낌 없이 토해내는 것이다.

곧 소량의 입에서 노호성이 터져 나왔다.

"너희들은 무고한 자, 대항할 수 없는 자들을 죽이고자 했고, 그를 막으려는 자들의 목숨을 취했다! 그래, 이것은 복수로다! 너희들의 피로써 죽은 자들의 넋을 위로하리라!"

웅혼한 내력이 뒷받침된 탓에 천지가 부르르 떨려왔다.

만장단애 위에 있던 마인의 얼굴이 새파랗게 질렸다. 자신의 몇 마디가 오히려 안 좋은 결과로 돌아오고 있음을 깨달은 것이다.

장내의 삼백 마인들 역시 마찬가지였다.

소량이 마인들을 바라보며 외쳤다.

"강자존의 강호에 들었으니 강자로서 가리라, 강자로서 명하리라! 살고 싶은 자, 스스로 무공을 폐하고 물러나라! 길을 막는 자, 모조리 베겠다!"

"개(開)!"

만장단애 위에 있던 마인이 다급히 외쳤다.

소량이 검을 들어 올리는 것을 발견한 것이다.

콰아앙—!

마인의 명령이 떨어지자마자 소량 주변에 있는 만장단애에서 폭음이 울려 퍼졌다.

동굴을 무너뜨린 것에서 짐작할 수 있듯, 이관은 불의 관문이다.

때로는 가장 단순한 것이 가장 큰 위력을 발휘하는 법, 수천 근의 화약과 벽력탄이 불지옥을 만드니 누가 여기서 살아남겠는가?

콰앙, 콰아앙!

폭발이 두 차례 더 이어졌다.

동굴에서와는 비교도 안 될 만큼 거대한 불길과 거대한 암석 파편들이 소량을 휘감았다.

소량이 검로를 펼치는 대신, 한 손을 앞으로 내밀었다.

우우웅—

천지간의 기운이 크게 진동하더니, 소량을 중심으로 몰려들었다.

소량은 그 상태로 눈을 지그시 감았다.

마인들이 보기에, 천애검협은 꼼짝없이 불길에 갇힌 것처럼만 보였다. 만겁대진에 자철사검, 주독청태는 그 자체로 죽음의 함정이지만 결국에는 임수에 불과하다.

반면, 지금 펼쳐지는 화약 수천 근의 불지옥은 오로지 힘으로써 천애검협을 압도한다.

힘과 힘의 대결이라!

"크흐흐, 아무리 천애검협이라 해도 무슨 용빼는 재주가 있으랴?"

마인들의 입에서 웃음이 새어 나왔다.

물론, 이번의 함정으로 천애검협이 죽을 것이라는 기대는 하지 않았다. 마인들은 '천존의 경지에 올랐으니 살아남긴 살아남을 것이다'라고 생각했다.

그러나 단애곡에 설치된 화약은 고작 수천 근이 아니었다.

알고 보면 단애곡 전체가 죽음의 함정이라 할 수 있는 것이다.

"틀림없이 적지 않은 상처를 입었을……."

스르르—

그 순간, 화염이 마치 휘장이 갈라지듯 반으로 나뉘었다.

그리고 그 안에서 상처 하나 입지 않은 천애검협이 걸어 나왔다.

"허, 헉?!"

마인들의 입에서 경호성이 튀어나왔다.

그와 동시에 장내에 무거운 침묵이 감돌기 시작했다.

소량은 마인들을 노려보며 생각했다.

'강자존의 강호… 그래, 강자임을 천명하였으니 이제 보여주리라.'

소량이 천천히 앞으로 걸어갔다.

마인들은 소량이 걸어온 만큼 뒤로 물러났다.

소량의 발걸음이 점점 빨라지기 시작했다.

마인들은 등골에 소름이 오싹 돋아 오르는 것을 느꼈다. 천애검협이 속도를 높이는 의미를 어렴풋이나마 짐작할 수 있던 것이다.

자신들의 생각처럼, 천애검협은 이곳에서 살아나가는 것을 중점으로 삼는 게 아니었다. 천애검협은 최단시간에 이관을 돌파하려 하고 있었다.

아니, 어쩌면 이관뿐만이 아니라 삼관까지……

쐐애액—

점점 빨라지던 소량의 신형이 화살처럼 앞으로 쏘아지기 시작했다. 단애곡의 구불구불한 소로 너머로 달려가는 것이다.

마인들이 정신없이 사방으로 흩어지는 것과 동시에 또다시 폭음이 울려 퍼졌다.

콰아앙—!

단애곡의 귀퉁이가 무너지는 것과 동시에 난전이 시작되었다.

3

소량이 일관을 뚫고 이관에 접어들었을 무렵이다.

무림맹이 머무르는 당가타는 그야말로 혼란에 빠져 있었다.

나쁜 의미의 혼란이라기보다는, 긍정적인 의미의 혼란이라 할 수 있었다.

제갈군은 수염을 파르르 떨었다.

"다시… 다시 말해 보게. 대읍에서 발견된 시신이 삼십에 이른다?"

"예, 그렇습니다. 군사."

제갈군의 앞에 서 있던 비조각의 무인이 재빨리 고개를 끄덕였다. 항상 냉정을 유지해야 할 그의 얼굴에는 찬탄이 한가득 어려 있었다.

비조각의 무인이 흥분을 감추지 못한 채 말을 이어나갔다.

"그리고 도강언에서 이십여 시신이, 도강언 북쪽에 있는 민강의 지류에서 무려 백여 명에 가까운 마인들의 시신이 추가로 발견되었습니다."

제갈군의 얼굴이 일그러졌다.

"귀곡자, 이놈! 예상치 못한 곳에서 허를 찌르려 했었구나. 천애검협이 아니었더라면 꼼짝없이 당할 뻔했어. 하지만 허는 제 놈이 찔린 게지. 나조차 천애검협이 어디로 향할지 상상치 못하였는데 그놈이라고 예상했을까? 황망했으리라, 당황했으리라."

제갈군이 성큼성큼 지도로 걸어갔다.

"정보를 얻느라 손실이 많았겠군. 몇이나 잃었는가?"

"거의 잃지 않았습니다."

비조각의 무인의 눈에 또다시 찬탄이 떠올랐다.

"천애검협이 지나간 자리는 마치 폭풍이 지나간 것과 같았습니다. 천애검협의 뒤를 따르니 과연 적의 습격이 없더이다."

제갈군은 머리칼이 쭈뼛해지는 것을 느꼈다.

황망한 시선으로 지도를 이리저리 살피던 제갈군이 침을 꿀꺽 삼키고는 뒤를 돌아보았다.

"이것이 의미하는 바는 명확하겠지?"

"예, 명확합니다."

비조각의 무인이 고개를 두어 번 끄덕였다.

서로를 바라보던 제갈군과 비조각의 무인이 동시에 입을 열었다.

"협객은 원한을 잊지 않는다[俠客不忘怨]!"

생각했던 것을 입 밖으로 내뱉고 나니 새삼 전율이 인다.

천하를 상대로 해놓고도 거리낌 없이 몸을 일으킬 정도로 거대한 집단이 바로 혈마곡이다.

단일문파로서는 혈마곡을 상대할 사람이 아무도 없으리라.

오죽하면 무림이 맹의 이름 아래 뭉쳤겠는가.

그런 혈마곡을 상대로 한 명의 무인이 복수행에 나설 줄은 상상하지 못했다.

제갈군이 혀로 입술을 축이며 되물었다.

"천애검협의 이동 속도를 가늠할 수 있겠는가?"

"아마 지금까지와는 다르겠지요. 지금쯤이면 혈마곡도 눈치를 챘을 터. 천애검협을 막기 위해 온갖 준비를 다 해두지 않았겠습니까? 아무리 천애검협이 천존의 경지에 이르렀다 한들……."

제갈군이 어깨를 으쓱했다.

"글쎄? 내 생각은 좀 다르다네. 어쨌든 지금은 가늠키 어렵다는 소리로군."

"…예?"

"논리로 보자면 자네의 말이 옳겠으나, 사람의 일은 논리로만 이해할 수 있는 것이 아닐세. 지금도 보게. 아무도 상상치 못한 일이 벌어지지 않았는가? 어쩌면 천애검협은 누구보다 빨리 혈마곡이 준비한 것들을 뚫을지도 몰라. 그리고 그렇게 되면, 강호 무인들은 삼천존의 위에 천애검협의 이름을 올려놓을 걸세."

천존의 경지에 이르지 못했을 때에도 세인들은 천애검협이라는 별호를 숭앙했다. 그가 홀로 혈마곡을 대적하고 있다는 것이 알려지면 어떻게 되겠는가?

제갈군의 표정이 진지하게 바뀌었다.

"그리고 우리 역시 진무섭사협을 잊어서는 안 되지. 알리게."

"알리라 하심은……."

비조각의 무인이 의아한 얼굴로 제갈군을 바라보았다.

제갈군이 지도로 시선을 돌렸다.

"귀곡자, 그놈도 나도 동의하는 것이 있다면 격전지가 금천이 될 것이라는 점일 걸세. 금천을 혈마곡에 빼앗기는 것은 곧 사천을 빼앗기는 것이고, 사천을 빼앗기는 것은 천하를 빼앗기는 게 될 걸세. 나는 금천을 맹의 이름으로 둘 기회를 노리고 있었네."

"아아!"

비조각의 무인이 무언가를 깨달은 듯 찬탄을 토해냈다.

"그가 천하를 구하고자 하였으니, 이번엔 우리가 그를 구할 차례일세. 혈마곡의 병력이 그에게 집중되기 전에 우리 쪽으로 끌어와야 하네. 또한 이것은 기회일세. 천애검협이 만들어준 기회. 우리는 금천에서 혈마곡을 몰아냄으로써 진무십사협에 대한 복수를 할 걸세. 알리게. 거병해야지."

"군사의 명을 받듭니다!"

비조각의 무인이 절도 있게 장읍하여 보이고는 성큼성큼 제갈군의 집무실을 빠져나갔다.

제갈군 역시 맹주의 집무실로 걸음을 옮겼다. 작금의 일은 대지급으로 맹주에게 보고해야 하는 사안이나 나름없었다. 맹주도 이 소식을 듣는다면 최대한 빨리 거병하고자 하리라.

그날 저녁, 천애검협이 홀로 진무십사협에 대한 복수를 하고 있다는 사실이 공표되었다.

그리고 정도 무림이 들끓기 시작했다.

第二章
금협출행(金俠出行)

1

혈마곡에는 감옥이자 감옥이 아닌 곳이 하나 있다.

수많은 서류가 들락날락하니 감옥이 아닌 듯하나, 세 명씩 조를 이룬 마인들이 주야(晝夜)를 가리지 않고 감시하니 감옥이라 할 수 있는 곳.

바로 금협(金俠) 진승조가 머무는 방이었다.

"에이, 오늘따라 맛이 구리네."

느긋하게 앉아 용정차(龍井茶)를 한 모금 들이켠 승조가 못마땅하다는 듯 혀를 찼다. 다향을 맡은 뒤에는 고개를 절레절레 젓기까지 한다.

"이봐! 혹시 시비가 바뀐 거야? 맛이 왜 이래? 천하의 용정차를 이따위 하품(下品)으로 만들다니."

승조가 천장의 귀퉁이를 바라보며 말했다. 깨끗하게 청소되어 벌레 한 마리도 보이지 않는 천장을 이리저리 살피던 승조가 길게 한숨을 토해냈다.

"하여간 제때제때 대답하는 법이 없군. 이러면 내가 직접 나가는 수밖에."

승조가 엇차, 하며 자리에서 일어나자 천장에서 묵직한 목소리가 들려왔다.

"…불허한다."

"이제야 대답하네. 이봐, 혹시 시비가 바뀌었나? 만약 그렇다면 원래의 시비로 다시 바꿔. 이게 뭐야, 이게. 네가 한번 마셔볼래?"

승조가 재차 불렀지만, 천장에서는 아무런 대답도 들려오지 않았다.

천장에 은신한 마인은 가벼운 짜증을 느꼈다. 원래 혈마곡은 포로를 두지 않거니와, 만에 하나 두더라도 처참한 몰골로 만들어 뇌옥에 처박아두지 이처럼 대접하지 않는다.

하지만 금협은 보통의 포로가 아니었다.

그는 혈마곡의 자금줄을 끊어놓은 자인 동시에 그것을 되살릴 수 있는 유일한 자였다. 오죽하면 일선공의 전인인데도 불구하고 죽이지 않고 납치했겠는가.

문제는 금협이 자신의 입장을 너무 잘 알고 있다는 점이었다.

그는 '금협은 어디에 있어도 금협'이라며 비단 정장을 요구했고, 차를 마실 때에도 서호용정(西湖龍井)이나 대홍포(大紅袍)와 같은 귀한 차만 골라 마셨다.

그의 상관인 귀곡자는 '어차피 곧 죽을 목숨'이라며 승조의 청을 들어주었다.

'귀곡자께서는 머지않아 금협의 목을 벨 것이라 하셨지. 기대해라, 금협. 그날이 오면 내 직접 너의 목을 베리라.'

천장에 은신한 마인이 승조의 말을 듣지 않겠다는 듯 눈을 지그시 감았다. 금협 진승조의 말을 계속 듣다 보면 복장이 뒤집어지게 마련인 것이다.

승조는 피식, 실소를 짓고는 서류를 내려다보았다.

표정은 태연했지만, 승조의 눈빛은 차갑게 빛나고 있었다.

'누구냐? 몸통이 도대체 누구냐……'

원래 혈마곡은 곡물 따위의 생필품보다는 각 지방의 특산품을 거래하는 것으로 자금을 마련했다. 운리방(雲理幫)과 대진상단(大秦商團)을 수족처럼 부릴 수 있었기에 가능한 일이었다.

중원에 있을 당시 승조는 운리방과 대진상단의 거래처를 흡수하여 그들의 자금줄을 끊고, 시중에 유통되는 잔여 자금을 모조리 흡수하여 오직 저만이 아는 방식으로 흩어놓았다.

혈마곡이 승조를 죽이지 못한 이유였다.

훗날, 혈마곡에 납치된 승조는 그들이 잃은 자금을 회복하는 일을 맡게 되었다. 다만 그 방법만은 과거와 달랐는데, 특산품보다도 더욱 귀한 고가의 상품만을 거래하는 식이었다.

도대체 무슨 재주를 부렸는지, 그가 판매하는 귀물은 수백 냥의 고가임에도 불구하고 불티나게 팔렸다. 승조는 그 돈으로 새로운 귀물을 구매하고 되팔면서 혈마곡의 자금을 조금씩 불려갔다.

물론 그러는 와중에도 승조는 혈마곡의 자금 흐름을 분석하는 일을 멈추지 않았다.

혈마곡에 잠입한 까닭이 무엇이었던가?

그들이 자금을 책임지는 몸통을 알아내기 위함이었다.

'문제는 귀곡자의 머리가 너무 좋다는 점이지. 상계의 흐름을 익히는 속도가 빨라도 지나치게 빨라. 당장 내일 내가 필요 없게 된다 해도 놀랄 일은 아니리라.'

귀곡자는 승조에게서 상계의 일을 배우고 있었다. 물론 승조가 곱게 알려주지는 않았지만, 어깨너머로 배운 것만으로도 그는 어지간한 상인들보다 나은 실력을 선보이고 있었다.

그가 상계의 일에 완전히 익숙해지면, 승조는 죽는다.

'다음 품목이 들어올 때쯤엔 내가 숨긴 속임수도 눈치채겠지. 남은 시간은 빠르면 칠 주야, 늦으면 보름… 젠장, 단주님,

저를 정말로 죽이실 생각입니까?'

혈마곡에 갇힌 승조가 외부와 소통할 수 있는 방법은 단 하나뿐이었다.

물품의 품목과 수량으로 자신의 뜻을 전달하는 것.

예를 들어 승조가 주기(酒器) 넉 점을 주문한다고 치자. 품목이 그릇[器]이니 파자하면 구구견구구견(口口犬口口犬)요, 넉 점을 주문하였으니 숫자는 사(四)가 된다. 파자한 글자 중 네 번째 글자인 구(口)를 신양상단에서만 쓰이는 밀마에 대입하면 새로운 글자가 나온다.

거기에 더해 상품의 산지(産地)가 어디인지도 중요했다. 촉(蜀) 시대의 주기라고 치면 사천을 뜻하는 것이 되는데, 이것 역시 밀마에 대입하면 중요한 정보가 되는 것이다.

이를 알아차리기 위해서는 천하에 유통되는 품목 중에서 승조가 유통하는 것을 골라내야 한다. 지푸라기 속에서 바늘 찾기이지만, 놀랍게도 신양상단의 단주 이호청은 그것을 해냈다.

승조가 처음 보낸 신호가 다름 아닌 용천청자(龍泉靑瓷)였던 까닭이다.

'일단 오늘 들어오는 품목까지는 속일 수 있겠지.'

승조가 보던 서류를 내려놓더니, 느긋하게 기지개를 켜며 하품을 했다.

"나 이제 외출할 시간이지 않나? 오늘 물건 들어오는 날이잖아."

"……."

이번에는 천장의 목소리도 승조를 막지 않았다.

승조는 자리에서 일어나 허리를 우드득 펴고는 뚜벅뚜벅 방을 가로질러 문을 열었다. 문 앞을 지키던 마인 한 명이 오만상을 찌푸리며 그를 바라보았다.

"입구로 가지. 안내해."

승조가 오만하게 턱짓을 해 보였다. 마치 혈마곡의 마인이 아니라 시비를 대하는 듯한 행동이었다.

마인이 짜증 섞인 표정으로 이를 드러냈다.

"금협의 배포는 이미 들은 바가 있지만… 궁금하군. 정녕 죽음이 두렵지 않은 모양이지?"

"두려웠으면 이렇게 안 하지. 언제 죽을지 모르니까 이렇게 막사는 것 아니겠어? 날 죽이고 싶거든 귀곡자에게 부탁해 봐. 아! 줄 서야 할 거야, 기다리는 사람 많으니까."

"충고 고맙군. 그 줄, 한번 서보지."

마인이 살기 섞인 어조로 대꾸하고는 소매에서 긴 끈을 꺼내어 승조의 눈을 가렸다.

혈마궁의 본궁은 사 층 높이의 건물로, 삼 층 전각들이 각각 사방에 배치되어 있다. 천산노옹이 기반을 잡고 그 제자가 개량한 것인데, 펼쳐둔 진법을 발동시키면 죽음의 함정이 된다.

그 면면을 승조에게 보여줄 필요는 없었다.

눈을 가리는 것은 바로 그 때문이었다.

"눈을 가릴 거면 교자(轎子: 가마)나 하나 만들어달라니까……."

승조가 실망한 듯 어깨를 늘어뜨렸다.

마인이 승조를 들어 어깨에 걸치며 말했다.

"더 떠들면 혼혈을 짚겠다."

혼혈이 짚이기는 싫었으므로, 승조는 입을 꾹 다물었다.

사실, 승조가 이처럼 괴팍하게 구는 데에는 이유가 있었다.

원래 한 가지 특성을 자꾸 드러나면 그에 집중하여 다른 면모를 보지 못하게 되는 법이다. 이처럼 기이하고 괴팍한 행동에 적응이 되면 도리어 소소한 면모를 발견하기 어렵다.

일례를 들어, 서류를 아무렇게나 집어 던지는 것을 자꾸 보다 보면 언젠가부터 그 서류가 중요하지 않게 보이는 식이라 할 수 있다.

사소하고 간단한 것이지만, 사람을 속이기에는 그만한 것도 없다.

'소량 형님과 태승이는 정파(正派)가 분명하지만, 안타깝게도 나와 유선이는 사파(邪派)라니까.'

승조가 희미하게나마 웃음을 지어 보였다.

그렇게 눈이 가려진 채로 짐짝처럼 들려 가다 보니 어느새 혈마곡의 본궁을 벗어났다. 승조를 든 마인은 아예 혈마궁의 입구 쪽으로 향했다.

입구에 근접하자 승조의 가슴이 쿵쾅쿵쾅 뛰어왔다.

'단주님, 이번이 마지막 기회나 다름없습니다. 무엇을 보내셨
는지는 모르겠지만, 제발 쓸 만한 정보를 주셨기를… 그렇게만
된다면 내 평생 밑에서 일해 드릴게.'

쿵!

승조가 그렇게 생각하는 사이, 마인이 승조를 바닥에 집어
던졌다. 엉덩방아를 찧은 승조가 '살살 좀 다뤄!'라고 외치고는,
자리에서 일어나 눈을 가린 끈을 풀었다.

"뭐야, 오늘은 꽤 많네?"

혈마궁의 입구에는 커다란 마차가 두 대 서 있었다. 마차의
수는 고작 두 대이지만, 그 안에는 어지간한 상단 하나를 팔아
도 사지 못할 귀물이 들어 있을 터였다.

"목록 줘봐."

승조가 손을 내밀자, 혈마곡의 마인 한 명이 종이 한 장을
바닥에 집어 던졌다. 승조는 허리를 굽혀 그것을 주워 들고는
툭툭 쳐서 흙먼지를 털어냈다.

그리고 심각한 얼굴로 그것을 읽어본다.

'사(四), 칠(七), 삼(三)… 합이 십사(十四), 끝자리가 사(四).'

눈빛을 빛낸 승조가 마차를 기웃거렸다.

"여기 네 번째 목록에 곽희(郭熙)의 산수화가 있는데? 말도

안 돼. 위작(僞作) 아니야?"

"직접 확인하도록."

혈마곡의 마인이 마차 안에 턱짓을 해 보였다. 마차 안에 있던 마인이 부지런히 움직이더니, 이내 족자를 하나 꺼내어 승조에게 내밀었다.

승조는 옷자락에 손을 닦아 땀을 지우고는 조심스럽게 그것을 펼쳐 보았다.

족자 안에는 제법 그럴 듯한 산수화가 그려져 있었다. 대부벽준(大斧劈皴)과 미점준법(米點皴法)을 써서 그려진 산야(山野) 아래로 커다란 강이 흐르고 있는데, 그 앞에 검을 든 선비가 점경(點景)되어 있다.

風蕭蕭兮 易水寒
壯士一去兮 不復還

바람은 소슬한데 역수는 차갑기만 하네.
장사 한 번 떠나니 다시 돌아오지 못하리.

승조의 예상처럼 그것은 진본이 아니라 위작이었다. 그러나 승조의 가슴은 설렘으로 물들어가고 있었다.

'형가(荊軻), 역수가(易水歌).'

이것은 그의 형, 소량에 대한 정보였다.

'형님은 살아 계신다.'

곽희의 그림을 모작한 이유도 이제야 알 것 같다.

사마천의 유협열전에 따르면 곽해(郭解)라는 협객이 나오는데, 그의 이름에 있는 해(解)와 곽희의 이름에 있는 희(熙)의 발음이 크게 다르지 않다.

"으음······."

승조는 더 이상 그림을 보지 못하고 눈을 지그시 감았다.

갑자기 가슴이 터져 버릴 것만 같았다. 혈마곡에서 생존을 도모하느라 마모되었던 정신이 비로소 또렷하게 변하는 듯했다.

무창에서의 추억이 올올히 떠올라 가슴을 옥죄었다.

"역시 위작인가?"

마인 한 명이 이상하다는 듯 물었다.

승조는 고개를 슬쩍 저었다.

"아니, 진품이야. 귀한 걸 봤군. 관중(關中)으로 보내면 만금을 받을 수 있을 거야. 곽희라면 환장을 하는 노인네가 있으니까. 자세한 건 귀곡자를 통해서 알려주지."

승조가 그림을 마인에게 돌려주었다. 그 태도가 워낙에 조심스러웠으므로, 마인 역시 천하에 드문 귀물을 만지듯 섬세하게 그것을 받아 들었다.

승조가 소매에 대충 꽂아두었던 목록을 다시 꺼내 들었다.

"연동합(硯銅盒)? 그것도 유금(鎏金)?"

목록을 읽어나가던 승조가 고개를 번쩍 들어 올렸다. 유금양감수형대연동합(鎏金鑲嵌獸型帶硯銅盒)이라는 이름을 발견한 탓이었다.

유금이라 함은 수은과 황금을 섞어 사물에 바른 후, 표면을 덥혀 수은은 날아가게 하고 오직 황금만 남기는 기법으로 한(漢)나라 때에 주로 쓰인 기법이다.

"그곳도 동한(東漢)때의 것이라고? 보여줘봐."

승조의 머릿속이 새하얗게 변하였다.

조금 전 곽희의 모작을 만질 때처럼 손을 꼼꼼히 닦고 물건을 받아 드는데, 심각하게 물건을 보는 체하지만 그의 상념은 다른 곳을 오가고 있었다.

'낙양이 수상하다고?'

동한의 수도가 어디던가?

바로 낙양(洛陽)이다.

신양상단의 단주, 이호청은 승조가 보내온 혈마곡의 정보와 자신이 알아낸 상계의 정보를 분석하여 낙양을 지목하고 있었다.

낙양이라는 단서를 얻었으니, 이제부터는 승조의 몫이었다. 작금의 수수께끼는 오직 혈마곡의 자금 사정을 꿰뚫고 있는 승조만이 풀 수 있는 것이나 다름없었다.

연동합을 만지작거리는 승조의 손이 파르르 떨려왔다.

방으로 돌아온 승조는 무심코 용정차를 마셨다가 뱉어버리고는 차가 튀었다며 비단 정장을 갈아입었다. 옷을 갈아입은 다음에는 평소처럼 서류를 들여다보는데 이는 금일 혈마궁으로 들어온 귀물들을 천하 각지에 분배하고자 함이었다.

눈은 서류를 보고 있으나 승조의 머리는 다른 생각을 하고 있었다. 가장 먼저 떠오른 것은 소량에 대한 생각이었다.

'유협의 이름이 많은데 왜 굳이 형가를 대상으로 삼았을까?'

역수가는 형가가 진왕(秦王) 정(政)을 암살하기 위해 떠날 때에 지은 시였다. 그는 암살이 성공할지, 실패할지 가늠하지 못하였으며 자신의 생사조차 가늠치 못하였다.

소량 형님의 행로 역시 그러하리라.

'이는 소량 형님이 나시 움직이셨나는 뜻. 목석시는 청해씼지. 삼천존, 무림맹, 형님… 모두가 한 점으로 이어져. 하하! 혈마곡의 분위기가 범상치 않은 까닭을 이제야 알겠구나.'

승조의 입가에 희미한 미소가 어렸다.

생각해 보면 꾸준히 당하기만 해온 입장이었다. 혈마곡의 습격으로 인해 가족이 뿔뿔이 흩어졌고, 종국에는 서로의 생사조차 알지 못하게 되었다. 스스로의 뜻으로 떠났다면 이와 같지 않았겠지만 강제로 떨어지고 말았으니 억울한 마음을 금할 수가 없다.

형제들은 난세 속에서 성장통을 겪어야 했다.

'당하기만 한 건 우리뿐만이 아니지.'

무림맹 역시 당하기만 해온 입장이었다.

혈마라는 개인에게 모든 권력이 집중되어 있는 혈마곡과 달리, 무림맹은 수많은 파벌과 수많은 이해관계가 얽힌 곳이었다. 권력이 분산된 무림맹은 제때에 대응하지 못하였다.

하지만 이제는 다르리라.

'내 예상대로 삼천존과 무림맹, 소량 형님까지 모두 출행한 것이라면 귀곡자가 똥줄 좀 타겠는걸?'

승조의 마음이 이전과는 비교도 할 수 없을 정도로 여유로 워졌다.

물론, 마음은 여유롭게 두되 정신은 날카롭게 벼린다.

'우리 단주님, 늙어서 기력이 다 빠진 줄 알았는데 아직 정정 하셨군. 마지막 한 방이 특히 컸어. 모을 수 있는 정보는 모두 모았으니 이제 모든 것은 내게 달린 셈.'

이제는 앉은 자리에서 천하를 봐야 할 때였다. 마음 같아서 는 혈마곡의 이곳저곳을 쏘다니며 정보를 얻고 싶었지만, 귀곡 자는 승조에게 조금의 이동도 허락하지 않았던 것이다.

승조의 눈에서 기광이 어렸다.

'단주님은 낙양을 지목했다. 낙양으로 향하는 흐름, 혈마곡 내의 자금 유통……'

승조는 그간 보았던 모든 서류를 되새겨 보았다. 물론 세세한 품목은 기억하지 못했고 정확한 수량과 금액 역시 기억하지 못했지만 적어도 흐름만큼은 되새길 수 있었다.

지난 한 달간의 기록은 이곳에 남아 있으므로 육안으로 확인할 수도 있었다.

승조는 의자에 파묻었던 몸을 일으켜 서류를 움켜쥐었다.

'청해부터 낙양까지 금은을 옮기지는 않았겠지. 거리가 머니만큼 잃기도 쉽고, 새어 나가기 쉬우니까. 낙양에 돈이 새어 들어간다면 틀림없이 다른 방식으로 흘러갔을 것이다.'

자신이 취한 방법처럼 귀물을 소용했을까?

아니면 곡물과 같은 생필품을 유통했을까?

아니면 북평부(北平府)로의 천도(遷都)를 이용했는가?

승조의 머릿속에 중원 지도가 떠올랐다. 중원의 각 지역에서 선이 나타나더니 지도 위를 복잡하게 그어나갔다. 수많은 선들이 서로 꼬이고 꼬이다가 종국에는 사라진다.

'남직례, 북평부… 조정!'

승조의 신형이 덜컥 경직되었다.

그동안 놓치고 있었던 끈을 발견한 것이다.

방 안에 무거운 침묵이 내려앉았다. 서류를 넘기던 소리조차 들리지 않으니 완벽한 정적이라 할 수 있었다.

잠시 뒤, 승조가 딱딱하게 굳은 어깨를 애써 늘어뜨리며 천장을 바라보았다.

"야, 아무나 한 명 불러줘. 대충 어디로 보낼지 정했으니까."

천장의 귀퉁이에서는 아무 반응도 보이지 않았으나, 승조는 그가 자신의 말을 전달했음을 알 수 있었다. 승조는 느긋하게 깍지를 끼고 사람이 올 때까지 기다렸다.

누군가 올 때까지 기다리는 시간이 너무나도 길게 느껴졌다.

영원과 같은 순간이 지나고 마침내 승조의 방문이 열렸다. 청의장포를 입은 중년 문사가 뚜벅뚜벅 안으로 걸어 들어오더니 다짜고짜 손을 내밀었다.

"다오."

승조가 조금 전에 작성해 둔 서류를 내밀었다.

"잘 들어, 실수하지 말고. 남직례와 북평부 사이에서 갈등을 좀 하긴 했는데 결국엔 북평부로 결정했어. 올해나 내년쯤에 황상께서 북평부로 천도를 하실 테니……."

"황상? 흥! 주가 놈들은 배신자에 불과하다. 지금 황위에 앉은 놈도 그렇지. 그 천한 피를 숨기지 못하고 골육상쟁을 벌여 조카의 제위를 찬탈하지 않았던가?"

중년 문사가 불쾌한 표정을 지으며 말했다.

승조가 어깨를 으쓱해 보였다.

"그걸 나한테 말해서 뭐 하게? 어쨌든 천도가 가까워진 탓에 북평부 전체가 들떠 있어. 신흥 거부도 제법 생겼지. 그리고 신흥 거부는 사치를 쉽게 부리게 마련이야. 금번의 귀물들은 북평부로 보내. 하지만 몇몇 개는 빼야 해, 덩어리가 너무 크니까."

승조가 말속에 가벼운 속임수를 섞어 던졌다.

중년 문사가 미간을 찌푸렸다.

"덩어리가 크다?"

"어디서 구했는지는 모르겠지만 천 년 전의 연동합에 곽희의 역수화까지 있더라고. 이렇게 큰 걸 보내면 바로 의심을 사게 돼. 역수화는 곡부(曲阜)에 있는 공부(孔府)로, 연동합은 낙양으로 보내. 낙양의 명가(名家), 조정과 끈이 닿은 곳으로 보내야 해."

태연하게 말하고 있었지만, 지금 승조는 가벼운 현기증까지 느끼고 있었다. 심장이 쿵쾅쿵쾅 뛰는 것은 물론이거니와, 입안이 말라 바싹바싹 타들어가는 느낌까지 든다.

중년 문사가 승조가 든 서류로 손을 내밀었다.

"알겠네. 우리가 선택하지."

"…방심하지 마."

중년 사내가 서류를 잡기 직전, 승조가 서류를 거두었다.

"이거, 동한 시대의 귀물이 천 년을 뛰어넘어 나타난 거야. 너 같은 무식한 녀석은 잘 모르겠지만, 잘못 걸리면 도굴부터 시작해서 온갖 소리 다 나온다. 조정과 연이 닿는 곳에 팔라는 말을 왜 한 것 같아? 방패막이가 필요하다는 뜻이야."

승조는 세상에 없을 만큼 진지한 표정으로 경고했다.

"잘못 팔면 누군가가 출처를 뒤지게 되어 있어. 잘해야 해. 나는 목숨을 잃는 것은 견딜 수 있어도 천하의 금협이 실수를 했다는 소리는 견딜 수 없으니까."

"시끄럽군. 서류나 다오."

중년 문사가 다시 손을 내밀었다.

승조는 못 미덥다는 표정을 지었지만 더 이상은 시간을 끌수가 없었다. 말속에 속임수를 섞어 던졌으나 상대가 반응하지 않으니 이제는 연동합의 행적을 추적하여 혈마곡의 몸통을 알아내는 수밖에 없는 것이다.

승조의 마음이 절망으로 물들어갈 때였다.

중년 문사가 몇 마디를 중얼거렸다.

"번왕 정도면 방패로 충분하겠지."

그 순간, 승조의 시선이 크게 흔들렸다.

어찌나 긴장을 했는지, 귓가에 이명이 들리는 듯했다.

'…번왕?'

중년 문사는 결코 중요한 정보를 이야기하지 않는다. 귀곡자만큼이나 승조를 경계하기 때문이었다. 실제로 여태까지 그에게서 얻은 정보는 아무런 도움도 되지 않았다.

그러나 그동안 그가 알아온 혈마곡의 자금 흐름에 이호청과 교류하며 얻은 정보를 더한 지금은 중년 문사의 사소한 한마디도 큰 정보가 된다.

'태자는 이미 정해졌지만 황권을 노리는 사람들이 없는 것은 아니다. 한왕(漢王) 주고후(朱高煦), 조왕 주고수(朱高燧). 그들의 심복이 누가 있지? 낙양에는 누가……'

승조는 시간이 느리게 흘러가는 듯한 착각을 느꼈다. 방 안에 흐르는 공기를 눈으로 볼 수 있을 것 같았다. 방 안을 떠돌아다니던 먼지 한 톨이 나풀나풀 내려와 승조의 손에 내려앉았다.

혈마곡에 잠입한 이유, 그가 알아내고자 하던 몸통.

혈마곡을 한순간에 파멸시킬 수 있는 이름…….

느릿하게 흐르던 시간이 마침내 완전히 정지했다.

긴장감이 극에 순간, 승조가 속으로 중얼거렸다.

'…찾았다.'

한없이 느리게 느껴졌던 시간이 나시 성상으로 되돌아왔다.

서류를 무심히 바라보던 중년 사내가 불쾌한 얼굴로 말했다.

"쯧! 너무 귀한 물건을 들여도 문제가 되는군. 다음부터는 이와 같은 일을 만들지 마라. 이것은 경고다. 두 번은 용서하지 않겠다."

승조가 태연하게 어깨를 으쓱해 보였다.

"내가 구해 왔어? 탓하려면 네 부하들이나 탓해."

중년 문사로서도 할 말이 없는 답변이었다. 잠시 승조를 노려보던 중년 문사가 몸을 홱 돌리더니 성큼성큼 방을 빠져나갔다.

중년 문사가 빠져나가자 방 안이 고요해졌다.

무거운 침묵 속에서 승조가 눈을 지그시 감았다.

'등하불명(燈下不明). 천하를 뒤엎으려는 혈마곡이 조정과 끈이 닿아 있을 줄은 몰랐다.'

작금 황제는 정난지변(靖難之變), 골육상쟁을 일으켜 조카를 죽이고 황위에 오른 자다.

아비가 그러한데 자식이 무엇을 보고 배우겠는가?

이미 태자가 정해졌음에도 불구하고 음모는 이어지고 있었다. 차남 한왕 주고후는 대놓고 태자 자리를 노리는 수준이고, 삼남 조왕 주고수 역시 음험한 속내를 감추지 못했다.

그런 조왕 주고수과 낙양을 연결하는 끈이 있었다.

'호위지휘(護衛指揮) 맹현(孟賢)의 일파, 맹가구(孟家溝)! 맹가구가 몸통이야.'

신양상단에 머물 시절, 승조는 이미 맹현에 대해 알아본 바가 있었다. 낙양의 상로를 뚫기 위해 당대의 권력자들과 접촉하는 과정에서 알게 된 것이었다.

맹현은 고이정 등과 함께 황상의 삼남, 조왕 주고수를 모시고 있다.

'맹현이 혈마곡과 직접 연결되어 있을 가능성은 드물지. 그 주위가 문제일 뿐. 맹현, 이 멍청한 놈. 자신이 누구에게 놀아나는지도 모르고 조왕을 옹립하려 드는가?'

승조는 '역시 조정은 썩었다'라고 중얼거렸다.

황제의 아들들은 골육상쟁을 벌이고, 신하들은 그에 들개처럼 들러붙어 일인지하 만인지상의 자리를 꿈꿀 뿐, 백성들을 돌보지 않는다.

심지어 그들은 자신들의 주변에 독버섯처럼 혈마곡이 자라고 있음조차 알지 못했다.

'모르고 놀아난 것이더라도 죄가 없는 것은 아니지. 조정의 권력 다툼에는 조금의 관심도 없지만 조왕 주고수, 호위지휘 맹현. 당신들은 혈마곡과 함께 망해줘야겠어.'

승조의 입가에 비틀린 미소가 떠올랐다.

'모든 장사꾼이 사기꾼인 건 아니지만, 적어도 이 금협만큼은 사기꾼이 맞아. 그리고 모든 사기는 무릇 상대를 자리에 앉히는 것에서부터 시작하는 법이지.'

안타깝게도 혈마곡은 이미 자리에 앉았다.

지금은 돈이 순환하고 있는 것으로 보이지만, 알고 보면 혈마곡은 거의 모든 거래를 신양상단과 해온 셈이었다. 이와 같은 상황에 신양상단이 발을 빼면 혈마곡은 무너진다.

그리고 방금 승조가 넘긴 서류에는 '모든 자금을 회수하라'는 신호가 들어 있었다.

승조가 살아서 돌아가든, 죽어서 돌아가든 혈마곡은 모든 자금을 잃게 될 터였다.

'내가 이겼다, 귀곡자.'

승조의 눈빛이 한차례 빛났다.

'이제 탈출하는 일만 남았군. 여기서 살아 돌아가기만 하면 귀곡자는 분노를 참지 못하고 꽥꽥 고함을 지르겠지? 그거 참 보고 싶은 얼굴인걸.'

미소 짓고 있던 승조가 조금씩 웃음을 거두었다.

'무사히 탈출한다면……'

허공을 바라보는 승조의 눈에 조금씩 그리움이 차올랐다.

2

보름의 시간은 그야말로 눈 깜짝할 사이에 흘러갔다.

귀곡자에게 있어서 지난 보름은 미쳐 버릴 것만 같은 시간들이었다.

귀곡자는 떼를 쓰는 어린아이처럼 울부짖었다.

"멍청이들! 모조리 멍청이들뿐이야!"

지금까지의 양상이 어떠했던가? 일선공의 후인인 천애검협을 제거하지는 못하였지만, 그 외의 모든 부분에서 혈마곡은 정도 무림을 압도하고 있었다.

하지만 지난 몇 달간은 느낌이 좋지 않았다.

혈마곡으로 기울었던 저울추가 서서히 무림 쪽으로 기우는 느낌… 비록 귀곡자는 믿지 않지만, 천기나 하늘 따위가 존재한다면 무림맹의 손을 들어주고 있는 느낌이다.

귀곡자는 그것을 인정하기 싫었다.

"내가 가장 중요한 것이 뭐라고 했어! 응? 정보라고 했지? 정보는 어떤 의미로는 혈존보다도 중요하단 말이야! 이 멍청이들아! 너희들은 일월신교의 복수를 하고 싶지 않은 게 분명해! 다 죽어버려! 너희들은 개돼지에게 줄 먹이보다도 못해!"

귀곡자가 울분을 참지 못해 들고 있던 서류를 집어 던졌다. 귀곡자는 조그마한 몸을 굽혀 바닥에 떨어진 서류를 움켜쥔 다음 몇 차례나 다시 집어 던졌다.

"왜 아무도 삼천존의 위치를 파악하지 못한 거야, 왜!"

사실 귀곡자의 분노는 어처구니없는 것이리 할 수 있었다.

삼천존이 모습을 감추고자 한다면 천하에 누가 있어 찾아내겠는가!

혈마와 남은 다섯 명의 마존들을 제외하면 누구도 찾지 못하리라.

귀곡자가 씩씩대며 소량의 별호를 외쳤다.

"천애검협, 이게 다 천애검협 때문이야! 검신 진소월, 진무신모 유월향! 그 두 연놈들이 남긴 씨앗이 문제야!"

천애검협이 진무십사협의 복수에 나선 것을 알게 되었음일까? 때를 맞춰 삼천존이 모습을 드러내었다.

그들은 세 방향으로 나뉘어 혈마곡으로 다가오고 있었는데, 곧바로 오지 않고 일부러 마인들을 찾아다니며 혈마곡의 세를 깎고 있었다.

천애검협만으로도 골머리를 썩고 있던 혈마곡으로서는 그야말로 뼈아픈 일격이었다.

"이대로는 안 돼. 이대로는 사천을 얻지 못하고 다시 청해로 후퇴하고 말 거야. 그러면 다시 전진하기 어려워."

귀곡자의 분노는 한참이 지나서야 멈추었다.

그는 마음을 가라앉히려는 듯 몇 차례 심호흡을 했다.

"이제는 혈존께서 직접 움직이는 수밖에 없어."

귀곡자의 목소리는 낮게 가라앉아 있었다.

묵묵히 서서 귀곡자의 분노를 받아내고 있던 중년 문사가 미간을 좁혔다.

"혈존께서 벌써 나서야 한단 말씀이십니까?"

"그래. 그동안 우리는 십이마존을 과대평가해 왔어. 십이마존이 천존을 상대할 수 있다고 믿었지. 하지만 십이마존들은 모두 약해 빠졌어. 이제는 혈존께서 직접 나서는 수밖에 없어."

귀곡자는 이제 완전히 평정을 되찾았다.

그래서 중년 문사는 몇 가지 질문을 던질 수 있었다.

"삼천존이 과연 혈존을 상대하려 하겠습니까? 만약 그들이 혈존을 피해 혈마곡의 세를 깎고자 한다면 오히려 혼란만 가

중될 것입니다."

"아니, 그렇지는 않아. 혈존이 나타나면 오히려 삼천존은 그 장소로 몰려들 거야. 혈란을 조기에 종결하고 싶을 테니까."

중년 문사의 안색이 창백하게 변해갔다.

귀곡자의 말은 감히 혈존을 미끼로 삼겠다는 소리나 다름없는 것이다.

서류 뭉치로 걸어간 귀곡자가 발꿈치를 들고는 탁자에 놓인 지도를 만지작거렸다.

"삼천존이 십이마존의 우위에 서 있는 것처럼, 혈존은 삼천존의 우위에 서 있어. 합공을 당한다면 이야기가 다르겠지만, 그게 아니라면 혈존께서는 능히 삼천존을 꺾을 수 있지. 그리고 창천존은 바로 그 독에 당한 바 있으니 합공은 애초부터 불가능해."

지도가 놓인 탁자에 몸을 기댄 귀곡자가 손가락을 툭툭 두드렸다.

"그리고 복은 쌍으로 오지 않고 화는 홀로 오지 않는 법……."

천애검협이 복수를 시작하고, 그에 맞추어 삼천존이 몸을 일으킨 지금이다.

무림맹이 가만히 있을 리 없다.

"무림맹도 지금쯤이면 천애검협의 소식을 들었겠지. 제갈군은 결코 멍청한 놈이 아니니 이 기회를 놓치지 않을 거야. 놈들이 금천을 완전히 차지하기 전에 우리도 거병해야 해."

귀곡자가 혈(血) 자가 그려진 깃발 서른여 개를 금천으로 밀어 넣었다.

"무림맹이 한 수를 놓았으니 이제는 내가 놓을 차례지. 제갈군도 머리가 좋은 놈이긴 하지만 나를 이기진 못해. 응, 내가 이겨. 혈존으로서 삼천존을 막고, 금천을 우회해서 침으로서 무림맹을 격파할 거야."

만약 귀곡자의 말대로 된다면, 무림맹이 서둘러 거병한 것이 악수(惡手)가 되리라.

귀곡자가 중년 문사를 흘끔 돌아보았다.

"천애검협! 천애검협은 어디에 있지?"

"지금쯤이면 일관을 지나지 않을까 싶습니다만."

귀곡자는 아직 소량의 위치를 명확하게 파악하지 못했다.

단애곡의 정보가 도착하지 않은 까닭이었다.

"아니, 지금쯤이면 일관을 넘었을 거야. 천애검협은 그냥 천존이 아니라 검신의 무학을 이은 천존! 기관진식을 파훼하는 재주는 삼천존보다도 낫다고 봐야 해. 차라리 힘으로 상대하는 것이 나아. 이관… 이관에 기대를 걸어보지."

중년 문사가 납득했다는 듯 고개를 끄덕였다.

귀곡자가 중년 문사를 바라보며 말을 이어나갔다.

"나는 이관에서 천애검협이 고꾸라질 것이라고 보지만, 만에 하나의 경우를 대비해야 해. 금협 진승조를 데려가서 천애검협의 인질로 삼으라고 전해."

"금협을 죽이려 하십니까? 아직 자금을 완전히 회복하지 못하였지 않습니까?"

중년 문사가 어물거리며 반박할 때였다.

"입 닥쳐, 이 멍청아!"

귀곡자가 갑자기 고함을 질렀다.

갑자기 터진 고함에 방 안에 무거운 침묵이 감돌았다. 잠시 뒤, 귀곡자가 중년 문사에게서 시선을 떼어 허공을 바라보았다.

"복은 쌍으로 호지 않고 화는 홀로 오지 않는 법! 불길해, 너무 불길해! 악재가 계속해서 겹칠 것 같은 느낌이란 말이야."

귀곡자가 혀로 입술을 축였다.

"상계의 재주를 모두 배우면 죽이려고 했는데 나는 아직 다 배우지 못했어. 석 달 안에 죽일 수 있으리라고 확신했는데 그는 지금도 살아 있지. 금협이 무엇을 꾸미는지도 문제야. 무엇을 꾸미든 당해낼 수 있을 줄 알았는데 그는 너무나도 약삭빨라."

귀곡자의 표정은 패배감으로 일그러져 있었다.

천하에 보기 드문 지자인 귀곡자였지만 상계의 재주로만 치면 금협을 능가할 수 없었다.

그 사실을 인정하려다 보니 속이 뒤집히는 기분이 든다.

"알고 보면 금협은 천애검협보다도 위험한 사람이야. 혈마곡을 가장 크게 흔들 수 있는. 물론 시간을 들였더라면 당연히 죽일 수 있었겠지만… 천애검협과 삼천존에게 너무 시간을 빼앗기고 말았어. 지금은 너무 불길해. 차라리 일이 터지기 전에 미리 죽이는 게 좋아."

"명을 받들겠습니다."

여전히 이해할 수 없다는 표정이었지만, 중년 문사는 작게 읍하여 귀곡자의 뜻을 따랐다.

귀곡자가 침을 꿀꺽 삼키며 말했다.

"천애검협이 첫 번째 공세였고, 삼천존이 두 번째 공세였다면 금협은 세 번째 공세가 될 거야. 세 번째 공세를 당하면 나는 악이 올라서 죽어버릴지도 몰라. 그러니……."

말이 씨가 된다던가?

불현듯 복도에서 다급한 발걸음 소리가 들려왔다. 귀곡자의 방을 호위하던 마인들이 달려오는 이를 막아서는 소리도 들려왔다.

잠시 뒤, 방 안에 누군가가 뛰어 들어왔다.

"귀, 귀곡 노선생!"

"넌 누구야? 갑자기 왜 들어오는 건데?"

귀곡자가 뛰어 들어온 마인을 흘끔 바라보았다.

복장을 보아하니 그 무위가 하급에 불과한 자였다.

"금협, 금협이……!"

"금협이 왜?"

되물어보는 귀곡자의 얼굴은 잔뜩 일그러져 있었다.

3

승조는 짧으면 칠 주야, 길면 보름 안에 마지막 순간을 맞게 되리라 예상했다.

그 예상은 너무나도 정확한 것이었다.

원인은 달랐지만 귀곡자는 보름이 지나는 순간 승조를 죽이겠다고 마음을 먹었던 것이다.

하지만 승조로서는 할 수 있는 것이 없었다. 항상 눈이 가려진 채 이동하였으니 혈마궁의 지리를 알지 못하고, 마인들이 수도 없으니 무공으로 길을 뚫을 수도 없다.

승조는 죽음을 기다리는 심정으로 물품의 품목을 확인하러 갔다. 보름 전과 달리, 혈마궁의 앞에는 한 대의 마차만이 자리해 있었다.

승조는 귀찮은 척 표정을 관리하며 손을 내밀었다.

"요즘은 물건이 너무 잘 들어온단 말이야, 귀찮게시리. 목록 줘봐."

요녀(妖女)처럼 손끝에 날카로운 장신구를 한 마인이 서류를 내밀었다. 승조를 괴롭히기로 작정했는지, 서류를 받는 순간 장신구 끄트머리가 승조의 손을 찌르고 지나갔다.

"제기랄, 따가워! 조심 안 해?"

승조가 재빨리 손을 감추며 오만상을 찌푸렸다.

그 몰골이 우습다는 듯 마인이 웃음을 터뜨렸다.

"하하하! 계집처럼 그거 하나를 피하지 못하느냐?"

승조가 '멍청한 자식들, 하여간 제대로 하는 게 없어'라고 중얼거리고는 서류를 펼쳐 주르륵 읽어 내려갔다.

잠시 뒤, 승조의 표정이 딱딱하게 변해갔다.

"이게 뭐야? 화주(火酒)? 왜 화주가 품목에 있지?"

혈마곡의 자금을 마련하는 데 싸구려 화주가 왜 필요하단 말인가!

이는 곧 마인들이 승조를 조롱하는 것이나 다름없었다.

"우리에게도 작은 재미도 있어야 하지 않겠느냐? 하하하! 고작 두 병을 샀을 뿐이니 계집애처럼 따지지 말거라!"

조금 전, 승조의 손끝을 찔렀던 마인이 큭큭 웃으며 마차에서 화주를 꺼내어 들었다.

그는 몇 모금을 삼키고는 승조에게 그것을 집어 던졌다.

"너도 한 모금 할 테냐?"

승조가 재빨리 화주를 받으려 했지만, 마인이 일부러 바닥을 향해 던진 고로 그것을 받아내지는 못하였다.

바닥에 떨어진 화주가 챙강, 소리를 내며 깨졌다.

"천하의 금협이 주는 술도 받지 못한단 말인가?"

"저 술 흐르는 것 좀 봐라! 아깝구나, 아까워!"

다른 마인들이 낄낄거리며 농담을 건넸다. 승조는 고개를 절레절레 젓고는, 다시 목록을 읽어나가기 시작했다.

"재미없군, 재미없어."

도대체 어째서일까?

승조의 말이 끝나기가 무섭게 주변의 마인들이 술에 취한 사람처럼 비틀거렸다.

승조는 그들에게 관심을 보이는 대신, 계속 목록을 읽어갔다.

"이, 이게 어떻게 된······."

의아한 얼굴로 질문하던 마인이 풀썩 쓰러졌다.

그를 기점으로 장내의 마인들이 한 명, 한 명씩 쓰러지기 시작한다.

"너! 너 이 개자식!"

마지막까지 서 있던 마인이 장신구를 매단 마인을 노려보다 쓰러졌다. 그가 깨뜨린 화주 속에 산공독이 있었음을 뒤늦게 깨달았던 것이다.

짧게나마 마차 앞에 침묵이 내려앉았다.

잠시 뒤, 목록을 다 읽은 승조가 길게 한숨을 내쉬었다.

"후우우—"

승조는 서류를 접어 소매에 넣고는 자신을 찔렀던 마인을 흘끔 돌아보았다. 그가 해독약이 묻은 장신구로 손끝을 찔러 주었기에 중독되지 않을 수 있었던 것이다.

승조의 눈빛이 차분하게 가라앉았다.

"정식으로 결례를 사죄하겠소. 조금 전의 반말은 잊어주시오. 그래, 어디에서 오신 분이시오?"

"중원상단(中原商團)의 단주 금정룡(金正龍), 금 단주가 보내서 왔네. 나는 왕(王)가 사람으로 이름은 소정(所定)이라 하는데, 그냥 왕 형이라고 부르면 될 걸세. 혈마곡에서 세작질을 하는 것도 꽤 재미있었는데, 자네 때문에 못 하게 됐어."

마인, 아니, 왕소정이 손끝에서 장신구를 빼내며 말했다.

승조의 표정이 딱딱하게 굳어갔다.

"세작… 중원상단이 양다리를 걸치고 있었군."

"이젠 외다리야."

천하가 도탄에 빠진 지금, 중원상단에서 혈마곡에 세작을 넣어둘 이유가 무엇이겠는가? 이는 곧 정도 무림과 혈마곡 양측에서 이득을 거두고 있었다는 뜻이나 다름없다.

과연 생명과 죽음조차 상품으로 여긴다는 상계의 사람들다웠다. 왕소정이 승조의 얼굴을 보고는 감탄을 터뜨렸다.

"허! 생각보다 영준하군. 이게 바로 그 소문 자자한 금자 칠십만 냥짜리 상품의 얼굴인가?"

사람을 보고 금자 칠십만 냥짜리 상품이라니, 도대체 이것이 무슨 소리란 말인가! 만약 다른 이가 있어 왕소정의 말을 들었더라면 이해하지 못해 눈만 껌뻑댔으리라.

승조는 어깨를 으쓱해 보이고는 마차로 걸어갔다.

"아직 주인이 정해지지 않은 상품이니 호언장담은 마시구려. 원래 거래란 끝난 뒤에나 안심할 수 있는 것 아니겠소. 이리 오시오, 짐이나 좀 챙깁시다."

"챙기다니, 무엇을… 엇? 중원상단만이 아니었던가?"

왕소정의 표정이 당혹스럽게 변해갔다.

승조가 마차를 뒤적거리며 대답했다.

"당연하지. 칠십만 냥 거래에 관심을 가진 사람이 당신뿐일 것 같소?"

승조는 혈마곡에서 탈출할 방법을 찾지 못했다. 그의 두뇌로는 귀곡자의 신산귀계를 당해낼 수 없었으며, 그의 무력으로는 혈마곡의 마인 두 명을 감당해 내지 못했다.

복잡하게 고민해도 답을 찾지 못하자, 승조는 그냥 간단하게 생각하기로 했다.

한 달 전, 승조는 자신의 목숨을 금자 칠십 만 냥짜리 상품으로 팔았다.

상상할 수 없는 거액에 천하의 모든 상계가 눈이 뒤집혔다.

천하제일상단인 중원상단은 물론, 십대상단 모두가 그를 구하기 위해 뛰어들었다. 그뿐만이 아니었다. 조정의 고관대작부터 드넓은 땅을 가진 지주까지 칠십만 냥짜리 상품을 구하기 위해 달려들었다.

왕소정은 등골에 소름이 오싹 돋아 오르는 것을 느꼈다.

"이제야 알 것 같군. 자네의 계획은……."

"혈마곡은 정말 대단하더군. 내가 아무리 날고뛰는 사람이라도 방법을 찾을 수가 없었소. 그러다 좋은 생각 하나를 떠올렸다오. 두 명의 방수가 있다면 어떨까? 천 명의 방수가 있다면? 천하의 상계가 머리를 합쳐 방법을 찾아낸다면, 그래도 탈출하지 못할까?"

왕소정이 침을 꿀꺽 삼켰다.

금협이라는 별호는 과연 헛된 것이 아니었다. 금협은 돈을 풀어 천하의 상계를 모두 고용한 다음, 한 명의 귀곡자와 대적하고자 하고 있었던 것이다.

"허! 이젠 칠십만 냥이 진짜로 있는지도 의심해야겠군. 말해주게. 칠십만 냥은 혈마곡에서 탈출하기 위한 거짓말이었나?"

"아, 그건 진짜요. 혈마곡에서 삥을 좀 뜯었거든. 미안하지만 이것 좀 받아주시오. 이거하고, 이것도 챙겨주시고……."

승조가 마차에서 이런저런 짐을 꺼내어 뒤에 놓았다.

천하의 보물이라는 금린갑(金鱗鉀)부터 시작해서 누르면 암기가 발사되는 암뢰(暗雷), 무엇보다 간단하게 펼칠 수 있지만 누구도 빠져나오지 못한다는 기진(奇陣)의 도해, 산공독 중에서도 가장 위력이 강하다는 무진기독(無盡奇毒)⋯⋯.

"아까 보니 탈출로와 탈출 방법이 사십 개가 넘더구려. 적어도 사십 곳이 넘는 곳에서 내 목숨을 사려고 한다는 이야기지. 그걸 잘 취합하면 무사히 도망칠 수 있을 것 같소."

"그렇게 많은 상단이 끼어들었다면 이 거래는 어떻게 마무리되는 건가?"

"거래 물품을 두고 상단끼리 부딪히는 거야 별로 이상한 일도 아니잖소? 승자독식(勝者獨食)! 나를 살려 데려가는 사람이 가져가는 거요, 칠십만 냥."

왕소정이 저도 모르게 헛웃음을 터뜨렸다.

승조의 배포에 감탄하지 않을 도리가 없는 것이다.

"자네는⋯ 진정으로 돈을 무기로 삼는군."

왕소정의 감탄을 들은 승조가 물끄러미 그를 바라보았다.

왕소정은 승조에게서 무공이 아닌 다른 이유로 위압감을 느꼈다.

"나 금협이라니까."

승조가 헛웃음을 지으며 말했다.

第三章
돌파(突破)

1

원래 단애곡은 네모반듯한 두부처럼 오롯이 선 고원(高原)으로, 조화옹이 무슨 재주를 부린 건지 그 사이로 개미굴처럼 좁은 소로들이 끊임없이 이어져 있는 곳이었다.

길이 좁으니 적은 수로도 다수를 상대하기 용이하며, 바위벽을 무너뜨리면 진로를 막을 수 있다. 현무당원들이 첩혈행로 당시 탈출로로 단애곡을 선택한 것은 바로 그 때문이었다.

하지만 지금, 그때의 장점은 정반대로 단점으로 작용하고 있었다.

만장단애에 설치한 벽력탄이 폭발하면서 암석들이 파편이

되어 튕겨져 나간다.

파편 하나하나가 벽력탄의 폭발력에 힘입어 절정고수의 일격과 같은 위력을 발휘하는데, 길이 좁으니 피할 수가 없다.

콰아아앙!

단애곡의 소로에 또다시 화염이 일어났다. 파편들이 천지사방으로 튀더니, 거대한 암석들이 우르르 무너져 내렸다.

"놈!"

이관의 수장격인 마인, 무산염마(巫山炎魔)가 노호성을 터뜨렸다. 바닥으로 떨어지는 거대한 암석 위에 착지한 천애검협이 검을 곧게 들더니, 오행검의 수검세를 펼쳐 파편들을 빨아들이기 시작한 것이다.

수검세를 펼치면서도 소랑은 신법을 펼쳐 다른 암석들을 밟고 쏘아져 나갔다.

"젠장! 피해라!"

달려가던 소랑이 화검세로 검로를 바꾸었다.

쐐애액!

빨려들었던 암석의 파편들이 방향을 바꾸어 앞을 향해 쏘아졌다. 벽력탄의 폭발력에 힘입었을 때보다 더욱 쾌속한 속도이니, 암기를 쏘아 보낸 것이라 말해도 좋으리라.

"커헉!"

"큭!"

만장단애 위에서 단말마가 터져 나왔다. 마인들 네 명이 파편에 휩싸여 육편이 되어버리고 만 것이다.

'빠, 빠르다. 너무 빨라.'

무산염마의 표정이 급박하게 변해갔다. 단애곡의 끝에 있는 동굴에서 천애검협을 만난 것이 고작해야 일다경 전이다.

복수를 천명한 천애검협은 곧바로 신법을 펼쳐 깜짝 놀랄 만큼 빠른 속도로 단애곡을 돌파하기 시작했다. 벽력탄 덕택에 그나마 속도를 늦출 수 있었기에 망정이지, 그게 아니었더라면 이미 단애곡을 돌파하고도 남았으리라.

"허, 헉?!"

파편을 모두 쏘아낸 소량이 소로에 착지하여 달려가자, 그 앞을 막으려던 마인 두 명이 헛숨을 들이켰다. 이미 천애검협의 신위를 보았거니와, 마침내는 그 살기까지 직접 느끼게 되었으니 어찌 두려움을 감추겠는가!

"천애검협, 잠깐만! 커헉!"

도대체 어째서일까!

겁에 질려 몸을 부르르 떨던 마인이 다급히 외치더니 스스로의 단전을 내려쳤다. 단전이 깨어지는 고통에 더해 마기가 흩어져 나가는 끔찍한 통증을 느꼈지만, 소량의 기세에 눌린 마인은 통증마저 잊은 듯 눈을 질끈 감을 뿐이었다.

마인이 비명처럼 고함을 질렀다.

"나, 난 스스로 무공을 폐했소! 죽이지 마!"

소량은 그를 흘끔 보고는 스쳐 지나갔다.

스스로 무공을 폐한 그와 달리, 또 한 명의 마인은 다른 선택을 했다. 그는 스스로 무공을 폐하는 대신 들고 있던 참마도로 소량을 공격하였던 것이다.

그 결과는 참혹했다.

서걱!

"꾸르륵!"

소량의 검이 가볍게 미끄러져 지나가자 마인의 목에서 거품 끓는 소리가 났다.

마인은 참마도를 떨어뜨리고서 자신의 목을 움켜쥐었지만, 이미 목이 반쯤 베였으니 어찌 살아나길 바라겠는가! 필사적으로 흐르는 피를 막던 마인이 이내 털썩 쓰러졌다.

그가 마지막으로 본 것은 벌써 삼 장이나 쏟아져 나간 소량의 뒷모습이었다. 소량은 한 필의 준마처럼 빠르게 달려 나가며 자신을 공격하는 마인들의 목을 베고 있었다.

"크아악!"

"물러나! 도망쳐!"

마인들이 범을 본 양 떼처럼 흩어졌다. 운이 좋은 자는 목숨을 건졌지만, 운이 없는 자는 등을 크게 베어 쓰러졌다. 소량은 달아나는 자들을 뒤쫓는 대신 계속해서 길을 뚫었다.

무산염마가 이를 뿌드득 갈았다.

'사십? 아니, 오십. 벌써 오십을 잃었구나.'

천애검협은 벌써 단애곡의 중간을 지나고 있었다.

그야말로 신위라 불려야 마땅한 무위였다.

하지만 무산염마에게도 노리는 바가 있었다.

'조금만 더 와라, 조금만 더……'

알고 보면 단애곡의 중앙에 있는 벽력탄이야말로 이관의 중심이라 할 만하다. 일관이 암수라면 이관은 힘과 힘의 대결인 셈, 중앙에는 천애검협을 짓누를 화약 만 근이 설치되어 있다.

'아직 아니야. 조금만 더, 조금만.'

무산염마가 마치 사신(死神)처럼 마인들의 목숨을 거두는 소량을 노려보다 말고 침을 꿀꺽 삼켰다.

그렇게 얼마나 지났을까.

실제로 지난 시간은 그야말로 찰나에 불과했지만, 무산염마가 느끼기에 그 시간은 며칠은 된 것처럼 길었다.

마침내 천애검협이 소로의 중앙에 이르자 무산염마가 혼신의 힘을 다해 외쳤다.

"터뜨려!"

콰아아앙!

굉음과 함께 화염이 한가득 일어나더니, 단애곡의 절벽이 파편이 되어 사방으로 흩어졌다. 이전과 크게 다를 바가 없는 폭발이었던 고로, 소량은 조금 전처럼 무너지는 암석 하나에 올라타 수검세를 펼쳤다.

그 순간, 두 번째 폭발이 일어났다. 이번의 폭발은 소량마저도 감당하기 힘들 정도의 위력이었다.

쿠웅!

일순간 발생한 압력을 이기지 못한 소량의 신형이 뒤로 튕겨 나더니 절벽에 처박혔다. 운석이라도 떨어진 양 움푹 파인 구멍을 만들며 그 안에 처박힌 소량이 이를 악물었다.

호신강기가 깨어지지는 않았지만, 약간이나마 손해를 보고 만 것이다. 반면, 무산염마의 눈에는 희열이 깃들어 있었다.

'드디어!'

천애검협이 처박힌 절벽, 그곳에 있는 화약이야말로 가장 큰 것이라 할 수 있다. 바로 옆에서 벽력탄이 터지는 셈이니 아무리 천존의 경지에 올랐다 해도 목숨을 구명하지는 못하리라.

무언가 타들어가는 소리를 들은 소량이 절벽 위쪽을 올려다 볼 때였다.

콰아아앙!

소량의 눈앞에서 백광이 작렬했다.

소량은 이를 질끈 악물며 호신강기를 한가득 끌어 올렸다. 할 수 있는 모든 내공을 다하여 천지간의 기운을 부른 것이다.

불길의 폭풍이 소량을 감싸 안았다.

우르릉!

처음에는 백광이 작렬하며 파편들을 사방으로 쏘아내더니, 마침내는 뇌성(雷聲)에 가까운 소리가 들려왔다. 절벽이 무너지며 굉음을 일으키기 시작한 탓이었다.

거대한 바위들이 소량의 전신을 덮었다.

"걸렸다… 천애검협이 걸렸어."

호랑이에게 쫓긴 늑대처럼 멀찍이 떨어져 있던 마인들이 침을 꿀꺽 삼키며 중얼거렸다.

지난 일다경의 시간은 그들에게 있어서 악몽이나 다름없었다. 천애검협을 처음 본 자들은 과연 소검신이라는 별명이 틀리지 않았음을 목숨으로 깨달아야 했다.

단애곡의 중앙까지 이르는 동안 천애검협을 막을 수 있는 자는 아무도 없었다.

쿵, 쿠쿵!

천지를 울리던 뇌성이 조금씩 사라지고 이제 간헐적인 울림만이 남았다.

이제 소로는 더 이상 존재하지 않았다. 거대한 바위 무더기만이 서서 그보다 작은 바위들을 털어낼 뿐이었다. 만장단애 위에서, 혹은 소로의 건너편에서 그 모습을 바라보던 마인들이 은근슬쩍 서로를 바라보았다.

간헐적인 울림이 사라지자 사방에 정적이 깔렸다.

"죽, 죽은 건가?"

마인들 중 한 명이 긴장한 얼굴로 말했다. 장내의 다른 마인들은 그저 침묵할 뿐 함부로 입을 열지 않았다.

약간의 시간이 더 지나자 마인들 사이로 희망이 번져 나가기 시작했다. 지형을 바꿔 버릴 정도의 폭발이 세 번이나 일어난 데다, 그중 하나는 지근거리에서 당하기까지 했다. 제아무리 천애검협이라 해도 살아남을 수 없을 것이라는 생각이 들었다.

단애곡의 바위들이 천애검협의 무덤이 되어준 셈이었다.

질문을 던졌던 마인이 자답(自答)을 했다.

"죽었겠지. 푸흐흐, 죽었을 거야."

휘익—

만장단애 위에서 휘파람 소리가 들려왔다.

장내의 마인들이 하나같이 만장단애 위를 올려다보았다.

무산염마가 가벼운 손짓으로 조금 전에 말한 마인을 가리키더니, 거대한 바위 무덤을 수색하라는 수신호를 보냈다.

마인이 긴장한 얼굴로 고개를 끄덕였다.

'제길, 입이 방정이었구나.'

운이 없어도 더럽게 없는 셈이었다.

마인이 주춤주춤 돌무덤으로 걸어갔다. 그 앞에 도착해서는 기감을 가득 끌어 올려 안을 살핀다. 조금의 시간이 더 지나자 마인의 얼굴이 한결 편안해졌다.

"역시 죽었군. 죽은 거야."

마인이 히죽 웃으며 바위 무덤을 발로 한 번 걷어찼다.

툭, 데구르르—

작은 돌 몇 개가 바닥으로 굴러떨어졌다.

"하하하! 무산염마! 천애검협은 역시 이관을 당해내지 못한 것이 분명… 커헉!"

마인이 만장단애 위를 올려다보며 웃음을 터뜨릴 때였다. 바위 무덤에서 손 하나가 불쑥 튀어나오더니 마인의 목을 움켜쥐었다.

마인은 웃음을 터뜨리던 그대로 목이 부러졌다.

곧이어 땅이 울렸다.

드드드—

바위 무덤이 무너지며 그 안에서 소량이 비틀거리며 걸어 나왔다. 한 손으로는 깨어지기 직전의 철검을 움켜쥐고, 다른 손으로는 마인의 시체를 움켜쥔 채였다.

수천 근 화약의 폭발을 바로 지근거리에서 견뎌낸 탓에, 소량의 안색은 창백하게 변해 있었다. 그 몰골 역시 처참하기 짝이 없는데, 옷자락은 작은 구멍들이 숭숭 뚫려 넝마나 다름없게 변해 있었고, 바위에 머리를 맞기라도 했는지 머리에서 한 줄기 피가 흘렀다.

들고 있던 마인을 흘끔 본 소량이 그를 바닥에 던졌다.

"어, 어떻게……."

장내의 마인들은 등골에 소름이 오싹 돋아 오르는 것을 느꼈다. 조금 전에 장내를 지배했던 희망이 빠르게 사라지고 마침내는 공포만이 남았다.

"커헉! 쿨럭, 쿨럭!"

마인들의 시선을 한 몸에 받으며 소량이 기침을 토해냈다. 기침의 끝에는 피를 한 움큼 쏟기까지 했다. 천존의 경지에 이른 소량이었지만 내상을 피하지는 못했던 것이다.

'부상을 입은 건가?'

무산염마가 간절한 시선으로 그런 소량을 바라보았다.

하지만 소량이 재차 기침을 토해내거나, 피를 더 쏟거나 하는 일은 없었다. 새하얗게 변해 있던 인색마저도 빠르세 안정을 찾아가는 듯 보였다.

무산염마는 마치 꿈을 꾸는 듯한 기분을 느꼈다.

"화약이 더 남았더냐?"

검을 늘어뜨린 소량이 다른 손으로 입가의 피를 닦으며 물었다. 질문을 던지며 앞을 노려보는데, 그 시선이 얼음장처럼 차갑기 짝이 없다.

무산염마는 대답 대신 눈을 질끈 감았다.

"…다 터뜨려 봐."

피를 모두 닦아낸 소량이 다시 걸음을 내디뎠다. 일 보를 가볍게 밟는 듯하더니 마침내는 소량의 신형이 사라졌다.

그 뒤에 남은 것은 비명뿐이었다.

그로부터 반각의 시간이 흘렀을 때였다.

단애곡에 계속해서 폭음과 뇌성이 울려 퍼졌다. 이관의 중심이 폭발한 뒤에도 벽력탄은 남아 있었던 것이다.

마침내 모든 폭발이 다 끝났을 때, 단애곡은 더 이상 단애곡으로 불릴 수 없는 곳이 되어 있었다. 네모반듯한 두부처럼 오롯하던 모습은 온데간데없고 바위 무더기가 산을 이루고 있다. 절벽의 틈으로 난 소로 역시 완전히 사라지고 말았다.

그것은 또한 무덤이라 말해도 좋을 터였다.

그 안에는 혈마곡의 마인들이 시체가 되어 깔려 있을 테니 말이다.

단애곡, 아니, 한때 단애곡이라 불렸던 바위 무덤 사이로 한 명의 무인이 걸어 나왔다. 조금 전까지만 해도 수많은 마인들이 길을 막았지만 이제 그를 가로막는 사람은 없었다.

넝마나 다름없는 옷을 입은 무인, 소량이 잠시 걸음을 멈추더니 눈을 지그시 감았다.

'이제 삼관만이 남았는가?'

검을 움켜쥔 손에 힘이 실리자 뿌드득 소리가 났다.

천천히 눈을 뜬 소량이 다시금 걸음을 옮겼다.

곧이어 소량의 신형이 사라졌다.

2

어디선가 황량한 바람이 불어왔다. 흡사 대막의 바람처럼 흙먼지를 잔뜩 머금은 바람이 소량의 옷깃을 스치고 지나갔다.

소량은 흙먼지 속에서나마 호흡을 골랐다.

"후우우—"

혈마곡이 준비한 삼관은 말 그대로 천존을 죽이기 위한 것!

언뜻 보기에는 아무런 손해도 보지 않은 듯했지만, 소량이 입은 피해는 결코 작지 않았다.

소량은 속으로 태허일기공의 치상요결(治傷要訣)을 되뇌었다.

'가면 돌아오지 않는 게 없고[无往不復], 마치면 시작함이 있다[終則有始]. 음과 양이 이르는 것이 바로 도이니[一陰一陽之謂道]……'

생각해 보면 일관은 차라리 쉬운 편이었다.

처음 무공을 배웠을 때 무엇부터 배웠던가? 보는 법[觀]이다. 훗날 무공이 경지에 이르렀을 때에도 마찬가지, 보는 법은 소량이 가진 가장 큰 자산이라 할 수 있었다.

소량은 만겁대진의 영향에 조금도 현혹되지 않았다.

자철사검과 주독청태, 중수를 넘을 수 있었던 것 역시 보는 법 덕분이었다. 소량은 중수의 미세한 흐름을 보았고, 그에 순응하여 중수에서 벗어날 수 있었던 것이다.

그러나 이관은 달랐다.

'…만물을 원만하고 완전히 이루어 빠진 것이 없게 하며[曲成萬物而不遺], 반복하기를 도로서 하라[反復其道].'

이관에 설치된 화약은 수만 근은 족히 넘는 것으로, 하나하나가 삼후제(三後帝), 혹은 삼천존의 일격에 비견할 만했다. 특히 단애곡의 중앙에서 일어났던 세 번의 폭발은 도천존이 직접 펼친 태룡도법만 한 파괴력을 품고 있었다.

절벽에 처박힌 탓에 폭발을 바로 눈앞에서 겪었던 소량은 거대한 충격을 받았다. 호신강기가 눈 깜짝할 사이에 파괴되었고, 충격이 직접적으로 소량의 몸속으로 파고들었다.

능하선검을 펼쳐 폭발의 여파를 흘려내지 못했더라면 다시 일어설 수조차 없었으리라.

소량의 눈동자에 이채가 떠올랐다.

'능하선검, 태허일기공… 둘 다 끝을 가늠할 수가 없구나.'

유약승강강(柔弱勝剛强)이라 했다. 약하고 부드러운 것이 도리어 굳건하고 강한 것을 이긴다는 뜻이다. 이화접목, 사량발천근… 전부 같은 묘리를 담고 있는 셈이다.

소량이 정면에서 폭발을 마주하고도 살아남은 것은 바로 그러한 이치 덕분이었다.

"후우!"

소량이 마지막으로 호흡을 골랐다.

믿을 수 없는 일이었지만, 치상요결을 운용하는 가운데서도 소량은 계속해서 경신의 공부를 펼치고 있었다.

환골탈태로 인한 육체와 태허일기공의 면면부절(綿綿不絶)이 만들어낸 기적이었다.

그렇게 얼마나 달렸을까?

단애곡으로 이어지는 수림(樹林)을 지나고, 한때 제갈영영이 찾아왔던 냇가를 지났을 무렵이었다. 소량은 이십여 장 너머에서 검은 무복을 입은 노인을 발견했다.

"허! 진짜 여기까지 왔군."

노무사기 믿을 수 없다는 듯 중얼거렸다. 소그마한 목소리가 십여 장을 격하여 소량의 귓가에 파고들었다.

"이보게, 천애검협."

음성을 들었음이 분명한데도 소량은 경공을 멈추지 않았다.

노무사가 재차 입을 열었다.

"멈추게, 천애검협. 자네는 더 갈 수도 없고, 갈 필요도 없......."

쐐애액—

미간을 찌푸리며 읊조리던 노인이 눈을 부릅떴다. 멀찍이서 소량이 일검을 휘두르자 목이 달아나는 듯한 위기감이 느껴졌던 것이다.

노인이 부지불식간에 들고 있던 두 개의 단도를 앞으로 내밀었다.

콰앙—!

허공에 단도를 내밀었을 뿐인데 난데없이 굉음이 울려 퍼졌다. 심지어 노무사는 두 눈을 부릅뜬 채 정신없이 뒤로 물러나기까지 했다.

'이, 이게 도대체 무슨 공력이란 말인가? 이와 같은 공력은 본 적이 없다!'

노무사가 새하얗게 질린 얼굴로 이를 악물 때였다.

멀찍이서 소량이 가볍게 진각을 디디더니 신형을 공중으로 띄워 올렸다.

마치 곤륜파의 운룡대팔식처럼 허공에서 몇 차례 몸을 뒤집은 소량이 다시 한번 출수했다.

태룡도법 중 태룡과해를 펼치는 것인데, 능하선검의 묘리를 섞어 발출하니 마치 허공에서 검무를 추는 듯하다.

"허! 잠시의 대화에도 응하지 않는가?"

노무사는 자신의 마지막이 될지도 모를 일전을 엉망으로 치르고 싶지 않았다.

한쪽은 마도에 들었고 한쪽은 정도에 들었으니 양립할 수는 없겠지만, 천애검협이라는 걸출한 무인을 만나게 되었으니 죽고 죽이기 전에 몇 마디라도 나눠보고 싶었던 것이다.

하지만 천애검협에게는 그럴 생각이 조금도 없는 모양이었다.

쿵, 쿵, 쿠쿵!

허공에 떠올라 검무를 추는 소량처럼 노무사 역시 단검 두 자루를 들고 한바탕 무공을 펼치기 시작했다.

"흡!"

노무사가 세 번째 무형강기를 막아내는 순간, 검강이 아니라 실체를 가진 검이 불쑥 튀어 올라 노무사의 목을 찔러왔다. 어느새 노무사의 앞에 착지한 소량이 검을 찔러왔던 것이다.

노무사가 눈을 부릅뜬 채 단도를 십자로 꿰어 소량의 검을 막아내었다.

다다다—

소량이 단도째로 꿰어버리겠다는 듯 검을 찌른 채로 달려오자 노무사가 정확히 그만큼을 뒷걸음질 쳤다.

두 무인의 발걸음 소리가 시끄럽게 울려 퍼졌다.

"창마존(槍魔尊)!"

노무사가 버럭 고함을 외치는 순간이었다.

쐐애액!

어디선가 한 자루 장창이 날아와 소량의 목을 노렸다. 소량이 걸음을 멈추는 것과 동시에, 검을 들지 않은 손으로 목의 바로 옆에 도달한 창날을 움켜쥐었다.

흘긋 고개를 돌려보니 어느 중년 무인이 창을 내뻗은 것이 보였다.

그가 바로 창마존이었다.

잠깐이나마 여유가 생긴 노무사가 버럭 고함을 질렀다.

"무엇을 하느냐? 데려오너라!"

데려오라니, 누구를 데려오라는 말인가?

소량은 손에 내력을 한가득 실으며 노무사에게로 시선을 돌렸다.

"노, 놈?!"

소량이 내력을 싣자 창날이 파르르 떨리더니, 쩌저적 금이 가는 소리가 들려왔다.

대경한 창마존이 힘껏 창을 빼내며 각법으로 소량을 걷어찼다. 소량은 노무사를 찔러 나가던 검을 거두어 창마존의 다리를 베는 동시에, 쥐고 있던 창을 놓았다.

"흡!"

창을 빼내기 위해 힘을 가득 실어 넣은 탓에 반동이 찾아왔지만, 그 정도는 견딜 수 있었다. 그러나 소량의 기기묘묘한 검로를 피하는 것만은 쉽지 않았다.

창마존이 뒤로 정신없이 물러나는 순간이었다.

노무사의 좌우의 구릉으로 육십여 명의 마인들이 나타났다. 그 틈바구니에는 창백한 안색의 사람들이 서른 명 남짓 서 있었는데, 얼핏 보기에는 무공을 모르는 눈치다.

"갈(喝)!"

그동안 구릉에 있는 자들 전부를 마인으로 생각했던 소량이 다급히 고함을 질렀다. 상황이 다급하였던 고로 내력을 뽑아 창룡후(蒼龍吼)를 펼친 것이다.

산에 오른 것도 아닌데 소량의 목소리가 메아리처럼 퍼져 나갔다. 제각각 병장기를 뽑아 들었던 마인들이 주춤한 것은 당연한 일이라 할 수 있었다.

쿠웅—

창룡후의 여파가 끝나기 직전, 소량이 크게 진각을 밟으며 내력을 끌어 올렸다.

"어딜!"

소량이 기세로서 마인들을 짓누르려 한다는 것을 깨달은 노무사가 대경하여 손을 휘저었다.

우우웅!

노무사 혼자만으로는 소량의 기세를 온전히 감당할 수 없었으므로, 정신없이 물러났던 창마존까지 합세해야 했다. 두 명의 마존이 서로 합세하자 소량의 기세가 한풀 꺾였다.

그러자 소량의 기세가 기기묘묘하게 변해가기 시작했다.

"으, 으음?"

귀마존과 창마존이 동시에 침음성을 토해냈다. 천애검협은 기운을 드넓게 퍼뜨려 누르는 대신, 좁게 바꾸어 날카롭게 쏘아 보낸 것이다.

곧이어 놀라운 일이 벌어졌다.

"허, 헉?!"

좌우의 구릉에 나타났던 마인들이 비명을 토해냈다.

갑자기 자신의 병장기가 손에서 빠져나가더니 저절로 허공에 떠올라 자신을 겨눈 것이다. 그것도 한두 명이 아니라, 육십여 마인들의 병장기 전부가.

장내에 무거운 침묵이 가라앉았다.

'이, 이기어검(以氣御劍)?'

내력을 풀어내던 노무사가 미간을 찌푸렸다.

'아니, 이기어검은 아니다. 굳이 따지면 허공섭물이라 해야겠지……'

원래 이기어검은 천지간의 기운으로서 검을 놀리는 것으로, 오직 뜻만으로도 검이 움직이니 가히 여의(如意)하다 할 수 있다. 비록 천지와 교유한다고는 하지만 지금 천애검협은 자신의 내력으로서 육십여 개의 병장기를 움직인 셈, 말하자면 허공섭물이라 할 수 있다.

하지만 그것만으로도 충분히 놀라운 일이라 할 수 있었다.

창마존은 물론, 노무사도 이와 같은 재주를 펼치지는 못한다.

침묵 속에서 소량이 버럭 고함을 질렀다.

"손가락 하나도 움직이지 마라! 움직이는 순간 벤다!"

소량의 신경은 그야말로 날카롭게 곤두서 있었다. 만에 하나라도 실수를 한다면 난데없이 붙잡혀 온 백성들이 목숨을 잃을 터, 또 다른 한(恨)을 남기게 되는 것이다.

검선(劍仙)이나 다름없는 무위를 본 마인들은 긴장한 듯 침을 꿀꺽 삼킬 뿐, 감히 움직이지 못하였다.

노무사가 두 개의 단도를 역수로 쥐고는 뒷짐을 지며 말했다.

"삼관은 곧 인관(人關)… 이제야 긴장한 기색을 보이는군."

소량의 협의지심은 이미 잘 알고 있는 바, 그것을 이용하는 것은 당연한 일이라 할 수 있었다. 백성들을 인질로 삼아 적의 사기를 꺾는 것은 전쟁에서도 자주 있었던 일 아닌가.

소량은 차갑게 군은 얼굴로 그를 노려보았다.

"노부는 보통 귀마존(鬼魔尊)이라 불리지만… 사실 별로 좋아하는 별명은 아니라네. 이름이 유구(柳丘)라 하니 그리 부르거나, 옛 별호대로 무영존자(無影尊者)라고 부르게나."

소량에게서는 아무런 대답도 없었다.

노무사, 아니, 귀마존이 물끄러미 소량을 바라보았다.

"저들을 살리기 위해 자결하라면, 듣겠나?"

이번에도 대답이 없긴 마찬가지였다.

"물론 듣지 않겠지? 그래, 아마 자네라면 저들을 구하려고 시도하겠지. 그렇다면……"

귀마존은 고개를 절레절레 저었다.

"…시간 싸움이 되겠군."

귀마존의 말이 끝나자 장내가 싸늘하게 변해갔다.

지금은 말 그대로 대치 상태, 소량이 백성들을 구하고자 뛰어드는 순간이 곧 신호가 되리라. 귀마존과 창마존은 소량을 공격하여 심기를 흩어놓고자 할 것이고, 소량의 심기가 흩어져 허공섭물로 붙잡아놓은 병장기를 놓친다면 마인들이 백성들을 죽일 것이다.

줄이 팽팽하게 당겨진 듯한 긴장감이 떠올랐다.

귀마존이 소량을 바라보며 어깨를 으쓱했다.

"어떤가, 자네에게는 두 명의 마존을 감당할 자신이 있는가?"

"…이미 두 명의 마인을 벤 바 있다."

소량이 차갑게 중얼거리자 귀마존의 눈썹이 꿈틀거렸다.

그 역시 도마존과 음마존이 소량에게 목숨을 잃었음을 알고 있었던 것이다.

소량이 눈을 지그시 감고 길게 한숨을 내쉬었다.

"후우우—"

한숨이 끝나고 정적이 내려앉는 순간이었다.

소량의 신형이 안개처럼 픽 꺼졌다.

귀마존과 창마존의 신형 역시 거의 동시에 사라졌다.

그와 동시에, 허공에 떠 있던 병장기가 제 주인을 공격했다.

"커헉!"

"끄으읍!"

마인들이 재빨리 뒤로 피하려 들었지만 그보다는 병장기가
더 빨랐다.

검기성강의 경지에 이르지 못한 마인 여섯 명이 그 즉시 목
숨을 잃었고, 검기성강의 경지에 이른 마인들은 자신의 병장기
를 피해 도망치는 기가 막힌 운명에 처하게 되었다.

콰콰콰콰—!

마인들이 백성들로부터 삼 장 가까이 떨어지자 진짜 재앙이
덮쳤다.

이형환위를 펼쳐 사라졌던 소랑이 능하신검의 묘리가 섞인
태룡과해를 펼쳐내었던 것이다. 거의 같은 순간, 소랑의 목을
노리고 두 개의 단도와 창날이 날아들었다. 마침내 팽팽하게
당겨졌던 줄이 끊어지고 생사가 갈리게 된 셈이었다.

귀마존과 창마존, 소랑의 눈에 서로 다른 확신이 떠오르는
순간이었다.

장내에 한차례 빛살이 번쩍였다.

第四章

혈수(血讐)

1

강호의 무론(武論) 중에는 서로 상충하는 것이 있다.

이른바 선수필승(先手必勝)과 후발선지(後發先至)가 바로 그 것이다.

선수필승은 말 그대로 먼저 공격하는 자가 승리한다는 것이 니 당연하다면 당연한 이치랄 수 있지만, 후발선지의 묘리는 그보다 조금 더 복잡한 면이 있다.

알고 보면 후발선지는 단순히 무공의 고하(高下)나 손속의 빠름을 말한 것이 아닌 것이다.

일부러 허점을 보이거나 상대의 마음을 흔든 끝에 원하는 곳에 공격하게 하여, 늦게 뽑더라도 먼저 이르는 것이 후발선지의 진정한 묘리라 할 수 있다.

소량은 바로 그 묘리를 이용하고자 했다.

콰콰콰콰—!

소량이 허겁지겁 뒤로 물러나는 마인들에게 능하선검의 묘리가 섞인 태룡과해를 펼쳤다. 그는 다른 무엇보다 마인들을 먼저 제압하고자 하였던 것이다.

이형환위를 펼치는 가운데서 쾌검까지 일으켰으므로, 소량의 검은 잔상조차 남기지 않았다.

소량과 같은 속도로 움직이던 귀마존과 창마존의 눈에 기광이 번쩍였다.

마인들을 공격하는 지금, 어떻게 자신들의 공격을 막을 수 있겠는가?

'방어보다 공격을 하다니, 미끼를 문 격!'

우우웅—

소량의 옆에 나타난 귀마존이 단도 두 개를 직선으로 뻗어 그의 단전과 심장을 노렸다.

창마존의 창은 소량의 등을 찌르는데, 그 역시 정확히 심장을 노리고 있었다.

바로 그것이 소량이 노리는 바였다.

귀마존의 안색이 급변했다.

'잠깐, 노림수?'

귀마존보다 미세하게나마 빨리 태룡과해를 펼친 소량이 그 반탄력을 이용해 신형을 우측으로 빼내었다. 귀마존의 단도 두 개가 소량의 앞섶을 찢었고, 창마존의 창이 그 등을 베었지만 두 명의 마인들은 고작해야 피륙의 상처밖에 입히지 못했음을 깨달을 수 있었다.

중심에 있어야 할 소량이 사라지자 귀마존과 창마존은 서로의 목숨을 노리는 꼴이 되었다.

귀마존과 창마존의 전신 근육이 수축되었다.

챙강!

귀마존과 창마존은 결코 호락호락한 상대가 아니었다. 귀마존의 단도와 창마존의 창두가 부딪히는 순간, 두 명의 마인은 그 힘을 이용해 서로 다른 방향으로 흩어진 것이다.

소량이 몸을 돌린 것은 바로 그때였다. 소량은 태허일기공을 한껏 끌어 올려 천지간의 기운과 교유하는 동시에, 능하선검을 짧게 펼쳐내었다.

'이익, 이 여우 같은 놈!'

귀마존과 창마존이 내력을 사방에 풀어 보이지 않는 검을 만들어 소량을 공격하는 한편, 각각 두 개의 단도와 창을 휘둘러 소량을 공격해 왔다.

초식은 복잡했으나 펼쳐진 시간은 그야말로 찰나에 불과했다.

소량과 두 마존들이 사라진 후로부터 삼 합의 공방이 이어질 때까지, 고작해야 눈 깜빡할 시간밖에 지나지 않은 것이다.

장내에 한바탕 빛살이 일어났다.

콰콰콰콰—!

"크아악!"

"끄읍!"

자신의 병장기를 피해 뒤로 물러났던 마인들이 소량이 일으킨 태룡과해에 휘말려 비명을 토해냈다. 짧은 단말마를 끝으로 마인들은 육편이 되어 흩어졌다.

콰아아앙—!

번천지복(翻天地覆)이라!

원래 소량이 있던 자리의 땅이 뒤집어지고 하늘이 울음을 토해냈다.

찰나의 순간에 생사의 간극이 갈릴 것을 짐작한 귀마존과 창마존이 자신의 모든 내력을 쏟아 자연검로를 펼친 탓이었다. 땅이 창이 되어 솟아났다가 사라졌고 보이지 않는 검이 사방을 메웠다가 사라졌으니 어찌 땅이 멀쩡하길 바랄까!

쿵, 쿠쿵!

나무가 뿌리째 뽑혀 사라지고 굳건하게 박혀 있던 바위가 단숨에 으깨져 자갈이 되어 흩날렸다. 소량과 세 명의 마인이 부딪힌 곳에서 폭풍과도 같은 바람이 일어났다.

휘이이잉!

"꺄아악!"

무공을 모르는 백성들이 바람에 휘말려 뒤로 튕겨났다. 소량이 알게 모르게 내력을 쏟아 그들을 보호하지 않았더라면 충격의 여파로 모조리 목숨을 잃고 말았으리라.

굉음이 사라지고 바람까지 사라지자 침묵만이 남았다.

바람이 일으킨 흙먼지 속에서 소량이 비틀거렸다.

"커헉! 쿨럭, 쿨럭!"

비틀거리던 소량이 크게 기침을 토해냈다. 몇 차례 기침을 더하여 검붉은 피를 토해낸 소량이 옆구리를 흘끔 내려다보았다. 귀마존의 단도가 단전 바로 옆에 박혀 있었다.

귀마존은 소량의 호신강기를 뚫고 단도를 박아 넣는 데 성공한 것이다.

다만 다행이라 할 만한 것은 단도가 박힌 깊이가 일 촌(寸)을 넘지 않는다는 점이었다.

"으음……."

소량은 태허일기공의 치상요결을 다시 한번 읊조리며 단도를 뽑아 바닥에 버렸다. 소량이 입었던 내상과 단도가 남긴 경력의 여파가 빠르게 수습되기 시작했다.

소량에서 이 장여 떨어진 곳에는 창마존이 서 있었다. 창마존은 자신의 좌측에 떨어진 귀마존을 흘끔 바라보았다.

"크흐음! 커험, 험!"

귀마존은 연신 헛기침을 토해내고 있었다. 절반이 잘린 귀마존의 왼팔이 허공에 대롱거렸다. 소량보다 더욱 크게 휘청거리던 귀마존이 왼팔을 흘끗 보고는 눈살을 찌푸렸다.

"젠장, 잘라야겠어. 커험, 험!"

귀마존이 오른손에 쥔 단도로 왼팔을 잘라내었다. 끔찍한 통증이 있었을 테지만 귀마존은 눈살이나 살짝 찌푸렸을 뿐, 더 이상 신음을 토해내지 않았다.

소량이 치상요결을 읊는 것을 흘끔 바라보던 귀마존이 창마존에게로 시선을 돌렸다.

"아까웠지? 너무 신경 쓰지 말게. 잘 가."

"…창두만 깨어지지 않았더라면 이겼을 거야."

창마존이 자신의 창을 흘끗 바라보았다. 날카로운 창두는 더 이상 존재하지 않았다. 소량의 능하선검에 정면으로 부딪힌 탓에 창두가 먼지가 되어 사라져 버리고 만 것이다.

창마존의 창을 먼지로 만들어 버린 능하선검은 소량의 옆구리를 찌른 귀마존의 팔까지 베어내었다. 귀마존의 왼팔이 너덜너덜해진 것은 바로 그런 이유에서였다.

"아까 천애검협의 손에 창두가 잡혔을 때, 그때 금이 갔네. 그게 아니었더라면 우리가, 우리가 이겼……."

말을 마치기도 전에 창마존의 신형이 한바탕 휘청거렸다. 그의 가슴에 검붉은색의 긴 실선이 생긴 탓이었다. 처음에는 얇게만 보이던 선이 굵어지더니 피가 주르륵 흘러내렸다.

알고 보면 소량의 능하선검은 창마존의 심장에서부터 장기까지 베어버렸던 것이다.

쿵―!

창마존이 꼿꼿하게 선 채로 뒤로 넘어졌다. 웅혼한 마기로 인해 잠시나마 생을 연장할 수 있었으나, 심장이 베었으니 죽음을 맞지 않을 도리가 없다.

그 모습을 씁쓸하게 바라보던 귀마존이 소량에게로 시선을 돌렸다.

"이쪽 구릉은 끝났고… 이제 저쪽 구릉이 남았군."

반대쪽 구릉에서는 여전히 병장기가 허공에 떠올라 제 주인을 겨누고 있었다. 소량은 반대쪽에 쏟아부었던 내력을 아직 거두지 않았던 것이다.

우측 구릉의 백성들 열일곱을 구하였으니 이제 반대쪽 구릉에 있는 열세 명의 백성들의 차례였다.

귀마존에게 있어 그것은 천애검협을 죽일 마지막 기회라 할 수 있었다.

"이번엔 아까처럼 쉽지 않을 걸세. 자네 역시 적지 않은 내상을 입었을 테니 말일세. 어디, 다시 한번 가보세."

"……."

소량은 그 말에 대답하는 대신 자신의 검을 물끄러미 내려다보았다. 창마존의 창두처럼 소량의 검신 역시 반토막이 나 있었다.

귀마존의 왼팔에 어린 호신강기에 검이 깨어진 탓이었다.

툭—

소량이 검을 바닥에 내팽개치고는 한 손을 들어 올렸다. 건너편 구릉에 떠 있던 병장기 중 한 자루의 검이 저절로 날아와 소량의 손에 잡혔다.

장내에 다시금 긴장된 침묵이 맴돌았다.

손을 쥐었다 풀었다를 반복하던 귀마존이 움직임을 멈추는 순간이었다.

조금 전과 다르게 이번엔 귀마존의 신형이 먼저 사라졌다. 그 즉시 소량의 신형 역시 사라지긴 했지만, 극히 미세한 찰나나마 귀마존에게 뒤처졌음은 부정할 수 없었다.

장내에 다시 한번 빛살이 일어났다.

"커허억, 컥!"

눈 한 번 깜짝일 시간이나 지났을까!

스르르 사라졌던 귀마존이 모습을 드러내었다.

이전과 같은 폭음도 없었고, 땅이 뒤집어지고 하늘이 울리는 처참한 풍경도 없었다.

극히 고요한 가운데서, 귀마존이 단도를 떨어뜨렸다.

그리고 자신의 가슴을 쥐어뜯으며 연신 신음을 토해내기 시작했다.

"커허억! 내력이 끝이 없구나, 끝이… 컥!"

조금 전, 귀마존은 건너편 구릉의 백성들에게로 달려갔다. 소량이 그 뒤를 쫓은 것은 당연한 일이었다.

소량이 자신을 쫓는 것을 본 귀마존은 광기 어린 미소를 지으며 그의 심장을 찔러 나갔다. 모든 공력을 단도에 쏟아부었으므로, 자연검로를 펼칠 생각은 아예 하지도 않았다.

귀마존은 '천애검협은 내외상을 입은 상태이거니와, 건너편의 구릉에 아직도 장악력을 유지하고 있으니 여력이 없을 것이다' 라는 계산을 했던 것이다.

그의 계산은 반은 맞았으나 또한 반은 틀린 것이었다. 소량에게 여력이 없는 것은 분명한 사실이었지만, 그는 자신이 입은 내상을 얕보고 있었던 것이다.

마기와 상극인 태허일기공의 공력은 귀마존의 예상과 달리 시간이 지날수록 커져만 갔다.

빛살처럼 이동하던 소량은 검으로서 귀마존의 단도를 막음과 동시에 붕권으로 귀마존의 심장을 후려쳤고, 귀마존은 그것을 막아내지 못했다.

태허일기공이 남긴 내상 덕택에 공력의 운용이 늦은 것이 패착이었다.

"후, 후우우—"

소량이 길게 한숨을 토해냈다.

뜻한 바를 이루지는 못했지만 귀마존이 일순간에 쏟아부은 전신공력은 결코 무시할 만한 것이 아니었다. 소량 역시도 약간의 내상이 더해지는 것을 피할 수는 없었다.

"……"

소량은 귀마존에게서 등을 돌리고는 열세 명의 백성들 주위에 있던 마인들에게로 시선을 돌렸다.

"잠깐! 잠깐만 천애검협!"

장내의 마인들이 겁에 질려 무어라고 고함을 질러댔다.

"우리는, 우리는 그저 시키는 대로 했을 뿐……"

서거!

소량이 가볍게 검을 휘둘러 능하선검을 펼치자 열여덟 남짓한 마인들의 목이 달아났다. 백성들을 인질로 잡은 순간부터 그들을 살려줄 생각이 없었던 소량이었다.

소량은 인질로 잡혀 있던 백성들을 돌아보았다.

"대, 대협……"

어느 아낙 한 명이 두려움 섞인 눈으로 소량을 바라보았다. 그녀의 동공에 비친 자신의 모습이 피투성이라는 것을 깨달은 소량이 눈을 지그시 감았다.

"아직 끝나지 않았네, 천애검협. 아직 끝이 아니야."

그때, 한 팔로나마 가슴팍을 쥐어뜯으며 괴로워하던 귀마존이 느리게 몸을 일으켰다.

천애검협은 일관과 이관을 그야말로 눈 깜짝할 사이에 돌파했다.

하지만 삼관만은 그래서는 안 되었다.

귀마존은 그 사실을 인정할 수 없었다.

"이렇게 끝이 날 수는 없네, 천애검협. 다시, 다시……."

쐐애액!

말이 끝나기도 전에 귀마존의 신형이 쇄도했다. 가히 삼후제에 비견할 만한 쾌속한 속도라 할 수 있었으나, 조금 전에 펼쳤던 이형환위의 경지에는 한참 미치지 못했다.

귀마존은 그야말로 지쳐 있었던 것이다.

그에 비하면 소량은 멀쩡한 것이나 다름없었다.

콰쾅!

귀마존의 단도와 검이 부딪히자 굉음이 울려 퍼졌다.

소량이 등에 약간의 통증을 느낀 것은 바로 그때였다. 귀마존이 펼친 초식을 대수롭지 않게 막아내고 각법으로 그를 물린 소량이 씁쓸한 표정으로 고개를 뒤로 돌렸다.

"꺄악!"

소량과 눈이 마주치자 그 뒤에 서 있던 아낙이 짧게 비명을 토해냈다. 그녀는 겁에 질린 눈으로 소량의 등을 흘끔거렸다.

그녀 자신이 단도를 박아 넣은 그 등 말이다.

하지만 그녀가 박아 넣은 단도는 그저 옷자락만을 꿰뚫었을 뿐, 소량에게 조금의 상처도 입히지 못했다. 옷자락에 걸려 덜렁거리던 단도가 바닥에 툭 떨어졌다.

죽음을 각오한 그녀가 눈을 질끈 감으며 외쳤다.

"당신은, 당신은 일월신교의 원수야! 죽어 마땅한 원수! 정파의 탈을 쓰고 살인을 저지르던 자들의 후예!"

"당신들은……."

소량의 시선이 흔들리기 시작했다. 고개를 돌려보니 건너편 구릉에서 바람에 휩쓸렸던 열일곱여 명의 백성들도, 아낙을 제외한 열세 명의 백성들도 모두 같은 표정을 하고 있다.

그들은 인질이 아니라 자청하여 이 길에 나온 일월신교의 후신들이었던 것이다.

소량은 이것이야말로 진정한 인관임을 깨달았다. 알고 보면 소량은 인관이 발동하기도 전에 그것을 깨어버린 셈이나 다름없었던 것이다.

난전 중에 이 사실을 알게 되었다면, 두 명의 마존들에 더해 목숨을 도외시하고 덤벼드는 백성들까지 보았다면 소량으로서도 흔들리지 않을 수 없었으리라.

"아직, 아직 끝나지 않았다!"

귀마존이 버럭 고함을 지르며 몸을 일으키는 순간이었다.

소량이 너무 뜨거워서 오히려 차갑게 느껴지는 분노를 담은 눈으로 그를 흘끔 바라보았다.

"잔인한 짓을 했구나."

우우웅—

소량이 태허일기공을 일으키자 대기가 부르르 떨리기 시작했다. 원래대로라면 능히 아무렇지도 않게 견뎌내었을 것이나, 귀마존은 다른 마인들처럼 함부로 움직이지 못했다.

"…너무 잔인한 짓을."

일월신교도들의 두려움 섞인 시선 속에서 마치 군림하듯 오롯이 서 있던 소량이 일검을 들어 올렸다. 귀마존은 소량의 움직임에 맞춰 단도를 들어 올렸다.

"아직 끝이 아니야, 그대가 천존이라면 나 역시 마존……!"

서걱!

섬뜩한 소리와 함께 귀마존의 움직임이 멈추었다. 귀마존은 눈을 부릅뜬 채 자신의 단도를 바라보았다. 스르릉, 소리와 함께 단도가 반으로 잘려 바닥에 떨어졌다.

귀마존은 눈을 지그시 감았다.

곧이어 귀마존의 육신 역시 반으로 쪼개졌다.

마침내 혈마곡의 삼관마저 깨어지는 순간이었다.

2

소량은 낡은 철검을 늘어뜨린 채 주변을 한차례 둘러보았다.

흑수촌으로 향하는 관도는 그야말로 시산혈해(屍山血海)가 되어 있었다. 그 가운데는 서른 명 남짓한 백성들이 두려움과 원한을 동시에 담은 눈으로 소량을 바라보고 있었다.

소량은 그 시선을 감당할 수 없었다.

"모두… 모두 돌아가시오. 당신들은 이제 안전하오."

자그맣게 중얼거린 소량이 눈을 질끈 감고는 몸을 돌렸다.

태허일기공이라는 일대의 신공에 더해 환골탈태의 경지에 이른 까닭에, 소량의 내상은 빠르게 수습되고 있었다.

지독한 피로가 쌓이긴 했지만, 그것을 버티지 못할 정신 역시 아니었다.

하지만 소량의 신형은 어딘가 휘청거리는 듯 보였다.

마치 다친 사람처럼, 지친 사람처럼 말이다.

그렇게 몇 걸음이나 걸었을까.

"나도 죽여라, 이 개자식아! 나도 죽이란 말이야!"

툭, 데구르르—

소량의 등에 작은 돌멩이 하나가 날아와 부딪혔다.

느릿하게 걸어나가던 소량이 움직임을 멈추었다.

눈을 질끈 감은 채 가만히 서 있던 소량이 천천히 뒤를 돌아보았다.

"이, 이놈아! 어쩌자고 이래!"

소량은 열 살이나 되었을까 싶은 소년이 또 다른 돌멩이를 주워 드는 것을 보았다.

그 옆에 선 중늙은이가 다급히 소년의 어깨를 잡아채었다. 일월신교의 복수를 하겠다고 목숨을 걸고 나오긴 했지만, 막상 목숨을 건지고 보니 삶에 대한 욕구가 차올랐던 것이다.

중늙은이는 필사적으로 소년을 말렸다.

"그만해라, 이건 개죽음이야!"

"정파라는 자들이 우리 할아버지와 할머니를 죽였어! 우리 아빠는 겨우 살아남았지만, 관군들이 때리고 괴롭혀서 땅뙈기 하나 얻지 못하고 떠돌기만 하셨지! 오십이 넘어서 나를 보셨지만, 그래도 정착하지 못했어! 그게 다 너희들 때문이야! 정파 놈들, 조정 놈들!"

하지만 소년은 아랑곳 않고 다시 돌멩이를 집어 던졌다.

소량은 자신의 허벅지 어림에 부딪힌 돌멩이가 바닥에 굴러가는 것을 물끄러미 바라보았다.

"그만, 이놈아. 그만… 헉?"

중늙은이는 그 이상 소년을 말리지 못했다.

천애검협, 말 그대로 천신(天神)과도 같은 고수가 소년에게로 걸어오고 있었던 것이다.

중늙은이는 '제길, 겨우 목숨을 건졌다 했더니 결국엔 이렇게 되는구먼'이라고 중얼거리며 눈을 질끈 감았다.

소량이 다가오는데도 불구하고 소년은 고함을 멈추지 않았다.

"복수할 테다! 꼭 복수하고 말 테다! 혈마곡은 일월신교의
편을 들어주는 유일한 곳이니, 반드시 혈마곡에 들어서 복수
하고 말 테다!"

소량이 소년의 앞에 무릎을 꿇고 앉았다.

깜짝 놀란 소년이 주춤했지만, 이내 각오를 굳힌 듯 소량의
얼굴에 작은 주먹을 날렸다.

"지금 나를 죽이는 게 좋을걸? 어른이 되면 꼭 당신보다 고
강한 고수가 되어서 복수를 하고 말 테니까!"

"그만… 그만해라, 아이야."

소량은 소년의 팔목을 덥석 잡았다.

소년이 잡힌 손을 빼려 했지만, 소량의 손은 굳건하여 뜻을
이루지는 못하였다.

아니, 어쩌면 소량의 힘보다 그 눈 때문일지도 몰랐다.

무서운 살귀와 같던 눈이 붉게 달아올라 있는 것을 보니 입
을 열 수가 없다.

소량은 아이의 시선을 마주하지 못하고 하늘을 바라보았다.

은원(恩怨)의 고리라?

그 말이 맞다.

조정은 일월신교를 핍박했고, 혈마곡은 그에 대한 복수를 하

고자 했다. 혈마곡의 손에 진무십사협을 잃은 자신은 혈마곡에 복수하고자 했고, 아이는 이제 자신에게 복수하고자 한다.

"어디서부터 잘못되었는지 모르겠구나……."

하늘을 바라보며 중얼거리던 소량이 아이에게로 시선을 돌렸다.

"아느냐? 너는 이런 곳에 있어서는 안 돼."

"흥! 왜 여기에 있어서는 안 되지? 사내대장부로 태어나 어찌 원한을 참는단 말이야?"

소년이 표독스럽게 외치자 소량이 고개를 가볍게 저었다.

"넌 친구들과 해질녘까지 뛰어놀아야 해. 봄이면 청와(靑蛙: 개구리)를 잡으러 다니고, 여름이면 냇가에 멱을 감고, 말썽을 피우고, 꾸중을 듣고… 어른들이 해주는 밥을 먹고, 따뜻한 곳에서 곤히 자고… 네 나이엔 그렇게 살아야 해. 이런 곳에 있어서는 안 돼."

소량의 말이 마치 꿈결처럼 들렸다. 소년은 저도 모르게 아무런 걱정 없이 들판을 뛰어노는 자신의 모습을 상상했다. 소년이 얼굴을 잔뜩 일그러뜨리며 중얼거렸다.

"그렇게 살 수 있으면 벌써 그렇게 했지……."

"그렇다면 그렇게 사는 것을 꿈꾸어라."

소량이 자그맣게 중얼거렸다.

"좋은 여인을 만나 혼인하고 가정을 일구는 꿈을 꾸어라. 네가 보내지 못한 어린 시절을 누릴 수 있는 자식을 낳는 꿈을 꾸어라. 서로 죽고 죽이는 세계에 들어오지 마라, 아이야. 이런 잔혹한 곳에 들어오지 마."

소량이 아이의 손을 놓고는 천천히 자리에서 일어났다.

백성들이 멍하니 자신을 바라보는 것이 보였다.

"…나는 당신들을 죽이지 않을 거요."

소량이 나직한 어조로 중얼거리자 백성들의 표정이 미미하게나마 변했다.

언제 죽음을 맞을지 모른다는 공포에서 조금이나마 해방되어 안도하는 표정이었다.

"나는 일월신교의 원한을 알지 못하오. 당신들이 겪어야 했던 고통 역시 모릅니다. 하지만 이런 곳에 발을 들여서는 안 된다는 사실만은 알고 있소. 살던 곳으로 돌아가시오. 고통스러운 세월은 언젠가 끝날 터, 그때를 기다리시오. 서로 죽고 죽이는 세계에 발을 들이지 마시오……."

일월신교의 후신들은 두 갈래로 나뉘었다.

흑수촌처럼 저들끼리 모여 살거나, 혈마곡의 영향 아래 있는 청해와 감숙으로 이동하여 그 아래 몸을 의탁하는 식이었다.

전자의 경우엔 그래도 혈마곡에게서 자유로웠지만, 후자의 경우는 아니었다.

후자의 백성들은 조정과 정파에 대한 원한을 어린 시절부터 세뇌에 가깝게 배우게 되었던 것이다.

그러므로 소량의 몇 마디로 그들이 원한을 버린다거나 하는 일은 없었다.

하지만 소량의 진심이 전해진 것만은 분명한 사실이었다.

백성들은 '조정과 정파의 무인들은 여전히 원수지만, 눈앞에 있는 저 살귀만은 어쩐지 다른 것 같다'고 생각했다. 사람의 목숨을 수도 없이 거두는 것을 보았음에도 그렇게 느껴지니 참으로 기이한 일이라 할 수 있었다.

소량은 아이의 머리를 한차례 쓰다듬어 주었다.

혈마곡의 작은 소년병은 어째서인지 눈물을 참지 못했다.

아무리 어린 나이라지만 그리고 지금 있는 곳이 지옥과 같다는 걸 어찌 알지 못하겠는가!

어쩌면 자신이 가질 수도 있었던 삶을 뒤로하고, 지옥 같은 곳에 끌려왔음을 어찌 모르겠는가……

갑자기 까닭 모를 눈물이 솟구쳤다.

"크흐윽, 크흑!"

소년이 소매로 눈을 훔쳤다.

서글픈 얼굴로 아이를 바라보던 소량이 천천히 몸을 돌렸다.

혈마곡에 의탁하여 살아가던 백성들은 적어도 소량만큼은 원망할 수 없음을 깨달았다.

스스로 미끼가 되어 그를 속였고, 또 자신들 중 일부가 그의 등을 찌르기까지 하였지만 그는 아무런 해코지도 하지 않았다. 그런 자에게 어찌 원한을 품을 수 있겠는가.

느릿하게 걸어가던 소량의 신형이 완전히 사라졌다.

3

혈마곡의 삼관은 흑수촌의 지근거리에 있었다.

소량이 폐허가 된 흑수촌에 당도하는 데에는 그리 오랜 시간이 걸리지 않았다.

흑수촌의 입구에 당도한 소량은 물끄러미 주위를 둘러보았다.

기르는 이가 없으므로 벼가 잡초들과 마구 뒤섞여 자라나 있었다. 한때 흐뭇하게 보았던 황금물결은 더 이상 볼 수 없으리라.

소량은 처음 흑수촌에 당도했을 때를 똑똑히 기억하고 있었다.

그때는 유달리 차가운 비가 왔었다. 맨발에 짚을 엮어 만든 우의를 입은 촌장이 현무당의 무인들과 소량을 발견하고는 반색을 하며 뛰어나왔다.

"어이쿠, 오늘이나 내일쯤 오실 것 같더라니."

조용히 서 있던 소량이 다시 걸음을 옮겼다.

옛 기억들을 되짚어 마을의 중앙으로 향하는 것이다.

흑의창협이 하품을 하며 걸어 나오곤 했던 객관(客館)을 지나고 능소와 함께 만들었던 사당으로 걸음을 옮긴다.

사당 앞에는 상량식 때 사용했던 단상이 아직까지 남아 있었다.

그때는 마을 사람들의 분위기에 맞추어 일부러 엄숙한 표정을 지은 운현자와 운송자가 연로한 노인들과 함께 상석에 앉았었다.

단상 앞에서 제문을 읽던 촌장의 모습이 눈에 선했다.

"그러므로 하늘은 응당 다섯 광채를 받게 하옵시고[應天上之五光], 땅으로부터는 오복을 받게 하여 주시옵소서[備地上之五福]. 자! 이제 능소 네가 절을… 응? 이놈 어디 갔어?!"

축문이 모두 끝났지만, 절을 해야 할 능소는 자리에 없었다.

소량은 사당 뒤편을 흘끔 돌아보았다. 종리윤은 '소만은 못 해도 이게 귀물이오, 귀물'이라며 소량을 그리로 끌고 들어갔었다.

갓 잡은 돼지의 간을 내밀던 그의 웃음이 떠올랐다.

능소가 웃으며 춤추던 모습도 함께였다.

"난 우리 마을이 좋아. 다들 착해. 우리 마을이 참 좋아."

소량은 눈을 질끈 감았다.

잠시 그렇게 서 있던 소량이 고개를 돌려 단상을 바라보았다.

'마침내 이곳까지 왔소, 운현 도장.'

명산행로에서 대읍으로, 대읍에서 도강언으로, 도강언에서 석웅으로 움직였다.

말 그대로 자신이 탈출했던 길을 고스란히 되짚어 올라온 것, 말하자면 복수를 천명한 것이라 할 수 있었다.

그리고 석웅을 지나 단애곡으로, 단애곡에서 흑수촌으로… 혈마곡이 만든 삼관을 뚫고 달려왔다.

'당신들의 죽음을 온전한 슬픔으로 받아들이는 대신, 내가 할 수 있는 것이 있다면 모조리 다 하겠다고 결심했지. 한동안은 무창의 목공보다 강호의 무인으로 살겠다 생각했소.'

단상을 한차례 어루만지던 소량이 흑수촌의 입구를 바라보았다.

눈으로는 잡초와 벼가 뒤섞인 벌판을 바라보고 있었지만 그의 마음은 그가 지나온 길, 그곳에 깔려 있을 마인들의 시신을 떠올리고 있었다.

어떤 의미로 보면 첩혈행로보다 잔혹한 길이었다. 소량은 마인들의 피를 영전에 바쳐 죽은 자들의 넋을 위로하고자 했고, 때문에 거리낌 없이 피로 물든 길을, 시신을 밟고 넘었다.

'운현 도장, 흑의창협 신 대협, 선풍기협 기 대협, 임 소협…….'

소량이 첩혈행로 때 목숨을 잃었던 무인들의 이름을 하나하나 읊조렸다.

그다음에는 흑수촌에서 목숨을 잃었던 백성들의 이름을 읊조린다.

'…모두 편히 쉬시오.'

진무십사협의 복수는 그렇게 끝났다.

복수가 끝났지만 속이 시원하다거나 통쾌하다거나 하지는 않았다.

왠지 모를 허탈함과 씁쓸함, 서글픔이 동시에 밀려 들어왔다. 아무리 많은 마인들의 목숨을 거두어도, 그들의 복수를 골백번을 넘게 해도 죽은 자들은 살아오지 않는다.

소량은 눈을 지그시 감고 마음을 정리했다.

"……."

잠시 뒤, 소량이 감고 있던 눈을 번쩍 떴다.

소량의 눈은 무창의 목공으로 돌아와 있었다.

아직 소량에게는 해야 할 일이 남아 있는 것이다.

'할머니는 아직 살아 계신다.'

이유나 근거를 대라면 댈 수는 없었다. 그저 이전에는 어렴풋이 가지고 있었던 직감에 불과했던 것이 환골탈태를 마친 후에는 확신으로 변했을 뿐이었다.

'청해에 살고 있는 자들이라면… 강족(羌族).'

소량의 시선이 흑수촌의 동쪽으로 향했다.

소량의 눈빛이 그리움으로 물들어갔다.

그로부터 며칠 뒤, 혈마곡에 천애검협이 흑수촌에 당도했다는 소식이 전해졌다.

천하의 귀물들과 수많은 마인들을 보내어 천애검협을 죽이고자 하였으나 그는 쾌도난마처럼 모든 난관을 돌파했던 것이다.

이는 혈마곡에게 있어서 검신 진소월을 떠올리게 하는 악몽이었고, 뼈아픈 패배라 할 수 있었다.

천애검협은 한 번도 행로를 바꾸지 않았으니 정면 승부에서 패한 것이나 다름없는 것이다.

그리 오래 지나지 않아 혈마곡에 더욱 끔찍한 일이 벌어졌다.

흑수촌에 당도한 천애검협은 안개처럼 사라져 버리고 말았다.

第五章
재회(再會)

1

귀곡자는 서신을 보다 말고 몸을 부들부들 떨었다. 실핏줄
이 터진 까닭에 눈은 붉게 달아올라 있었고, 쉬지 않고 웅얼거
린 까닭에 입가엔 거품이 끓어 있었다.

"천애검협 진소량, 금협 진승조. 천애검협 진소량, 금협 진승
조……."

무엇을 그렇게 중얼거리나 했더니, 내내 소량과 승조의 이름
을 중얼거린 모양이었다.

앞뒤로 몸을 끄덕끄덕하던 귀곡자가 서신으로 얼굴을 덮었
다.

"나를 약 올렸어, 응. 나를 약 올렸어. 절대 용서하지 않을 거야. 죽여 버릴 거야. 내가 직접 죽이지 못한다면, 시체라도 갈기갈기 찢어서 개 먹이로 줄 거야."

꼽추인 탓에 무너져 버린 그의 자존심을 지탱해 준 건 바로 지략이었다. 귀곡자는 자신의 존재 가치가 두뇌에 있다고 믿었고, 마침내는 우월감까지 가지게 되었다.

멀쩡한 사람 백 명도 자신 하나를 당하지 못하는데, 꼽추냐 아니냐가 무엇이 중요하겠는가? 겉모습은 엉망일지언정 자신은 멀쩡한 사람 수백, 수천 명보다 귀중한 존재였다.

하지만 지금, 귀곡자의 자존심은 무너져 내리고 말았다.

오행으로써 자연의 이치를 농락하는 천관(天關), 화약으로써 대지를 진동시키는 지관(地關), 사람으로써 마음을 무너뜨리는 인관(人關)…….

천애검협은 귀곡자가 준비한 삼관을 쾌도난마처럼 돌파해 버리고 만 것이다.

"게다가 흑수촌에 도착해서는 안개처럼 사라져 버리고 말았다고?"

조그맣게 중얼거리던 귀곡자가 버럭 고함을 내질렀다.

"나는 알아! 나는 그가 왜 사라졌는지 알아! 개자식! 그 자식은 금협을 빼내 가려는 거야!"

귀곡자의 상념이 금협 진승조에게 가 닿았다.

금협 진승조는 결코 혈마곡에 납치된 것이 아니었다. 굳이 따지자면 제 발로 걸어 들어왔다고 봐야 하리라. 그리고 그를 받아들이기로 결심한 사람은 다름 아닌 귀곡자 본인이었다.

그는 금협 진승조가 무슨 목적을 가지고 있든, 무슨 음모를 꾸미고 있든 막을 수 있을 것이라 자신했다. 최후의 순간, 자신이 죽을 자리에 찾아왔음을 깨달은 금협이 절망에 빠져 울부짖으면 그 모습을 보며 통쾌하게 웃어줄 생각이었다.

분명히 그렇게 될 것이라고 생각했는데, 그랬는데……

통쾌하게 웃는 사람이 반대가 되고 말았다.

"아아악! 금협 진승조! 개자식! 벌레 같은 자식!"

견디지 못하고 서신을 반으로 찢어버린 귀곡자가 청해가 그려진 지도로 걸어갔다.

"죽일 거야. 어떻게든 찾아내서 죽일 거야. 이 요악스러운 놈, 응. 나름 재주가 좋으니 본궁에서는 어찌어찌 탈출했겠지. 하지만 네가 내 두뇌를 이길 수 있을 것 같아? 네 형을 만나기 전에 반드시 찾아서 죽여주마."

지도를 물끄러미 바라보던 귀곡자가 눈을 가늘게 떴다.

금협은 그냥 개자식이 아니라 운도 좋은 개자식이었다. 천애검협의 복수행로 때문에 혈마곡은 예상보다 빨리 무림맹과 일전을 치르게 되었던 것이다.

지금 혈마궁에 있는 병력 중 대부분은 금천으로 이동을 시작한 상태다.

"수색에 보낼 인원이 너무 적은데……."

귀곡자가 상념에 잠긴 얼굴로 고개를 푹 숙였다.

그러자 조금 전, 자신이 반으로 찢어버린 서신이 보였다. 본궁 앞 마차에서 발견된 것으로, 급박하게 썼는지 다급히 휘갈겨 쓴 서신이었다.

귀곡자 보시오.

잘 먹고 잘 쉬었는데 보답할 방도가 마땅치 않더구려. 면구스럽기도 하고 창피하기도 해서 그냥 자리를 피하니 이해하시오. 워낙 약소해서 대가랄 것도 못 되겠지만, 그래도 은자 이백오십 냥을 놓고 가니 개 머리[狗頭]라도 사 드시오.

은자 오백 냥을 봉(封)이라 하고, 이백오십 냥은 반봉(半封)이라 한다. 봉과 풍(瘋: 미친놈)의 발음이 같은 까닭에, 세간에서는 이백오십이라는 숫자를 욕설로 쓰곤 한다.

개 머리는 멍청하다는 뜻으로, 더 볼 것도 없이 욕설이다.

앞부분에 파자(破字)한 거이적(去儞的)까지 합치면 서신의 뜻은 이렇게 된다.

엿이나 까 잡숴, 반쯤 미친 개 대가리야.

귀곡자의 얼굴이 붉으락푸르락하게 변해갔다.

"이이익! 인원은 적어도 상관없어! 청해는 내 손바닥 안이나 다름없다고. 틀림없이 격이목(格爾木)으로 방향을 잡았을 것! 반드시 찾아서 죽여 버리고 말 거야!"

귀곡자의 눈동자에 불똥이 피어올랐다.

승조가 요악스럽게 히죽대는 모습을 상상한 탓이었다.

2

승조는 요악스럽게 히죽대고 있었다.

본궁 앞에서 왕소정을 만난 후부터 지금까지 지독한 고생을 해왔지만, 어째서인지 그렇게 기분이 나쁘지가 않다.

"갑자기 굉장히 상쾌한 기분이 드는데."

승조가 혈마궁이 있음 직한 곳을 돌아보며 말했다.

이유도 없는데 기분이 시원해진 것을 보면 뭔가 좋은 일이라도 있는 게 아닌가 싶다. 어쩌면 귀곡자가 열이 받아 수염을 쥐어뜯고 있는 것일지도 모른다.

승조가 혀를 끌끌 차며 중얼거렸다.

"귀곡자 그 꼽추 노인네, 성격 하나는 기가 막히게 더러워서… 어쩌면 풍이 와서 뒷목 잡고 쓰러졌을지도 몰라. 그랬으면 좋겠다."

"허! 이런 곳에 매달려서 농이 나오는가?"

승조의 옆에 매달려 있던 왕소정이 딱딱하게 굳은 얼굴로 말했다.

승조와 왕소정은 파안객랍산맥(巴顔喀拉山脈)에 있는 어느 산의 절벽에 매달려 있었다. 왕소정은 만장단애 아래를 내려다보고는 침을 꿀꺽 삼켰다.

"도대체 어떤 상단에서 이런 정신 나간 탈출로를 짠 거야?"

"상단은 아니고, 호광성의 만인장(萬人莊)에서 보낸 탈출로요. 상단들은 대부분 격이목(格爾木)을 지목했지."

"만인장이라면… 낭인(浪人)들? 이 일에 낭인들마저 끼어들었던가?"

"나도 예상 밖이었는데, 그렇더구려. 아마 청해에 와본 낭인들이 좀 있었던 모양이오."

휘이이잉―!

승조가 태연하게 중얼거리는 순간, 거센 바람이 불어왔다.

승조가 호들갑스럽게 비명을 지르며 밧줄을 꽉 움켜쥐었다.

"으어억?!"

허리춤까지 완벽하게 고정했다 싶었는데 바람이 불자 모두 무용지물이 되었다.

줄에 매달린 승조의 육신이 바람 앞의 가랑잎처럼 흔들리기 시작했다.

"젠장! 붙어! 살고 싶으면 암석을 쥐고 벽에 붙으라고!"

왕소정이 고함을 질렀지만, 승조는 방향을 잡지 못하고 절벽에 쿵쿵 부딪히기를 반복할 뿐이었다. 바람의 세기가 잠깐이나마 미약해지는 순간, 왕소정은 재빨리 승조에게로 다가가 그의 등을 몸으로 덮었다.

"젠장!"

바로 그 순간, 바람이 다시 강해졌다.

왕소정은 욕설을 내뱉으며 승조를 탓했다.

"이 자라 같은 친구야! 대부분 격이목을 지목했다며! 그럼 그대로 따르면 될 일 아닌가? 천하의 지자들이 내린 결정인데 왜 우각호봉(牛角虎峰)으로 향하는 게야!"

"어이쿠, 삭신이야! 바로 그게 문제요! 너무 많은 사람들이 지목한 것!"

"뭐라고?"

왕소정이 어처구니없다는 듯 반문했다.

왕소정 덕택에 몸이 고정된 승조가 다 죽어가는 목소리로 설명을 해주었다.

"방수가 없었다면 아마 나는 곤륜으로 향했을 거요, 거기가 제일 나아 보였으니까. 하지만 나를 구하기 위해 정보를 보낸 치들은 곤륜은 거들떠도 안 보더구려. 대신, 귀곡자의 허를 찔러야 한다며 격이목을 지목했지. 그것도 서른… 서른 몇이더라? 어쨌든 두 군데를 제외한 모든 곳에서 그랬소."

"그럼 격이목이야말로 정답이잖……!"

"귀곡자를 무시하지 마시오! 그렇게 많은 사람이 지목한 탈출로라면 귀곡자도 알아. 천하의 지자들은 귀곡자의 허를 찌른다고 생각하겠지만, 내 보기엔 그거, 오산이오."

승조가 그렇게 말하는 순간, 마침내 바람이 멎었다.

멍하니 눈을 끔뻑이던 승조가 입안에 들어온 흙먼지를 퉤뱉어내고는 등 뒤를 돌아보았다.

바람 소리가 아직도 귓가에 남아 웅웅거리는 듯했다.

"이제 좀 비키시지 그러오? 비역질을 하는 것 같아서 기분이 찝찝하구려."

"비역질을 해도 자네랑은 안 해… 이 요약한 친구야."

왕소정이 콧방귀를 뀌며 승조에게서 벗어났다.

왕소정의 허리춤이 붉게 물들어 있는 것을 발견한 승조가 미간을 찌푸렸다.

"이런, 피가 나는구려. 괜찮으시오?"

"괜찮지 않아. 전혀 괜찮지 않네."

왕소정이 투덜대며 상처로 손을 가져갔다.

승조와 왕소정은 본궁 앞을 벗어난 지 반시진 만에 추적대를 만나게 되었다. 왕소정과 승조에게 있어서 가장 끔찍했던 추적이 바로 그것, 첫 번째 추적이었다.

첫 번째 추적을 무사히 넘길 수 있었던 것은 모두 승조가 가진 기물 덕분이었다.

승조는 한 병에 금자 백 냥이나 한다는 무진기독을 세 병이나 소용하고, 개당 금자 백오십 냥이 들었다는 암뢰도 두 개인가, 세 개인가를 터뜨렸다.

그랬음에도 불구하고 멀쩡하지는 못했다. 승조는 천하의 귀물이라는 금린갑을 입고도 어깨와 종아리에 검상을 입고 말았고, 왕소정은 허리를 크게 베이고 말았던 것이다.

사실, 알고 보면 목숨을 지킨 것만도 천행이었다.

그 뒤로도 추적대를 네 번이나 더 만났다. 첫 번째 추적보다는 상대적으로 규모가 작았기에 망정이지, 매 순간이 첫 번째 추적과 같았더라면 벌써 목숨을 잃고 말았으리라.

허리의 상처를 대충 수습한 왕소정이 절벽 위를 올려다보았다.

"저 위에 설치한 진도 만인장에서 보낸 건가?"

"그렇소. 입즉사(入卽死)니 뭐니 하는 섬뜩한 이름을 가지고 있더구려. 저 진이 우리 흔적을 지워줄 거요. 운이 없으면 금방 파훼되겠지만… 뭐, 최소한 시간은 벌어주겠지."

네 번째 추적대를 물리친 승조와 왕소정은 파안객랍산맥으로 향했다.

어느 이름 모를 산에 오른 그들은 능선 몇 개를 지나 만장단애에 이르렀고, 그곳에 만인장에서 보낸 기진을 도해(圖解)대로 설치했다.

그리고 절벽을 타고 내려오면 끝이다.

그들의 흔적은 파안객랍산맥에서 사라지게 되는 것이다.

"그럼 이 이후에는 어디로 갈 생각인가?"

왕소정이 신음처럼 질문을 던졌다.

절벽에서 주르륵 미끄러져 내려가며 승조가 말했다.

"모르겠소. 일단은 아합랍달합택산(雅合拉達合澤山)에 도착하고 나면 그때 생각해 봐야지. 아, 맞아. 중원상단에서 계획한 탈출로를 보면 강족(羌族)의 도움도 염두에 둔 것 같던데."

"…그렇지."

왕소정이 자신감 없는 어조로 중얼거렸다.

승조가 눈살을 찌푸리며 말했다.

"말투가 왜 이래… 혹시 강어(羌語) 모르시오?"

"미안하게 됐구먼. 나는 자네처럼 똑똑하지가 못해서."

"그럼 강족의 도움은 어떻게 받기로 한 거요?"

왕소정이 한숨을 길게 내쉬었다.

"원래는 감덕(甘德)에서 강어를 아는 이와 합류하기로 했었네. 하지만 탈출로가 완전히 반대 방향이 되어버렸으니 이제는 어쩔 수 없지 않겠나."

"감덕? 이거 재미있게 되었구려."

도대체 어째서일까?

불현듯 승조의 눈빛이 반짝이기 시작했다.

왕소정이 오만상을 찌푸리며 되물었다.

"또 뭐가 재밌나?"

"천하의 지자들은 격이목을 선택했고, 귀곡자는 틀림없이 그것을 읽어내겠지만 우리는 거기로 안 갔지. 말하자면 귀곡자에게 작게나마 한 방 먹인 것이나 다름없소. 그리고… 내 여태 말은 안 했는데, 실은 그런 장소가 하나 더 있다오."

승조의 말이 끝나자 왕소정의 표정도 변해가기 시작했다.

왕소정이 눈빛을 빛내며 질문했다.

"감덕?"

"감덕."

승조가 좋은 생각이 났다는 듯 고개를 끄덕였다.

승조의 머릿속에 탈출로가 완성되어 가고 있었다.

3

'천애검협이 안개처럼 사라졌다'는 보고는 그야말로 정확한 것이었다. 혈마곡의 마인들은 눈에 불을 켜고 소량을 찾아 헤맸지만 아무런 성과도 거두지 못하였던 것이다.

천존의 경지에 이른 이가 스스로를 감추고자 한다면 누가 있어 그를 찾아낼 수 있겠는가?

마인들의 수색이 실패로 돌아간 것은 당연하다면 당연한 일이라 할 수 있었다.

종적을 감춘 소량은 혈마곡의 본궁을 향해 이동했다.

그림자처럼 은밀하게 이동하였음에도 불구하고 소량의 이동 속도는 깜짝 놀랄 만큼 빨랐다. 무공도 무공이지만, 피곤을 모르는 사람처럼 잠시도 쉬지 않고 움직였기 때문이다.

그가 잠시라도 멈출 때는 청해에 사는 이족들을 만났을 때뿐이었다. 강족이나 장족 등 한족이 아닌 이를 만나면 소량은 할머니의 행적을 묻곤 했던 것이다.

물론, 할머니의 흔적을 아는 이를 만나지는 못했다.

'도대체 어디에 계신 거지?'

소량의 표정은 시간이 지날수록 어둡게 변해가고 있었다. 할머니가 살아 있다는 확신을 가슴속에 품고 있었지만, 불안감이 아예 없는 것은 아니었다.

할머니께서 많이 다친 상태라면 어찌할까.

자신이 찾아 헤매는 동안 목숨을 잃기라도 하면 그 한을 어찌할까.

불안감은 때때로 초조함이 되어 소량의 청심(淸心)을 범했다.

소량의 마음을 흔드는 것은 또 있었다.

'진승조, 이 녀석……'

'승조는 혈마곡에 납치된 것이 아니라 제 발로 들어간 것일 것'이라는 추측은 이제 확신이 되어 있었다. 승조를 추적하기 위해 출행한 마인들과 우연히 조우한 덕택에 소량은 몇 가지 정보를 얻을 수 있었던 것이다.

그때만큼은 소량도 놀라지 않을 도리가 없었다.

'제 발로 찾아갔다 제 발로 탈출했다? 허, 녀석! 혈마곡을 아예 제집처럼 여기는구나. 나는 네가 무슨 재주를 부렸는지 짐작조차 하지 못하겠다.'

그간 꾸준히 대적(對敵)해 온 까닭에 누구보다도 혈마곡의 무서움을 잘 아는 소량이었다. 그가 아는 혈마곡은 한 번 얽히면 빠져나올 수 없는 무간지옥이나 다름없는 곳이었다.

그런데 자신의 동생은 유유히 들어갔다가 유유히 빠져나왔다.

무공에 별다른 조예도 없는 놈이 무슨 재주를 부려서 빠져나온 건지 상상도 가질 않는다.

'무슨 일을 꾸민 건지는 모르겠지만 승조가 꾸민 일이니 범상할 리는 없겠지. 승조의 계책이 정말로 성공한 것이라면 혈마곡 입장에서는 낭패가 아닐 수 없으리라.'

소량의 어두운 얼굴에 희미하게나마 미소가 떠올랐다. '저도 형님과 같은 일을 하려 합니다'라던 승조의 얼굴을 떠올리니 웃음을 감출 수가 없다.

'승조가 탈출한 것이 분명하다면 본궁으로 향해봐야 무용한 일일 터……'

처음엔 할머니도, 승조도 혈마곡의 본궁을 찾았겠지만 지금은 둘 다 그곳에서 벗어나려 할 것이었다. 소량은 혈마곡의 본궁을 향해 서진하는 대신, 남하하기로 결정했다.

그렇게 며칠이 지났을까.

주야를 가리지 않고 달렸더니 세월의 흐름을 명확하게 알기가 어려웠다.

소량은 혈마곡의 마인을 만나면 베거나 무공을 폐하여 자신의 흔적을 감추었고, 이족을 만나년 할머니나 승조의 행방을 물으며 삼십여 일가량을 헤맸다.

할머니의 흔적을 발견한 것은 정확히 삼십오 일을 헤매던 때였다.

'이건 자연적으로 만들어진 것이 아니야.'

소량은 거대한 암석으로 만들어진 산 앞에 서 있었다.

마치 거인이 흙장난을 한 것처럼 땅이 뒤집어져 산을 이뤘는데, 지형이 바뀐 지 얼마 되지 않았는지 나무의 크기가 작고 들풀만 무성하게 번져 있다.

소량은 그곳에서 무공의 흔적을 읽을 수 있었다.

'검, 아니, 도(刀)인가? 정확하게 알 수 없구나.'

소량이 발치를 내려다보며 생각했다.

앞이 산이라면, 발치는 폭이 몇 장은 넘을 것 같은 고랑이다. 도저히 인간이 만들어낸 것 같지 않은 지형이었지만, 도천존의 태룡과해를 감안해 보면 불가능한 것도 아니다.

그리고 청해에서 이와 같은 전투를 벌일 신인(神人)이 몇이나 있겠는가?

'할머니와 혈마가 겨룬 흔적이다.'

소량은 고랑에서 껑충 뛰어 올라와 산 앞에 섰다.

안력을 돋워 주위를 둘러보니, 흔적이 사방으로 몇십 리는 족히 이어져 있는 듯했다. 소량은 흔적의 시작점이 혈마곡의 본궁에서 그리 멀지 않은 곳일 것이라고 짐작했다.

그렇다면, 흔적의 끝은 어디일까.

소량은 흔적을 쫓아 서남(西南)으로 향했다.

그렇게 이동하다 보니 비로소 할머니의 흔적이 보인다.

'권각(拳脚), 이화접목(移花接木)……'

소량의 마음이 불현듯 과거로 향했다.

할머니의 흔적은 살호장군 마유필과 일전을 겨룰 때에 소량이 펼쳤던 재주와 닮아 있었다. 아니, 할머니가 자신을 닮은 게 아니라 자신의 무공이 그분을 닮은 것이리라.

"큰놈아, 그만해라."

마유필의 위에 올라타 단도를 내려찍기 직전, 할머니는 자신의 손을 꼭 잡고 위로하듯 말씀하셨었다. 억지로 힘을 실어 단도를 찍으려 했지만 할머니의 작은 손을 벗어나지는 못했다.

"너는 네가 어찌하여 싸웠는지 아느냐? 어찌하여 무공을 배워야 하는지, 어찌하여 강직함을 품어야 하는지, 어찌하여 무(武)로서 스스로를 단련하는 것인지 알겠냐?"

황량한 바람이 소량의 옷깃을 뒤흔들었다.

소량이 기억 속의 목소리에 대답했다.

"…예, 이제는 압니다."

대답 자체는 과거와 같았으면서도 또한 달랐다.

소량의 대답에는 그간 강호를 걸어오며 보았던 세상과 그곳에서 겪었던 갈등, 어리석음과 수많은 실수들, 그럼으로써 얻을 수 있었던 깨달음이 한데 실려 있었던 것이다.

협자라는 거창한 이야기를 꺼내지 않아도 소량의 말에 실린 무게는 너무나도 무거웠다.

작은 중얼거림이 추억을 불러왔다.

살호장군 마유필과 겨룬 이후의 칠 년의 세월…….

눈부시도록 찬란했고 가슴 시리도록 그리운 시절.

소량은 그리움 속에서 사방을 훑어보았다.

우르르!

소량의 앞에 위태롭게 서 있던 돌무더기가 무너진 것은 바로 그때였다.

곧이어 강족의 언어가 들려왔다.

"히이익! 우르피, 우르피!"

소량은 돌무더기 아래에서 새하얀 돌을 가슴에 움켜쥔 청년을 발견할 수 있었다.

이건 꼼짝없이 죽었다, 싶었는지 소량 또래의 청년은 눈을 질끈 감은 채 연신 '우르피'를 읊조리고 있었다.

시간이 지나도 죽음이 찾아오지 않자 청년이 눈을 떴다.

"헉?!"

청년은 자신을 덮친 거대한 바위가 허공에 저절로 떠 있는 것을 보았다. 곧이어 돌무더기 아래에 가볍게 손을 들고 서 있는 소량도 발견했다.

청년이 두려움에 질린 얼굴로 바라보는 사이, 허공섭물로 떨어져 내리는 암석을 붙잡아두었던 소량이 그것을 옆으로 던져 버렸다.

쿠웅!

바위 떨어지는 소리가 사방에 울려 퍼졌다.

감히 인간의 힘으로 할 수 없는 신기를 본 탓에 청년은 아무런 말도 꺼내지 못했다. 강어를 할 줄 모르는 소량 역시 말을 꺼내지 못하긴 마찬가지였다.

잠시 장내에 어색한 침묵이 흘렀다.

잠시 뒤, 소량이 난감한 얼굴로 말했다.

"혹시 한어(漢語)를 할 줄 아십니까?"

"…우르피 카르카, 우르피!"

청년은 눈을 부릅뜬 채 소량을 바라보며 무어라고 읊조렸다.

소량이 작게나마 한숨을 내쉬었다. 비록 강어는 잘 모르지만, 청해를 떠돌다 보니 '우르피'라는 말이 그들의 신을 말하는 것이라는 것 정도는 알게 되었던 것이다.

'우르피라면… 천신(天神)이었던가?'

우르피 카르카를 굳이 한어로 표기하면 아포각격(阿布却格)이라 할 수 있다. 이는 태양신(太陽神), 혹은 천신(天神)을 뜻하는 말로 강족의 최고신이라 할 수 있다.

아무래도 허공섭물로 바위를 옮겨쥔 것이 신의 힘으로 보인 모양이었다.

소량은 한어를 할 줄 아는 강족에게서 배운 몇 마디 말을 읊조렸다.

할머니를 찾는 데 치중한 탓에 '나는 신이 아니다' 같은 말은 알지 못했지만, '사람을 찾고 있다'는 말 정도는 할 수 있었다.

소량이 더듬거리며 말하자 청년이 얼른 무릎을 꿇고는 침을 꿀꺽 삼키며 입을 열었다.

"저, 저는 한어를 할 줄 압니다. 우르피께서는 그냥 한어로 말씀하셔도 됩니다."

"한어를 할 줄 아시는 분은 오랜만에 보는군요. 저는 진가 사람으로, 이름은 소량이라 합니다. 저는 천신… 그러니까 우르피가 아니니 소량이라고 부르시면 됩니다."

"아니, 당신은 우르피이십니다."

청년은 이제 완전히 침착을 되찾은 듯 보였다. 눈동자에는 흔들림이 없었고, 처음에는 더듬거리던 말투도 이제는 또렷하게 변해 있었다.

청년의 한어는 예상외로 유창했다.

또한, 청년의 태도는 그야말로 극공경에 가까웠다. 무릎걸음으로 소량에게로 다가온 청년이 품고 있던 하얀 돌[白石]을 소량의 앞에 놓고는 납죽 엎드려 머리를 쿵쿵 찧었다.

"됐습니다. 그러지 마십시오."

소량이 얼른 손사래를 치며 청년을 일으켰다. 청년은 자신을 아푸르 마얼캉, 한어로 굳이 표기하자면 아패(阿壩) 마이강(馬爾康)이라고 소개했다.

소량이 그의 말이 끝나자마자 질문을 던졌다.

"저는 사람을 찾고 있습니다, 아 형. 혹시 저 말고 다른 한족을 보신 적 있으십니까?"

"존칭을 거두어 주십시오, 우르피. 그러면 안 됩니다!"

신에게서 존댓말을 듣는다면 그 불경함을 어찌 감당하겠는가!

청년이 화들짝 놀라 머리를 쿵쿵 찧었다.

소량의 표정이 더더욱 난감하게 변해갔다.

"저는 신이 아닙니다, 아 형."

"우르피 카르카, 즉, 천신은 절대 그 모습으로 인간 세상에 내려오지 않습니다! 화신으로 내려오지요. 우리는 천신의 화신을 우르피… 그러니까 백석신(白石神)이라고 부릅니다."

청년은 계속 소량을 아포(阿布)라고 불렀다.

"하아—"

소량은 자신이 신이 아니라고 납득시키기를 포기했다.

원래 강족의 문화에는 엄격한 데가 있어서, 절대로 신앙을 꺾지 않는다. 생각해 보면 착각을 하게 만든 데서부터 문제였던 셈이었다.

자신의 앞에 백석을 놓은 것을 보면 자신을 천신의 화신으로 착각한 것이 분명했다.

청년이 '혹시 안 오면 어떻게 하지' 라는 근심 섞인 표정으로 소량에게 말했다.

"제가 마을로 안내하겠습니다. 석비(釋比: 강족의 무당)가 기다리고 있을 것입니다. 백석신께서 찾아오기를 그간 얼마나 기다렸는지 모릅니다."

"죄송하지만 마을로 향할 시간은 없습니다. 다른 한족을 보신 적이 있는지요? 그것만 대답해 주시면 저는 더 이상 방해하지 않고 곧바로 떠나겠습니다."

소량이 강족들이 신성시 여기는 하얀 돌을 주워 그에게로 건네며 대꾸했다.

청년의 얼굴이 울상이 되었다.

하얀 돌을 받지 않는 것은 물론이었다.

"당신 이전에 오셨던 백석신이라면 알고 있습니다, 우르피."

"백석신 말고, 한족을 묻는 것입니다. 한어를 쓰는 노파를 혹시 본 적이 있으십니까?"

청년은 소량의 말을 이해하지 못했다는 듯 눈을 끔뻑였다.

소량이 재차 설명하기 위해 입을 열 때였다.

청년이 의아하다는 듯 말했다.

"이미 알고 있다고 말씀드리지 않았습니까? 천신의 화신은 결코 강족의 모습으로만 오지 않습니다. 장족의 모습으로 올 때도 있고 한족의 모습으로 올 때도 있습니다."

소량의 움직임이 경직되었다.

청년의 말에서 무언가를 짐작할 수 있었던 것이다.

청년이 조심스럽게 말을 이어나갔다.

"당신 이전에 오셨던 백석신은 누구보다 강한 분이셨지만, 재앙신(災殃神), 마신(魔神)이 속임수를 쓴 까닭에 패하고 마셨지요. 하늘이 갈라지고 땅이 무너지는 날, 우리 마을의 석비가 얼마나 괴로워하며 울부짖었는지 모릅니다."

"마신……?"

소량은 마신이 누구를 말하는지 짐작할 수 있었다.

하늘이 갈라지고 땅이 울던 날의 의미도 마찬가지였다.

아마도 혈마와 할머니가 벌였던 일전을 말하는 것이리라…….

"석비는 그분이야말로 천신에 가장 가까운 존재라고 하셨습니다."

청년이 침울한 얼굴로 말했다.

소량이 마을로 오지 않는다는 데 크게 실망한 듯한 모습이었다.

"혹시 그분은 노파였습니까?"

눈시울이 붉어진 소량이 목이 메는 듯 쉰 목소리로 질문했다.

청년이 울적한 얼굴로 고개를 끄덕였다.

"예, 그렇습니다. 한어를 쓰시는 분이셨지요. 천신께서 어찌하여 여성의 모습으로 오셨는지는 모르겠습니다만."

"지금도… 지금도 살아 계십니까?"

소량이 간절한 눈으로 질문했다. 청년의 표정 하나하나가, 대답하기 전에 혀로 입술을 축이는 모습부터 입을 여는 모습 하나하나가 너무나도 느리게 느껴졌다.

마침내 청년이 입을 열었다.

"예, 분명히."

소량이 눈을 질끈 감았다.

소량은 아패라는 청년에게서 많은 것을 전해 들을 수 있었다.

그의 말에 따르면, 작년 이맘때 세상이 한 번 뒤집혔다고 한다. 해가 지는 순간부터 동이 틀 때까지, 쉬지 않고 뇌성이 울려 퍼졌으며 산봉우리도 몇 개나 무너졌다는 것이다.

청년은 그것을 천신과 악신의 싸움이라고 설명했다. 석비는 '싸움이 천신의 패배로 끝났다'고 울부짖었으며, 다른 백석신이 나타날 때까지 어두운 세월을 보내게 될 것이라고 했다.

"그렇다면 천신… 할머니는 어떻게 만나게 되셨습니까?"

소량이 그 어느 때보다도 진지한 얼굴로 질문했다.

며칠간은 두려워 감히 접근하지 못하였지만, 보름여가 지나자 강족의 청년들도 용기를 냈다. 그들은 전투가 끝난 곳에 가서 백석을 주워 오기로 결심했던 것이다.

비록 천신은 패배했지만 그것은 영원한 패배를 의미하는 것은 아니었다. 새로운 백석, 즉, 새로운 신물(神物)로 제사를 치러 천신이 다시 돌아오기를 기원해야 했다.

그렇게 백석을 구하러 가던 날, 강족의 청년들은 만신창이라고 할 정도로 크게 다친 노파를 발견했다.

악신에게 영혼을 빼앗겼는지 멍한 눈을 한 노파였다.

'할머니다. 틀림없어⋯⋯.'

소량은 저도 모르게 이를 악물고 말았다. 새하얗게 변할 때까지 주먹을 꽉 쥔 소량이 몸을 부르르 떨며 질문했다.

"크게⋯ 크게 다치셨습니까?"

"당장 죽었어도 이상할 게 없었지요."

소량은 가슴이 꽉 막히는 것을 느꼈다.

심장이 옥죄어 오는 기분에 할 말을 잃을 정도였다.

청년이 설명을 이어나갔다.

"처음에는 그분이 누구인지 모르고 마을에 모셨습니다. 위태로운 사람을 돕지 않으면 천벌을 받거든요. 저는 아둔해서 석비가 그녀를 극진히 모실 때에야 정체를 알 수 있었지요."

노파, 아니, 진무신모 유월향은 비록 목숨은 건졌지만 무공의 팔 할을 잃었고, 그렇지 않아도 심해졌던 매병이 더욱 극심해져 있었다.

그녀는 한 달 넘게 앓았고, 그사이 열이 심하게 끓어오르거나 발작이 일어나는 등 죽을 고비를 몇 차례나 넘겼다고 했다.

소량 본인도 목숨의 위기를 겪었지만 다행스럽게도 그를 돕는 사람은 많았다. 검천존과 곽호태, 청성파의 문도들이나, 그를 구하기 위해 달려온 정도 무림인들 등등……

그러나 진무신모 유월향, 할머니에게는 아무도 없었다.

자식들도, 손자들도 없는 곳에서 그녀는 홀로 생사의 간극을 뛰어넘어야 했다.

목이 메어 숨을 쉴 수가 없었다. 몇 번이나 입술을 달싹거리던 소량이 신음과도 같은 한숨을 토해냈다. 소량은 억눌린 숨을 내쉰 후에야 입을 열 수 있었다.

"그… 그 이후에는 어떻게 되었습니까?"

"천신의 화신이 여성인 것은 이상했지만, 석비는 알고 보면 이상한 일도 아니라고 하더군요. 우리는 그분을 극진히 모셨습니다. 다른 한족들이 그녀를 찾고 있었지만 우리는 그분을 숨기기로 했지요. 마을을 샅샅이 뒤졌을 때에는 정말 큰일 나는 줄 알았습니다."

혈마곡에서 할머니의 시신을 확인하기 위해 나온 모양이었다.

강족의 도움이 없었더라면 할머니의 목숨도 없었으리라.

"머리를 크게 다치신 건지, 자신이 왜 이곳에 있는 줄 모를 때도 많았습니다. 그럴 때는 마을을 벗어나려고 안간힘을 썼기 때문에 말리는 것도 큰 문제였지요. 어떤 날에는 소녀처럼

굴 때도 있었습니다. 모두 악신이 술수를 부린 탓이지요, 암."

"소녀처럼?"

"예, 소녀처럼 어머니를 찾고 그랬습니다. 어머니가 보고 싶다고, 무섭다고……."

유월향의 매병은 세월이 지날수록 심해져만 갔다. 기억은 잃어도 본인의 연배는 자각하던 과거와 달리, 이제는 기억이 마음대로 오가는 것이다.

어린 시절로 돌아갈 때도 있었고, 혹은 처녀로, 혹은 갓 어머니가 되었을 때도 있었다.

소량은 할머니의 삶을 생각했다.

동무들과 산으로, 들로 뛰어놀 나이에 동생들을 돌봐야 했던 어린 소녀를, 돌림병으로 가족을 잃고, 남은 한 명의 동생을 데리고 먼 길을 나서야 했던 겁에 질린 소녀를.

울면서 엄마를 찾았을 작은 소녀를.

그래, 할머니에게도 어머니가 있을 것이다.

그녀도 의지하고 기대고 싶었을 것이다.

하지만 소량은 그것을 의식한 적이 없었다.

할머니는 날 때부터 어른이었던 사람 같았다. 보살핌을 받기보다 보살피는 데 익숙한, 누구의 도움도 필요하지 않은 사람인 것 같았다……

소량의 신형이 한차례 휘청거렸다.

"그래도 가끔 멀쩡해지던 날도 있었습니다. 그때는 정말 화신다웠습니다. 청해라는 지명도 알고 계셨고, 그간 친해진 마을 사람들의 이름도 또렷이 외웠지요. 아! 놀라운 재주도 보이셨습니다. 장정 몇 명도 넘기지 못할 나무도 쉽게 넘기고 그랬지요."

처음에는 신기하다는 표정을 짓던 청년이 침울하게 말했다.

"그래서 우리는 그분이 떠나는 것을 막지 못했습니다."

"떠나는 것을 막지 못했다? 떠나다니? 어디로?"

주먹을 꽉 쥔 채 고개를 숙이고 있던 소량이 번쩍 고개를 들었다.

소량의 기세가 험악하게 변해가자 청년이 움츠러들었다.

"북쪽으로 가셨습니다. 북쪽이요… 저희는 정말로 막으려 했습니다, 우르피! 몸이 다 나으실 때까지 모시려고 했어요!"

움츠러들던 청년이 재빨리 무릎을 꿇었다.

소량의 얼굴이 일그러졌다.

"화를 내려는 것이 아닙니다! 북쪽… 언제 떠나셨습니까? 언제!"

"석 달쯤 됐을 겁니다! 석 달이요! 우르피 카르카! 제가 잘못한 것이 있다면……."

머리를 바닥에 몇 차례 두드린 청년이 불현듯 고개를 들었다.

"헉?"

그러자 등골에 소름이 오싹하게 돋아 오른다.

눈앞에는 조금 전에 자신이 주웠던 하얀 돌만이 남아 있을 뿐, 우르피의 모습이 없었던 것이다. 아패 마이강은 강족의 언어로 천신과 백석신의 노래를 읊조렸다.

이형환위를 펼쳐 자리를 벗어난 소량은 미친 듯이 북쪽을 향해 달려갔다. 기감을 넓게 펼쳐 주변을 수색하는 동시에, 청력을 돋워 주변의 소리들을 모조리 귀에 담는다.

곧바로 찾을 수는 없다는 것은 알지만, 그래도 조급함만은 감출 수가 없다.

정신이 돌아왔을 때는 이성적인 판단을 할 수 있겠지만, 매병이 심화될 때에는 스스로가 누군지조차 모르는 할머다.

그 상태에서 혈마곡의 마인들을 만나기라도 한다면 끝장이다.

석 달, 석 달간 살아 있다면 그것도 기적이나 다름없다.

그로부터 며칠이 지났을까.

소량은 보름 정도 지난 것 같다고 생각했다. 초조함은 사라지지 않고 더더욱 커져갈 뿐이건만, 할머니의 흔적은 쉽사리 보이지 않았다. 단 한 번, 강족 대신 장족의 유랑민들에게서 노파를 보았다는 소리를 들었을 뿐 아무런 정보도 얻지 못했다.

조급함 때문일까.

소량은 더 이상 스스로를 감추려 들지도 않았다. 혈마곡의 마인들을 만나면 거리낌 없이 베었고, 시신을 숨기려는 등의 시도도 하지 않았다.

아니, 오히려 혈마곡의 마인들이 지근거리에 있음을 느끼면 일부러 찾아가 베거나 무공을 폐하였다. 만에 하나라도 그들이 할머니를 만날까 두려웠던 탓이었다.

무공이 경지에 올랐음에도 불구하고 소량은 지독한 피로를 느꼈다.

아마 그의 의식이 현실이 아니라 추억을 걷고 있었기 때문일 것이다.

할머니와 처음 만나던 날, '당장 동생들 데불고 씻으러 가지 못하냐잉!'이라고 외치던 지독한 광동 사투리, 처음 만들어주신 두부보리죽, 처음으로 가본 시전 구경, 백수문을 가르치시던 할머니의 카랑카랑한 목소리, 배를 내밀고 자는 동생들에게 요를 덮어주던…….

'할머니, 꼭 살아 있어야 해요.'

소량이 속으로 조그맣게 중얼거렸다.

'꼭 살아 있어야 해, 할머니. 꼭…….'

소량이 멍한 표정으로 생각할 때였다.

소량은 좌측에 있는 작은 소로에서 혈마곡의 마인들 다섯 명을 발견했다.

알고 보면 그들은 금협 진승조를 추적하기 위해 나온 자들로, 격이목에서 승조를 발견하지 못한 귀곡자의 명을 받고 사방을 수색하던 중이었다.

혈마곡의 마인들은 사정을 모른 채 잡담을 나누고 있었다.

"금협 이 개자식. 재주 하나만은 기가 막히는구나."

"귀곡자께서도 깜짝 놀라셨겠지. 아니, 귀곡자께서 이렇게 호되게 당한 것이 처음일 거야. 금협의 재주만은 인정해야겠지."

혈마곡의 마인들의 입에서 '인정한다'는 소리가 나올 정도였으니 승조의 재주가 얼마나 뛰어난지 알 수 있을 것이다. 승조는 혈마곡의 안방이라 할 만한 청해에서도 잡히지 않고 벌써 두어 달째 요리조리 도망을 치고 있었던 것이다.

"재주도 기가 막히지만 싸가지도 더럽게 없는 놈이야. 그자를 데리고 본궁 앞에 나섰을 때, 그때 얼마나 조롱을 받았는지… 잡히면 내 직접 사지를 찢어 죽일 거야."

"크하하! 그거 재미있겠군. 나도 같이하지."

어느 이름 모를 마인이 그렇게 말할 때였다.

그들에게서 이 장 떨어진 곳에 소량의 신형이 나타났다.

섬뜩한 인기척을 느낀 마인들이 화들짝 놀라 뒤를 돌아보았다.

"헉? 갑자기 웬……."

어느 마인의 말이 끝나자 잠시 장내에 침묵이 감돌았다. 마인들이야 갑자기 나타난 소량을 살피느라 입을 다물었다 치지만, 소량까지도 입을 열지 않은 것은 기이한 일이었다.

사실, 소량은 그들의 옷차림을 살펴보고 있었다.

먼지가 조금 묻긴 했지만 멀쩡한 그들의 옷차림을.

소량은 자신의 손을 내려다보았다. 그간 얼마나 길 위를 떠돌았던 걸까. 그간 얼마나 많은 마인들을 벤 것일까. 소량의 손은 피와 흙먼지가 가득 묻어 있었다.

자신의 옷을 내려다보니 마의도 붉게 물들어 있긴 마찬가지다.

생각해 보면 중원을 떠돌 때에도 이와 같았던 것 같다. 첩혈행로? 아니, 첩혈행로뿐만이 아니었다. 중원을 횡단할 때에도 항상 피로 물든 길을 걸었다.

소량은 옷을 살펴보던 그대로 중얼거렸다.

"…살고 싶으면 스스로 무공을 폐하라."

"그게 무슨 헛소리냐?"

마인 중 하나가 기가 막힌다는 듯 헛웃음을 지었다. 비록 그 연원은 모르지만, 척 보기에도 추레한 청년이 나타나서 무공을 폐하라느니 하는 소리를 하니 웃음을 참을 수가 없다.

또한, 소량의 기세가 워낙에 평이한 탓도 있었다. 대지약우(大

智若愚), 반박귀진(返撲歸眞)이라. 원래 비범한 것은 오히려 아둔하게 보이는 법이다.

"그러지 않으면 베겠다."

소량이 고개를 들고 천천히 그들에게로 걸어왔다.

마인 중 하나가 또다시 헛웃음을 터뜨렸다.

"허! 이 미친놈을 봤……."

"자, 잠깐!"

또 다른 마인 하나가 소량을 조롱하는 마인을 말렸다. 그는 동료의 어깨를 꽉 붙잡은 채 긴가민가 가늠하는 표정으로 소량을 물끄러미 바라보았다.

소량의 검이 날아온 것은 바로 그때였다.

서걱!

섬뜩한 소리가 들리자 마인이 동료를 돌아보았다. 그가 어깨를 붙잡고 있던 동료는 목이 달아난 것도 모르는 채 육신만 남아 서 있었다.

심지어 핏방울조차 튀지 않을 정도였으니 말 다한 셈이다.

피는 나중에야 튀었다.

"허억?!"

마인이 화들짝 놀라 뒤로 물러날 때였다. 무언가를 짐작한 그와 달리, 남아 있는 세 명의 동료들은 아무것도 짐작하지 못한 모양이었다. 한 명은 조롱하듯 소량을 바라보고 있었고, 나머지 두 명은 거리낌 없이 소량에게로 덤벼든다.

"이 개자식이!"

"감히 얄량한 무공을 믿고 혈마곡과 대적하느냐!"

혈마곡의 이름을 들어 협박하려 해봐도 통할 리가 없다. 소량은 마치 제 주머니에서 물건을 꺼내듯, 걸어오는 속도 그대로 두 명의 목을 베어버렸다.

공격이 어찌나 자연스러운지, 두 명의 마인들은 원래부터 목이 없었던 사람인 양 몇 걸음을 걸은 뒤에야 풀썩 바닥에 쓰러졌다.

그들의 피가 소량의 어깨부터 검까지 튀었다.

소량은 물끄러미 자신의 어깨를 바라보았다. 피 한 방울이 주르륵 흘러내리는 것이 그렇게 마음 무거울 수가 없었다.

소량은 눈을 질끈 감고는 다시금 검로를 펼쳤다.

"잠깐… 잠깐만, 천애검협!"

남아 있는 두 명의 마인들 중 한 명이 다급하게 외쳤으나 때는 이미 늦은 후였다. 만약 스스로 무공을 폐하여 목숨을 구하고자 했다면 진즉에 시도했어야 했다.

소량은 경고했던 그대로 행했고, 마침내 남은 두 명의 마인들까지 쓰러졌다.

털썩—

무공이 경지에 달하였으니 고작 이 정도의 검로에 지칠 리가 없건만, 소량의 얼굴은 피로로 물들어 있었다.

소량은 자신이 베어 넘긴 다섯 명의 마인들을 한차례 훑어보고는 묵직한 얼굴로 걸음을 옮겼다. 혹시 자신이 파악하지 못한 마인들이 있을까 우려하여 잠시나마 경계하는 것이다.

잠시 동안 소로를 걷고, 마침내는 소로의 모퉁이를 돌아서 산길에 접어든다.

소량의 걸음이 멈춘 것은 바로 그때였다.

구하고자 하면 구하지 못하고, 버리고자 하면 오히려 얻게 된다던가? 그 말에 틀림이 없었다. 소량이 가장 구하고자 하였던 대상은 아무런 기대도 없던 순간에 찾아왔다.

소로의 모퉁이를 돌아선 소량은 멍하니 앞을 바라보았다.

굽이굽이 자란 노송(老松) 아래 한 명의 노파가 앉아 있었다.

第六章
회한(悔恨)

1

노파는 소량의 등장을 눈치채지 못했다. 강족의 복식을 갖추었으나 여기 찢어지고 저기 찢어진 탓에 넝마나 다름없는 옷을 입은 노파가 손으로 바닥을 훑었다.

소량은 산발이 된 머리 터럭 사이로 일그러진 얼굴을 발견할 수 있었다. 두부에 큰 충격을 입은 듯, 이마부터 한쪽 눈두덩이까지의 살이 내려앉아 일그러진 얼굴이었다.

소량은 그리 오래 지나지 않아 노파가 무얼 하는지도 알 수 있었다.

배가 고팠는지, 노파는 개미를 주워 먹고 있었다.

"할, 할머⋯⋯."

그녀를 부르려던 소량이 말을 잇지 못하고 입을 다물었다. 소량이 들고 있던 철검이, 누구의 것이었는지도 모를 철검이 바닥에 절그럭 소리를 내며 떨어졌다.

그 소리를 들은 노파가 소량을 바라보았다. 물론 노파, 아니, 할머니는 소량을 알아보지 못했다. 그저 개미를 주워 먹다 말고 경계심 어린 얼굴로 움츠러들 뿐이었다.

소량은 머리가 새하얗게 변하는 것을 느꼈다.

귓가에 이명이 들렸고 현기증이 났는지 시야가 어지러워졌다.

천존의 경지에 올랐으나 지금 이 순간만큼은 아무 소용 없었다. 소량의 신형이 천존이 아니라 범사처럼 휘청거렸다.

"어어⋯⋯."

소량이 붉어진 눈시울로 벙어리처럼 웅얼거렸다. 가슴이 찢어지는 듯한 통증이 밀려들어 왔다. 나는 그동안 뭘 해온 걸까? 내가 그간 해온 모든 것들은 도대체 무엇이었을까.

지독한 괴로움도 함께 밀려들었다. 고아에 불과했던 그를 한없이 사랑해 준 할머니가, 천지 만물을 아낄 줄 알아야 한다고 가르쳤던 할머니가 바로 그곳에 있었다.

고향에서 수만 리 떨어진 곳에서, 비참해진 몰골로.

도대체 어디서부터 잘못된 걸까.

우리 가족은 어쩌다가 이렇게 된 걸까.

"할머니, 큰놈… 큰놈이 왔어요."

소량이 억눌린 신음을 토해내며 걸어갔다.

그리고 가슴 깊숙한 곳에 있었던, 꼭 하고 싶었던 말을 읊조렸다.

"이제 돌아가요, 할머니. 집으로 돌아가요……."

휘청거리며 걸어가던 소량이 문득 걸음을 멈추었다.

자신의 손에는 피가 묻어 있다.

'피를, 피를 닦아야 해.'

시선을 내려 보니 흙먼지와 피가 뒤섞여 새카맣게 변해 버린 손이 보였다.

소량은 부지불식간에 손을 옷자락에 비벼 닦았다.

한 차례, 두 차례, 세 차례.

하지만 피는 조금도 닦이지 않았다. 흙먼지와 핏방울 자체는 옷에 쓸려 조금이나마 살갗을 보였지만 소량이 보기에는 여전히 피투성이 손일 뿐이었다.

소량은 다시 한번 옷에 손을 닦았다.

그래도 피는 닦이지 않았다.

갑자기 뜻 모를 회한(悔恨)이 몰려들었다.

할머니를 찾아 무창을 떠났다. 운향산에서 소호촌으로, 소호촌에서 남궁세가로. 그렇게 당도한 남궁세가에서 혈전을 겪은 끝에 할머니를 만났다.

하지만 동생들을 찾으러 신양현으로 가는 사이, 할머니는 다시 사라져 버리고 말았다. 소량은 유영평야에서 검마존과 싸운 후에야 그 사실을 알게 되었다.

소량은 몸을 추스르자마자 무림맹으로 향했다. 할머니를 찾아 무림맹에서 흑수촌으로 떠났고, 백성들을 구해 첩혈행로를 걸었으며, 동료들을 잃은 후에는 복수행로를 걸었다.

그렇게 수천, 수만 리를 달려 마침내, 마침내 할머니를 만났다.

"으어어, 으어……."

소량이 더 이상 걷지 못하고 털썩 무릎을 꿇었다. 그 상태로 손을 내려다보던 소량이 얼굴을 감싸 쥐었다. 울음을 참아보려 애썼지만 뜻을 이루지는 못하였다.

지난 모든 강호행이 한데 얽혀 덮치니 견딜 수가 없다.

그 순간, 소량의 뒤통수에 따스한 손길이 닿았다.

소량은 그것이 할머니의 손길이라는 것을 알 수 있었다.

물론, 할머니는 매병이 심화된 탓에 소량이 누구인지 알지 못했다. 그저 가슴이 타들어가는 것을 느꼈을 뿐이었다. 저 청년이 누구든, 아니, 내가 누구든 상관없는 일이었다.

그녀는 자리에서 일어나 소량에게로 다가가 가만히 그를 품에 안았다.

소량에게는 가장 큰 위로였고, 세상에 다시없을 위안이었다.

"어어어, 으어어!"

소량은 할머니의 치맛자락을 잡고 어린아이처럼 울음을 터뜨렸다.

세상 누구보다 따듯한 품이었다.

"힘들었지야, 그치? 고생 많았지야? 인즉 괜찮어."

할머니가 카랑카랑한 광동 사투리로 읊조렸다. 소량의 앞에 서서, 치맛자락을 붙잡고 울부짖는 소량의 머리를 쓰다듬어 주었다.

"으어어, 어어!"

소량은 또한 그동안 만났던 모든 사람들을 떠올렸다.

검천존, 아니, 반선 어르신. 창천존, 영 누이, 무림맹의 대백 부님, 서영권 대협, 그리고 청해로 함께 떠났던, 이제는 더 볼 수 없는 진무십사협.

소량은 죽음을 맞으러 가던 운현자의 목소리를 떠올렸다. 사형의 이야기를 조근조근 읊조리던 운송자의 기억도 함께 떠올랐다. 어린 나이에 전쟁터로 끌려와 미끼가 된 소년의 얼굴 과 나전현에서 단혼신도 곽채선에게 내공을 빼앗겼던 어린 장윤의 얼굴이 뒤섞였다.

그리고 그 길을 걷는 동안 베었던 수많은 마인들…….

울음이, 아니, 통곡이 터져 나왔다. 천존의 경지에 오르는 동안 홀로 삭혀왔던 모든 감정이 한순간에 폭발해 버리는 것 같았다.

할머니는 소량의 마음을 다 안다는 듯 그의 등을 두드려 주었다.

"다 괜찮어야, 인즉 다 괜찮어."

할머니의 따스한 위안이 사방에 울려 퍼졌다.

지난 모든 강호행을 한순간에 떠올린 소량은 한동안 무너져 정신을 차리지 못했다. 소량이 누구인지조차 모르면서도 할머니는 마치 모든 것을 다 아는 사람처럼 소량을 위로했다.

한참의 시간이 지나자 소량은 이성을 되찾았다.

할머니를 근처의 작은 바위에 앉힌 소량이 그녀의 옷깃을 정갈하게 여미기 시작했다.

혹시라도 추울세라, 혹시라도 잘못될세라.

소량은 산발이 된 할머니의 머리카락도 정리해 주었다.

"남사시러우니께 그러지 말어야… 나가 씻지를 못해가지고……"

할머니는 부끄러운 건지, 민망한 건지 자꾸 소량의 손을 피하려 들었다.

소량은 눈물이 왈칵 솟아오르는 것을 느꼈다.

혈마의 손에 얻어맞아 일그러진 얼굴을 볼 때마다 눈물을 참을 수가 없었다. 이 지독한 고통을 품고 어찌 세상을 떠돌았을까. 어찌 견딜 수 있었을까.

아니, 살아 계신 것으로 충분하다.

소량이 눈물이 고인 얼굴로나마 미소를 지어 보였다.

"아니에요. 지금도 고와요. 우리 할머니가 세상에서 제일 고와."

소량이 조심스럽게 할머니의 얼굴을 쓰다듬었다.

그것은 위로의 손길이기도 했지만 또한 확인의 손길이기도 했다. 할머니의 상처가 수습되었는지, 악화되어 가는 중인지 확인하는 것이다.

다행히 상처가 악화되는 것은 아닌 듯했다.

소량은 가슴속에서 울컥 솟아오르는 것을 참아내야 했다.

"늦어서 죄송해요, 할머니. 늦어서 죄송해요……."

소량이 붉어진 눈시울로나마 중얼거렸다. 갑작스럽게 '늦어서 죄송하다'고 말하니 무언가 이상하다고 여길 법도 한데, 할머니는 아무런 이상한 점도 느끼지 못한 듯싶었다.

다만 소량을 흘끔거리며 살피는 모습이 마치 품평이라도 하는 듯했다. 혹시나 할머니가 불안해할까 봐, 소량은 억지로나마 미소를 지어 보일 뿐 그녀를 제지하지 않았다.

소량이 마음을 진정시키려는 듯 눈을 질끈 감았다 떴다.

"업히세요, 할머니. 제가 모실게요."

소량이 억지로 웃으며 말하자 할머니가 '그래두 될랑가? 사실은 심이 많이 떨어져서 말이여'라고 민망해했다. 소량이 재차 권하자 할머니가 그의 등에 업혔다.

소량이 천천히 걸음을 떼었다.

그렇게 몇 걸음이나 걸었을까?

소량의 등에 업혀가던 할머니가 감탄을 토해냈다.

"아까두 말할라 그랬는디, 총각은 어떻게 이렇게 잘생겼디야? 세상에나, 심도 좋은 것이 살면서 잔병치레 한 번 안 했겠네! 그려, 총각은 어디 사람이여?"

소량은 할머니가 자신을 기억하지 못한다는 것을 깨달았다.

가슴이 찢어지는 듯한 통증이 밀려들었지만, 소량은 '할머니가 살아 계신 것만으로도 충분하다'고 되뇌며 스스로를 다독였다.

소량이 떨어지지 않는 입을 억지로 떼어 말했다.

"저는… 저는 무창에서 왔어요, 할머니."

할머니가 이상하게 여기지 않도록 장단을 맞추고는 있지만, 예전처럼 자신을 기억해 주지 못한다는 사실이 서글프기 짝이 없었다.

"홀홀, 무창 사람이었시야? 무창 여자들이 줄줄줄 따랐겠구마잉."

연신 감탄하던 할머니가 불현듯 소량의 얼굴에 손을 내뻗었다가 민망한 표정을 지었다.

"워매! 다 늙은 할마시가 남사시럽게 뭐 하는 짓이랑가? 미안혀, 총각. 나가 정신머리가 살짝 없어야."

"괜찮아요, 할머니. 저도 할머니 밑에서 자란걸요."

소량이 한 손을 들어 할머니의 손을 덥석 쥐고는 제 얼굴로 가져갔다.

할머니의 따스한 손길이 볼에 느껴졌다.

할머니가 안쓰럽다는 듯한 얼굴로 말했다.

"그랴? 총각두 조모님 밑에서 자라셨는가?"

"네, 너무 좋은 할머니였어요. 맛있는 것도 해주시고, 동생들도 안아주시고, 시전 구경도 시켜주시고 그랬어요. 어릴 적엔 애교를 피워보고 싶었는데, 동생들에게 순번을 빼앗겨서 애교 한번 피워보지 못했지요. 지금이라도 할머니 손길을 느끼니 좋습니다."

"척 보니께 장남이었구먼? 우리 아들 생각나네잉. 우리 아들도 그랬시야, 어린 나이에 동생들 돌보니라고 제 어미 손 한번 못 타고 자랐지. 해준 것이 없는디 저 혼자 잘 자랐어."

할머니가 시무룩한 어조로 말했다.

할머니를 업고 가던 소량이 고개를 몇 번 끄덕였다.

"그래두 말이여, 그눔이 시상에 나가더니 워쩌나 잘됐는지 몰러. 총각이 알랑가 모르겠는디, 나가 이래 봬도 일 등 가는 자식들을 둔 사람이여. 아들뿐 아니라 딸까지 잘 됐제."

침울해져 있던 할머니가 불현듯 자랑을 시작했다. 소량을 보니까 절로 자식들 생각이 나는데, 자식들을 생각하면 저도 모르게 자랑을 나오는 탓이었다.

지금 자신이 어디에 있는지, 지금 상황이 어떠한지는 아예 모르는 모양이었다.

"우리 큰딸은 말이여, 갸가 어찌나 자애로운지 거의 부처님이여, 부처님. 불심이 어찌나 깊은지 어마어마하게 큰 절에서 장문사태 노릇을 다 한다니께. 우리 큰아들 놈은 저기 대처에 나가 있는디, 무슨 맹에서도 맹주 자리에 앉은 귀한 사람이여."

할머니는 혈마곡의 안방이나 다름없는 청해가 아니라, 저잣거리 반전에서 지나가는 청년을 만난 양 자랑을 늘어놓고 있었다. 한참 자랑을 하다가도 자신이 잘해주지 못했다는 미안함을 늘어놓기도 했고, 그래도 참 잘 자랐다고 다시 자랑을 시작하기도 했다.

자기만 말하는 게 머쓱했는지 할머니가 중간에 질문을 던졌다.

"그려, 총각네 할머니는 손자들이 몇이나 되는가?"

"저 말고 여덟 명이 더 있어요, 할머니. 할머니는 손자분들 있으세요?"

미소를 지은 채 할머니의 이야기를 듣던 소량이 대답했다.

할머니가 자랑스럽게 말했다.

"아무렴 있지. 우리 손주는 아홉 명이여."

소량의 움직임이 덜컥 멈추었다.

할머니는 소량이 멈춰 선 것도 모르는지 손가락을 꼽으며 손자들의 이름을 읊조렸다.

"큰집 손주 진대산이, 진예운이. 작은집 손주 진경운이. 외손주 남궁현이. 막냇집 손주 진소량이랑 진영화……."

"……."

소량은 고개를 떨어뜨린 채 아랫입술을 짓씹었다.

자신이 누구인지, 자신이 어디에 있는지도 모르면서 할머니는 제 자식들과 손자들의 이름만큼은 기억하고 있었다. 할머니가 꼽는 손가락 속에는 소량의 형제들도 있었다.

기억을 모두 잃은 지금이었지만 할머니는 핏줄만 기억하고 있는 게 아니었다. 그녀는 소량의 형제들 모두를 손자로 기억하고 있었다.

할머니는 빈말이 아니라 진심으로 그들을 손자라고 생각하고 있었다.

"나는 우리 막냇집 손자들하고 사는디, 큰눔이 아직 열 살을 못 넘었어야. 그런 눔덜을 두고 어뜨케 여기까지 왔는지 몰러. 그 어린놈덜이 잘 있을까? 굶고 있지는 않을까? 할미 없다고 울고 있는 거 아닐까? 떠나지 않겠다고 약속했는디, 어뜨케 여기까지 왔을까……."

가만히 있으면 눈물이 날 것 같아서 소량은 먼 산을 바라보았다.

"총각은 심도 세 보이고 듬직하니께 나가 부탁 하나 해도 흉은 아니겠지?"

"그럼요, 할머니. 부탁하실 게 뭔데요?"

"실은 말이여, 누군지는 잘 모르겠는디 어느 도적놈들이 우리 손주들을 노리는구먼. 혹시 무창에서 우리 손주들을 만나면 꼭 좀 도와주구, 지켜주구 그래야."

한동안 멈춰 서 있던 소량이 움찔했다.

소량이 억눌린 신음을 토해내더니 다시 걸음을 옮겼다.

"예, 제가 꼭 지킬게요."

"그눔들이 꼭 우리 손주들만 노리는 게 아녀. 온갖 사람들을 다 노리고 덤벼들구 그래. 총각은 심도 세고 하니께 꼭 좀 도와주고 그래. 나가 할 것이지만서두, 나가 할 것이지만……."

"예, 할머니. 걱정 마세요."

할머니가 피곤한지 더 이상 목소리에 힘을 싣지 못하고 웅얼거렸다. 잠시 뒤에는 아예 잠에 빠져드는 듯했다.

소량의 눈에 고요한 기세가 어렸다.

"걱정 마세요……."

할머니가 듣지 못하는 사이, 소량이 조그맣게 읊조렸다.

2

할머니를 만난 소량은 감덕을 통해 청해를 빠져나가려는 계획을 세웠다. 아직 승조를 찾지는 못했지만, 할머니를 모시고 청해를 누비는 것은 너무 위험한 일이었다.

길을 떠나려니 불안감과 죄책감이 앞섰다.

승조를 사지에 두고 떠나는 것 같아 발걸음이 쉽게 떨어지지 않았다. 소량은 '금방 돌아올 테니 조금만 더 버텨라, 승조야' 라고 몇 번이나 되뇌며 할머니를 모시고 감덕으로 향했다.

지금도 소량은 할머니와 함께 길을 걷고 있었다.

"단풍, 단풍."

소량의 등 뒤에 업혀 있던 할머니가 양손을 어지러이 휘저었다. 길가에 곱게 물든 단풍잎을 만져보려는 것이다. 소량은 할머니가 단풍잎을 만질 수 있게끔 잠시 걸음을 멈추었다.

"어여쁘다잉."

단풍잎 하나를 똑 떼어 든 할머니가 보드랍게 웃으며 감탄을 터뜨렸다.

소량은 고개를 슬쩍 돌려 할머니의 얼굴을 바라보았다.

"이건 이쁘니께 나 허구, 이건 오빠 주께."

소량은 흔들리는 시선으로 고개를 돌렸다. 할머니가 계속

단풍잎을 내밀어 받아 들긴 했지만, 마음 한구석에 무언가 울컥울컥 올라오는 것을 참지는 못했다.

할머니는 지금 소녀의 기억을 걷고 있었다.

그렇게 얼마나 걸었을까.

할머니가 갑자기 소량의 등에 얼굴을 묻었다.

"무서, 무서워야."

소량이 고개를 돌려보니, 수풀이 깊게 어우러져 응달이 되어 있는 것이 보였다.

할머니는 그 어두컴컴한 그림자가 무서웠나 보다.

할머니가 몸을 부들부들 떨면서 말했다.

"나 무섭소. 무서워야… 어매 보고 잡다잉, 우리 어매가 보믄 나 안아줄 텐디. 무시워야."

소량의 입가에 쓴웃음이 떠올랐다.

그래, 할머니에게도 무서우면 안아주고 울면 달래줄 어머니가 있었을 것이다. 어른이 된 할머니는, 혹은 늙어버린 할머니는 어땠을까. 이제는 볼 수 없는 어머니를 그리워했을까.

할머니가 등 뒤에서 꼼지락거리며 말했다.

"오빠가 우리 어매한테 데려다 준다고 혔지, 그렇쟈?"

"네, 할머니. 집으로 모시고 갈게요."

소량이 서글픈 어조로 답변하자 할머니가 안심한 듯 보였다. 소량이 한차례 추스르고 일부러 몸을 좌우로 끄덕끄덕하자 할머니가 안심한 듯이 잠에 빠져들었다.

도대체 어째서일까?

할머니는 결코 오래 자는 법이 없었다. 깊이 잠이 든 것 같으면서도 그녀는 반시진도 제대로 잠을 이루지 못했던 것이다.

잠에서 깨어나면 매병이 다른 세월을 불러오곤 했다.

소량은 서글픈 얼굴로 걸음을 옮겼다.

선선한 가을바람이 소량과 할머니를 스치고 지나갔다.

두 노소(老少)가 길을 걷는다.

"여거가 어디여?"

얼마 뒤, 할머니가 정신이 든 듯 주위를 두리번거렸다. 그래도 이번엔 제법 오래 주무신 편이었다. 반시진하고도 이각은 더 주무셨으니 피로도 제법 풀렸으리라.

소량이 안도한 얼굴로 질문했다.

"불편하진 않으세요?"

"야."

할머니가 조금 더 성숙한 존댓말로 대답했다.

소량은 문득 궁금증을 느꼈다.

할머니는 지금 어떤 세월을 걷고 계실까. 동생과 함께 군문의 뒤를 쫓아 여행하던 시절의 기억을 걷고 계실까, 아니면 조부님을 만나기 전의 규중처녀의 기억을 걷고 계실까.

그도 아니면 자식들을 낳은 어린 어미의 기억일까.

할머니의 인생은 어떤 것이었을까…….

"할머니, 힘드시면 쉬었다 갈까요?"

"지는 괜찮어라."

"그래도 피곤하실 텐데."

소량이 그렇게 말하며 주위를 몇 차례 둘러보았다.

소로 옆에 너른 바위 하나가 놓여 있는 것을 보였다.

"끼니도 때워야 하니 잠시 쉬었다 가요."

소량이 그쪽으로 걸어가 할머니를 내려놓았다. 그리고 평소처럼 옷깃을 여며주려 하는데, 할머니가 경계하는 표정으로 소량의 손을 피했다.

"지가 할라요."

소량이 머쓱하니 할머니의 옷깃에 가져갔던 손을 되돌렸다. 할머니는 그 모습에 한결 안심한 듯했다. 낯선 사람이긴 하지만 함부로 구는 것 같지는 않다고 생각한 모양이었다.

"군병님, 군병님. 우리 동상이 어디 있는지 아시요?"

안도한 할머니가 두리번거리며 동생을 찾았다. 소량은 할머니의 기억이 동생과 함께 광동으로 향하던 때로 돌아가 있음을 깨달았다.

소량이 더듬더듬 어울리지 않는 거짓말을 꺼냈다.

"동생은 저쪽 천막에서 자고 있잖아요. 몇 번이나 확인하고 그랬으면서 벌써 잊으셨어요?"

"아아… 그랬는가? 지가 잊었는갑소."

할머니가 안심한 듯 고개를 끄덕였다.

소량이 사흘 전에 구한 말린 쌀을 꺼내어 할머니의 입에 넣어주었다.

조금 전, 옷깃을 여며주려 할 때처럼 할머니는 소량의 손길을 피했다. 그녀는 자기 손으로 직접 말린 쌀을 받아 들고 손끝으로 조금씩 집어 입가로 가져갔다.

소량은 건량은 먹지도 않고 조용히 할머니의 식사를 바라보았다.

할머니가 소량을 흘끔흘끔 살피며 물었다.

"저기요, 군병님은 혹시 우리 아배 아시요?"

"…알지요. 대단하신 분이라고 들었습니다. 성품도 훌륭하시고, 무공도 뛰어나시고."

소량이 맞장구를 치자 할머니의 입가에 미소가 떠올랐다. 제 아버지가 칭찬을 받자 기분이 좋은 모양이었다. 할머니는 새침한 얼굴로 소량의 시선을 피하고는 조그맣게 속삭였다.

"그라요? 지두 얼른 아배 보고 잡소. 얼른 만나야 우리 동상 배불리 먹이고 그라지요."

"할머니, 아니, 아가씨는 하고 싶은 거 없고요? 아버님이 녹봉을 제법 많이 받으시니, 동생을 데려온 것이 대견해서 크게 칭찬해 주실 텐데요."

소량의 말에 할머니의 볼이 발갛게 달아올랐다.

"그럴라나······."

"그럼요. 가지고 싶은 걸 말하기만 하면 뭐든지 들어주실 거예요. 가지고 싶은 거, 하고 싶은 거 없으세요?"

소량이 재차 질문을 던지자 할머니가 부끄러운지 몸을 배배 꼬았다.

소량은 '아무래도 말씀하시지 않으려나 보다' 라고 생각하고는 한숨을 작게 내쉬었다. 혹시 할머니께서 가지고 싶은 게 있다면 어떻게 마련해서 선물해 드리고 싶었는데.

그때, 할머니가 조그맣게 중얼거렸다.

"그럼 시는 모필(毛筆)이랑 염료(染料)요."

"모필하고 염료? 왜요?"

소량으로서는 상상도 못 한 대답이었다. 비단옷이나 맛있는 음식, 멋진 장원 같은 걸 말씀하실 줄 알았는데 예상외의 답변이 나오고 만 것이다.

"아배 만나서 팔자가 좀 풀리믄 말이요, 그림을 그리고 싶어라. 동상 열심히 보구, 밥도 열심히 하믄 시간이 난당께. 그때 열심히 그림 연습해서 말이여라, 화공(畫工)이 되고 싶어라."

할머니가 꿈꾸듯 몽롱한 얼굴로 말했다.

"꼭 화공이 되가지고 산수화도 그리보구, 채색도도 그리보구 그럴라요."

"그럼… 그리고 싶었어요, 할머니?"

소량이 눈물이 가득 고인 얼굴로 질문했다.

미소를 짓고 싶은데 얼굴은 슬픔으로 물들고 만다.

"원래 화공이… 화공이 꿈이었어요?"

할머니는 무사히 아버지를 만나지만 화공이 되지는 못한다.

진씨 가문에 시집을 간 그녀는 장부의 실종을 겪은 후 가난에 허덕이게 된다. 네 명의 자식들의 입에 먹거리를 넣어주느라 꿈은 돌아볼 겨를도 없는 삶을 살게 된다.

하고 싶었던 것, 할 수 있었던 것 모두 놓치고 종국엔 꿈이 무엇인지조차 모르게 된다.

"야, 나는 꼭 화공 될라요. 열심히 연습할 거여라."

하지만 지금의 할머니는 아무것도 몰랐다.

할머니가 꿈꾸는 얼굴로 고개를 끄덕였다.

"……."

소량은 할머니의 손을 맞잡고 고개를 숙였다.

그동안 할머니를 그저 모성(母性)으로만 생각해 왔다면, 지금은 그녀의 삶을 본다. 할머니의 안에는 단풍잎을 좋아하던 어린 시절도 있었고, 화공을 꿈꾸는 소녀 시절도 있었다.

다만 자식들을 키우느라 그것들을 잊어버렸을 뿐이다. 몸속 진액을 모두 내어 자식들을, 손자들을 키우고 마침내는 텅 빈

껍데기가 되었을 따름이다.

"근디 말이여라, 왜 이렇게 졸리운지 모르겠소……."

화공을 꿈꾸던 할머니가 햇살을 본 병아리처럼 꾸벅꾸벅 고개를 떨구기 시작했다.

소량은 소매로 눈가를 닦고는 얼른 할머니에게로 다가가 그녀를 품에 안았다. 그녀의 명문혈에 손을 가져다 태허일기공의 공력을 불어넣으니 할머니의 표정이 한결 편안해졌다.

졸린 듯 고개를 꾸벅이는 것은 마찬가지였지만 그래도 안색은 나아진 것이다.

소량은 할머니를 만난 후 하루도 빠짐없이 같은 일을 해왔다.

거의 격체전공에 가까운 수법을 매번 펼쳤으니 이제 아낄 법도 하건만, 소량은 조금의 내공도 아끼지 않았다.

할머니의 신체 안에서 기이한 일이 벌어진 것은 바로 그때였다. 기맥과 혈맥이 엉망이 되었으며 단전의 상태도 멀쩡하지 않았지만 그녀가 익힌 태허일기공이 어디 가지는 않았다.

정신은 비록 혼몽에 빠져 있어도 할머니의 육신은 태허일기공을 기억하고 있었던 것이다.

하루도 빠짐없이 소량의 태허일기공을 접한 할머니는 그것을 차곡차곡 쌓아가고 있었다.

그리고 그것이 잠깐의 기적을 만들어냈다.

"여거가 어디여……."

졸린 듯 꾸벅이던 할머니가 고개를 뜨자 소량이 희미한 미소를 지으며 그녀를 바라보았다. 매병으로 인해 오전은 어린아이가 되고 오후는 규중 처녀가 되는 그녀였지만, 그래도 급작스럽게 기억에 혼동이 오지는 않는다.

아직까지는 광동으로 향하던 소녀의 모습일 것이다.

"놀라지 말아요. 피곤한 것 같아서 잠시……."

"너 큰눔 아니냐?"

할머니가 조그맣게 속삭이자 소량의 신형이 움찔했다.

"할머니?"

소량은 믿을 수 없다는 듯 할머니를 바라보았다.

할머니는 양손을 뻗어 소량의 볼을 어루만지며 주위를 흘끔 둘러보았다. 그녀는 소량의 정체뿐 아니라 자신이 어디에 있는지도 짐작하고 있었던 것이다.

"여거가 어디여. 청해 아녀? 혈마… 큰눔아, 니 멀쩡한 거여? 다친 데 없는 겨?"

할머니는 주위를 보다 말고 소량을 보기를 몇 번이나 반복했다.

주위가 안전한 듯 보이자 할머니는 소량에게 온전히 집중했다.

소량의 눈시울이 또다시 붉어졌다.

"할머니! 저 기억나세요? 저, 진소량. 기억나세요?"

"너가 여기는 무신 일이여? 동상들은 어딨어? 동상들도 청해에 있냐?"

할머니가 다급히 되묻자 소량이 빠르게 고개를 저었다.

승조나 태승이가 사라진 지금이지만 그것을 굳이 입 밖으로 낼 생각은 없었다.

"동생들은 안전한 곳에 잘 있어요. 저만 할머니 모시러 왔어요. 저 기억나요? 할머니, 저 기억나세요?"

소량이 눈물이 고인 얼굴로 신음처럼 질문했다.

할머니의 움직임이 불현듯 멈추었다. 놀란 듯 눈을 부릅뜬 채 소량을 바라보던 할머니의 얼굴이 조금씩 일그러지기 시작했다.

"이눔아, 이 멍청한 눔아……."

할머니의 눈에 눈물이 고였다.

"이 멍청한 눔아, 이 세상에 다시없을 병신 같은 눔아… 나를 찾으러 왔다고? 나를 찾아 뒈질지도 모르는 자리에 왔다고, 이 병신 같은 눔아……."

소량의 얼굴을 쓰다듬는 할머니의 손길이 부쩍 느려졌다. 할머니는 변해 버린 모든 것들을 받아들이지 못하고 신음처럼 울먹일 뿐이었다.

"도대체 무신 일이 있었던 겨, 혈마는 워찌케… 아녀, 아녀.

그게 아녀."

할머니가 불현듯 고개를 들더니 소량을 밀어냈다.

자신을 밀어내는 할머니의 손에 소량이 당황할 때였다.

"니는 빨리 돌아가야."

할머니가 엄한 표정을 지으며 말했다.

소량이 이해할 수 없다는 듯 할머니를 바라보았다.

하지만 할머니의 얼굴은 요지부동이었다.

"돌아가, 이 멍청한 눔아. 돌아가란 말이여!"

"할머니도 같이 가셔야지요. 그게 무슨 말씀이세요?"

소량이 자신을 밀어내는 할머니의 손을 맞잡았다.

할머니가 눈물이 고인 눈을 질끈 감았다.

"나가 죄받을 년이지, 나가 죄받을 년이여."

할머니는 자신이 매병에 걸렸음을 자각하고 있었다. 정신이 오락가락할 때에야 어쩔 수 있겠냐만, 정신을 차렸을 때에는 항상 자괴감에 빠져들곤 했다.

노망난 몸 살아서 무얼 할까. 살아봐야 짐밖에 되지 않는 몸, 자식들 입에서 한숨 나오게 만드는 목숨 더 살아봐야 뭐 하겠는가.

정신을 잃었다 되찾을 때에는 가슴 한구석에 돌덩이 하나 들어앉은 기분이 들었다. 아들들의 걱정스러운 눈빛도 싫고, 며느리들의 피곤한 얼굴도 보기 싫었다.

누구도 눈치채지 못했지만, 그녀는 하루에도 몇 번씩 차라리 자진(自盡)할까 고민했었다.

"나가 뭐라고 니가 이 험난한 곳엘 다 와, 이 멍청한 눔아. 나가 뭐라고."

할머니가 신음처럼 읊조렸다.

기억을 잃은 채 소량과 영화, 승조와 태승, 유선을 만나 칠여 년의 세월을 보낸 후였다.

혈마곡이 다시 준동했음을 깨달은 그녀는 그 소식을 남궁세가에 알리고 자청하여 청해로 걸어 들어왔다.

그녀는 그것이 삶의 마지막이 될 것이라고 생각했다.

차라리 잘된 일이었다.

내가 지진히면 자식들은 얼마나 아플까. 새로 얻은 내 금딩이 같은 손자들은 얼마나 자책하고 괴로워할까. 그게 무서워 자진하지도 못하던 그녀에게는 차라리 잘된 일이었다.

하지만 그것이 또 다른 짐이 되고야 말았다.

"니는 동상들을 건사해야 할 것 아녀? 어딜 겁도 없이 이 먼 자리에 와. 너거덜은 너거덜의 삶을 살어야제. 너거덜이 살면 나도 살고 너거덜이 죽으면 나도 죽는 것인디."

할머니가 소량의 가슴팍에 머리를 기댔다.

소량은 아무런 말도 하지 못한 채 할머니를 바라보기만 했다.

"돌아가. 니는 인즉 내 손주 아녀. 나가 죽든 말든 상관하지 말고 돌아가."

소량의 가슴이 철렁 내려앉았다.

하지만 소량은 그것이 할머니의 진심이 아니라는 것을 알고 있었다.

며칠 전, 모든 것을 잊은 상태에서 그녀는 손자들의 이름을 읊조렸었다. 피 한 방울 섞이지 않은 것조차 잊고 온전히 자신들을 손자로 기억하고 있었다.

"이 손 놔야, 놔……."

할머니가 소량의 손을 뿌리치려 했다.

세월은 아이를 어른으로 만들고 어른을 노인으로 만든다.

과거에는 소량의 손 따위, 얼마든지 뿌리칠 수 있었지만 이제 그녀는 노인 중에서도 노인이 되어 있었다. 건장한 청년인 소량의 손을 뿌리치지 못했다.

"아니요, 저는 할머니 모시고 돌아갑니다."

소량이 차분한 어조로 말했다.

"어린 시절엔 할머니가 없으면 늘 불안했지요. 잠자리에 들 때마다 다음 날에 할머니가 계시지 않으면 어떻게 하나 걱정하며 눈을 감았습니다. 그렇게 자라서 이제는 할머니의 보살핌이 없어도 되는 나이가 되었습니다."

소량의 말을 들었는지, 듣지 못한 건지 할머니는 고개를 숙인 채 어깨만 들썩일 따름이었다. 소량이 눈을 지그시 감으며 말을 이어나갔다.

"하지만 어른이 되어도, 무학이 깊어져 천존의 경지에 이르러서도 변하지 않는 게 있는 모양입니다. 지금도 저는 할머니가 계신다는 것 하나만으로도 위안을 삼습니다. 삶을 포기하지 마세요, 할머니. 할머니를 위해서도 그렇지만 우리를 위해서도 포기하지 마세요."

할머니가 고개를 들고 소량의 얼굴을 바라보았다.

"나 때문에 니가 뒈질 자리에 오는 것보다는 차라리 그게……"

할머니는 말을 끝까지 잇지 못하고 입을 다물었다.

소량 역시도 조용히 할미니의 눈을 바라볼 뿐 말을 꺼내지 않았다.

서로가 서로의 마음을 알고, 서로가 서로의 고집을 알기 때문이었다.

잠시 둘 사이에 따스한 침묵이 내려앉았다.

할머니가 손을 뻗어 재차 소량의 얼굴을 쓰다듬었다.

"나는 이 얼굴을 또 잊어버리겠지?"

할머니가 어떻게든 기억하겠다는 듯 소량의 얼굴을 어루만지고 또 어루만졌다.

"니 혼자 가든, 나하고 같이 가든… 나는 이 얼굴을 또 잊어버리고 말겠지?"

할머니가 서글픈 어조로 중얼거렸다.

소량이 할머니를 위로하듯 희미하게 미소를 지어 보였다.

"보고 잡아서 어쩔까나."

할머니의 손은 감히 만지기조차 아깝다는 듯 애틋했다.

"우리 손주, 보고 잡아서 어쩔까나……."

할머니의 눈에서 서서히 총기가 사라져 갔다. 태허일기공이
만들어준 작은 순간은 너무나 빨리 사라져 버리고 있었던 것
이다.

할머니는 여전히 소량이 혼자 돌아가기를 바랐고, 자신에게
얽매인 삶이 아니라 저 스스로의 삶을 찾기를 바랄 뿐, 자신이
이지를 잃어가고 있다는 사실은 알지 못했다.

하지만 할머니의 눈을 보고 있던 소량은 그 사실을 너무나
잘 알고 있었다.

할머니의 눈에서 총기가 완전히 사라지기 직전이었다.

"항상 보고 계시는걸요."

소량이 서글프게 웃으며 말했다.

3

할머니가 짧게나마 기억을 되찾았을 무렵이었다.

승조는 드넓은 초지를 바라보고 있었다. 숲과 초지이니 장소도 다른 셈이고, 여름과 가을이니 계절도 달랐지만 어째서인지 할머니와 함께 노닐러 나왔던 옛 기억이 떠올랐다.

문득 가슴 답답할 정도로 그리움이 밀려들어 왔다.

승조는 눈을 질끈 감고 상념을 떨쳐내려 애썼다.

잠시 뒤, 승조가 길게 한숨을 토해내며 왕소정을 돌아보았다.

"이 짓도 못할 짓이로군."

"나도, 중원상단도 혈마곡이 이렇게 집요할 줄은 알지 못했네. 강호의 누구도 모르겠지만, 여기까지 온 것만으로도 자네는 무림사에 길이 남을 업적을 세운 거나 마찬가지일세."

왕소정이 절레절레 고개를 지으며 말했다.

지금 그들은 장족의 의상을 입고 있었다. 생김생김도 이전과는 완전히 다른데, 아교와 돼지 껍데기, 머리 터럭으로 만든 눈썹과 수염 등으로 본래의 얼굴이 가려져 있었기 때문이다.

인피는 아니었지만, 면구를 착용한 셈이었다.

"더러운 놈의 소 떼들 같으니. 다 잡아먹어 버려야 하는데."

왕소정이 좌측을 바라보며 침을 퉤 뱉었다.

"그래도 저것 덕택에 우리가 안 들키고 있지 않소. 귀한 소요. 맛있어는 보이지만."

승조가 새카맣게 탄 얼굴로 소 떼를 바라보았다. 서른여 마리의 소 떼가 몇 없는 풀들을 찾아 사방을 헤매고 있었다. 가을이 된 탓에 방목도 슬슬 무리가 온 셈이었다.

"저게 금호장에서 보낸 것이었던가?"

"아니요, 운해상단에서 보낸 것이오."

"그래? 경쟁 상단이니 밟아야겠군. 오늘 내로 소를 팔아버리도록 하세."

왕소정이 농담을 건네자 승조가 키득키득 웃음을 터뜨렸다.

파안객랍산맥의 절벽에 입즉사라는 희대의 진법을 설치한 덕택일까.

혈마곡의 마인들은 파안객랍산맥까지는 그들을 추적했지만, 그 이상은 승조와 왕소정의 위치를 파악하지 못했다.

승조와 왕소정은 우각호봉, 즉, 아합랍달합택산까지 무사히 탈출하는 데 성공했다. 아합랍달합택산은 사천의 정반대인 서쪽에 있으니, 그들은 오히려 청해 깊숙이 파고든 셈이었다.

그곳에서 승조는 운해상단이 미리 묻어두었던 물품들을 파냈다. 운해상단은 혈마곡의 마인들이 청해를 훑기 전에 미리 물품들을 묻어두었던 것이다.

장족의 의상과 면구…….

따지고 보면 보급품을 받은 셈이었다.

면구를 착용하고 장족의 의상을 입은 승조와 왕소정은 아합랍달합택산에 있는 장족의 마을로 향했다. 미리 모든 준비가 되어 있었던 것인지, 장족들은 그들을 동포처럼 대했다.

승조와 왕소정은 그곳에서 칠 주야의 시간을 머문 후, 서른 여 마리의 소 떼를 받아 감덕 방향으로 향했다. 그사이, 혈마곡의 마인들을 두 번이나 만났지만, 그들은 승조와 왕소정의 정체를 파악하지는 못했다.

"그때 그 더러운 놈들이 소를 두 마리나 빼앗아가는 바람에 제 값도 못 받고 팔게 되겠군. 영 아까운데."

"그러게 말이오. 아까워 죽겠네."

승조와 왕소정을 장족의 유랑민으로 착각한 혈마곡의 마인들은 징발이랍시고 소 두 마리를 가져갔다. 그들이 하는 말을 모두 알아들었음에도 불구하고 한어를 모르는 시늉을 하느라 승조는 제법 큰 고생을 해야 했다.

"내가 아까워하는 것은 그렇다 쳐도 자네가 아까워하는 것은 이상한데. 소를 빼앗길 때도 그렇고, 지금도 그렇고… 자네, 금협이라는 이름치고는 속이 좁아."

"나중에 알겨먹을 것이라도 있으면 그러려니 하겠지만, 그놈들이 거지 된 것을 뻔히 아는데 어찌 속 넓게 굴겠소? 원래 상인은 아무리 작더라도 손해를 보지 않는 법이니 이게 차라리 금협다운 거요. 그리고 팝시다."

승조의 말이 너무 태연하게 이어진 고로, 왕소정은 '그리고 팝시다' 라는 말을 뒤늦게 알아들었다.

왕소정이 눈을 끔뻑끔뻑하며 되물었다.

"팔다니? 뭐를? 아, 소? 그건 농담이었는데."

"아니, 생각해 보니 팔아야 되겠소. 여름이야 사방이 초지이니 유랑하겠지만, 가을이면 장족은 이동을 하지 않고 겨울을 준비하오. 초지가 얼마 없거든. 지금 이때에 유랑을 계속한다면 오히려 정체를 들키기 쉽소. 그리고 무엇보다, 지금쯤 귀곡자도 눈치챘을걸?"

"귀곡자가 눈치를 채었다니?"

"우리가 안개처럼 사라졌는데 가만있겠소? 슬슬 강족이나 장족을 뒤지기 시작할 거요. 이제부터는 고난만 남은 셈이지."

주저앉아 있던 승조가 길게 한숨을 내쉬더니 '끙차' 소리를 내며 자리에서 일어났다.

왕소정은 스승을 잘 따르는 제자처럼 얌전히 승조의 설명을 기다렸다.

"혈마곡에서 탈출한 후로 파안객랍산맥에 이를 때까지, 우리는 네댓 번의 추적을 받았소. 그게 아마 탈출의 과정 중 가장 험난한 길이었을 거요. 그게 초입이오."

"그래, 그랬지."

"그다음에는 잘 쉬었지. 홍해(興海)로 길을 잡아 가는 동안 아무런 싸움도 겪지 않았으니 우리는 복이 많았던 거요. 그게 중반이오."

"이제 마지막만이 남았다는 건가?"

"그렇소. 이제부터는 마지막… 초입에 비견할 만한, 아니, 초입보다 더한 고생을 하게 될 거요. 감덕 자체야 이목이 덜하겠지만, 그쪽으로 가는 동안 수많은 적들을 만나겠지. 가는 동안 들키면 끝장나는 거요. 에이, 나는 도박 싫어하는데."

말을 마친 승조가 털레털레 소 떼로 걸어갔다.

왕소정이 심각한 얼굴로 그 뒤를 쫓았다.

"그래, 도박이로군."

승조가 예상외라는 얼굴로 왕소정을 바라보았다.

"거 뭔가 짐작한 눈치로구려? 왜 들키면 끝장나는 거냐고 물어볼 줄 알았는데."

"그야 종적을 들킨다면 목적지까지 들키기 때문이 아닌가?"

왕소정이 대답하자 승조가 대견하다는 듯 고개를 끄덕였다.

왕소정이 흡족하게 미소를 짓다 말고 얼굴을 굳혔다.

"아니, 이건 나를 머저리 취급한 건데?"

"하하하! 이제 아셨소? 이제 그만 소 팔러 갑시다. 아마 이게 마지막 휴식이 될 거요. 먹고 싶은 게 있으면 드시고, 술이 당기면 술을 드시구려. 내 아낌없이 돈을 쓰지."

"그건 고맙군. 금협이 사는 술이라……."

반갑다는 듯 이야기했지만, 왕소정의 표정은 마냥 밝지만은 않았다.

하루는 온전히 쉬겠지만 다음 날부터는 사지로 향해 가게 되는 것이다.

승조가 왕소정을 위로하듯 말했다.

"너무 걱정하지 마시오, 나는 아직 가진 패를 다 까지 않았다오. 지금까지 만인장, 중원상단, 운해상단… 뭐, 여러 패를 까긴 했는데 아직도 많이 남았으니까."

"위로는 내가 자네에게 해야지. 구출하러 온 사람이 구출 대상에게 위로를 받아야 되겠나."

왕소정이 뒤늦게 표정을 바꾸었지만 이미 늦었다.

"그리고 혹시 아시오? 가는 길에 또 다른 방수를 만나게 될지. 무림맹의 특별대나, 돈독 오른 상인들이 보낸 고수들이 있을지도 모를 일 아니오."

승조가 먼 산을 바라보며 말했다.

마치 당장에라도 방수가 나타날 것처럼 말이다.

"시답잖은 소리는 됐네, 그만 가세."

왕소정이 승조를 스쳐 지나가며 말했다.

태연한 어조로 말하기는 했지만, 왕소정의 눈빛은 착 가라앉아 있었다.

'지금까지 저 친구 말대로 되지 않은 것이 없었지.'

하도 놀라운 일을 많이 겪다 보니, 제일 마지막에 말한 '또 다른 방수가 있을지 모를 일 아니냐'는 희망 섞인 말마저도 현실이 될 것 같은 기분이 든다.

만약 그렇다면 천운마저 금협을 돕는 셈⋯⋯.

'그렇다면 꼭 중원상단으로 포섭해야겠지.'

왕소정이 그렇게 생각하며 걸음을 옮겼다.

第七章
탈출

1

장족의 복장을 벗어 던진 것도 벌써 보름 전 일이었다.

원래 승조는 방목을 그렇게 좋아하지 않았다.

집무실에 앉아 서류나 뒤적거릴 줄만 알았지, 직접 나서서 뭘 해본 적이 없는 승조에게 소를 돌보는 것은 그야말로 지난한 일이었던 것이다.

혈마곡의 추적을 따돌려야 하는 상황에서는 더더욱 그러했다. 조급한 마음으로 느릿느릿 움직이는 소를 따라가다 보면 갑갑해서 가슴이 터져 버릴 것 같았다.

하지만 지금은 소 떼를 돌보던 시절이 그리워서 견딜 수가 없을 지경이었다.

적어도 그때는 지금처럼 긴박하지는 않았으니까.

승조와 왕소정이 걸어가고 있는 소로의 공기가 조금씩 섬뜩하게 변해가고 있었다.

"아무래도 들킨 것 같지?"

왕소정이 주변을 흘끔거리며 물었다.

승조가 오만상을 찌푸리며 그를 돌아보았다.

"그걸 나한테 물어보시면 어떻게 합니까, 왕 형? 보표는 왕 형이잖소, 나는 호위 대상이고."

"아… 그랬지. 맞아, 그랬었어."

왕소정이 난감한 표정을 지었다. 승조의 재주가 워낙에 놀랍다 보니 잇고 있었는데, 무공으로만 치면 그는 결코 뛰어나다 할 수 없었다. 탈출로를 짜는 것은 얼마든지 그에게 맡길 수 있지만, 전투가 벌어지면 그는 짐 덩어리가 되고 마는 것이다.

왕소정은 가슴이 답답해지는 것을 느꼈다.

"살기(殺氣)… 확실하군. 들켰어. 아무래도 어제 들른 마을에서 정보가 샌 모양이야."

왕소정이 눈을 지그시 감고 중얼거렸다.

승조의 안색이 빠르게 어두워졌다.

"어쩐지 찜찜하더라니, 결국엔 이렇게 되는구려."

그간 사람을 피해 산야로 다녔는데 칠 주야 전, 식량이 다 떨어지고 말았다.

처음에는 그냥 산야에서 먹거리들을 조달하기로 했으나, 그 것은 결코 쉬운 일은 아니었다. 승조와 왕소정은 근 사흘을 굶 다시피 했던 것이다.

승조의 체력이 눈에 띄게 떨어지자, 왕소정은 그에게 잘 숨 어 있으라 권한 뒤, 근처의 마을에 찾아가 말린 쌀과 버섯, 염 장한 고기 등을 구입했다.

아무래도 그게 화근이 된 모양이었다.

"세 놈, 아니, 네 놈인가? 나 한 몸이라면 얼마든지 내뺄 수 있겠지만, 자네를 데리고는 어렵겠어. 아무래도 자네의 요술 주머니를 한 번 더 열어야 할 것 같네."

그간 탈출의 양상이 어떠했던가?

적을 만나면 승조가 중원의 상단들이 보낸 기물들이 담긴 신묘한 주머니를 열어 위기에서 탈출했었다. 왕소정은 우스갯 소리로 승조가 짊어진 바랑을 '신선이 준 주머니'라고 불렀다.

"왜 말이 없나? 애태우지 말고 말해주게."

왕소정이 재차 물었지만 승조는 조용히 걸음만 옮길 뿐 대 답을 하지 않았다.

왕소정이 미간을 찌푸리며 질문했다.

"…설마 이제 방법이 없는 건가?"

"나의 주머니는 결코 무한하지 않다오. 언뜻 보면 무한한 것

처럼 보였겠지만, 그건 중간중간 보충을 했기 때문이지. 하지
만 지금은 보충하지 못한 지 달포가 지났다오……."

승조가 어두운 얼굴로 고개를 끄덕였다.

"젠장! 일이 꼬이는군."

왕소정이 올 것이 왔다는 표정을 지었다. 생각해 보면 아합
랍달합택산에서 이곳, 동령(同鈴)까지 오는 동안 지나치게 운이
좋았던 것이라 할 수 있었다.

"후-우-우—"

새카맣게 변한 얼굴로 걸어가던 승조가 눈을 질끈 감고는
태허일기공의 구결을 읊조렸다. 갑작스레 살기를 느낀 까닭에
두근두근 뛰던 심장이 조금씩 가라앉기 시작했다.

당황이 조금씩 가시고 머리가 한결 맑아진다. 태허일기공으
로 마음을 가라앉힌 승조가 중원의 상단과 갑부들이 보내준
탈출로를 하나하나 되짚어보기 시작했다.

잠시 뒤, 승조가 입을 열었다.

"나를 안고 십여 리를 달린다면 얼마나 걸리겠소?"

"일다경쯤 걸리겠지. 그건 왜?"

"그럼 지금 나를 안고 북동쪽으로 뛰시오."

왕소정이 흘끔 승조를 바라보았다.

'기왕이면 설명도 해주게'라고 말하고 싶었지만 그도 눈치란
게 있는 사람이었다. 왕소정은 대답 대신 고개를 두어 번 끄덕

였다.

잠시 소로에 침묵이 흘렀다.

그렇게 몇 걸음이나 걸었을까.

"흡!"

최대한 살기가 없는 곳을 가늠해 보던 왕소정이 대뜸 승조의 목덜미를 움켜쥐고는 북쪽을 향해 신형을 날렸다. 경공을 펼쳐 빠르게 쇄도하는 와중에 승조를 짐짝처럼 어깨에 걸친다.

혈마곡의 마인 네 명이 나타난 것은 바로 그때였다.

"쯧! 눈치채고 있었던가?"

네 명의 마인 중, 가장 선두에 있던 노인이 혀를 짧게 차더니, 왕소정의 뒤를 쫓아 경공을 펼쳤다.

왕소정이 뒤를 흘끔 돌아보고는 인상을 구겼다.

'저 노인은 혈조(血爪)가 아닌가?'

네 명 모두를 알아보진 못했지만, 흑색 장포를 두른 노인만은 알아볼 수 있었다. 혈마곡에서 세작 노릇을 하면서 알게 된 노인으로, 조법의 달인이라 할 수 있는 자였다.

'나와 비교하면 동수… 아니, 혈조가 조금 위인가?'

본능적으로 상대의 무위를 살피던 왕소정이 불현듯 헛숨을 들이켰다.

"헉?"

흑색 장포를 두른 노인은 이제 왕소정의 뒤에 바짝 붙어 있었다.

거리로 따지면 삼사 장 정도 떨어진 셈인데, 점점 간격이 좁혀진다.

다만 혈조는 바로 승조를 공격하지는 않았는데, 이는 그가 가진 기물들의 위력을 아는 탓이었다. 혈조는 승조를 공격했다가 겨우 목숨만 건져 돌아온 마인에게 '금협에게는 독이나 암기가 무궁무진하게 있으니 함부로 공격하지 말라'는 경고를 들었던 것이다.

또한, 혈조는 승조만 노리는 것이 아니었다.

"네가 혈마곡을 배신했다던 그놈이냐?"

혈조는 승조 대신, 왕소정을 노려보며 말했다.

"나는 네가 세작이든 아니든 관심이 없다. 중요한 건 네가 혈마곡에 들었다는 사실이고, 혈마곡에 한 번 입곡한 자는 시체가 되지 않고서 빠져나갈 수 없느니!"

경공을 펼쳐 달리면서 말한 것인데도 목소리에 흔들림이 없다. 호흡이 고른 것은 물론이고, 상체의 흔들림이 없는지 목소리의 고저조차도 일정하다.

쐐애액―!

동시에 날카로운 파공성이 들려왔다.

왕소정은 공중에 높이 뛰어오른 다음 허공에서 몸을 한 차레 뒤집었다.

푹!

조금 전까지 왕소정이 달리던 자리에 날카로운 비도 두 개가 꽂혔다. 왕소정이 침음성을 내뱉으며 근처에 아무렇게나 자라난 나무를 하나 밟고 앞으로 쇄도했다.

혈조의 손에서 한 줄기 장력이 날아든 것은 바로 그때였다.

이번만큼은 왕소정도 피할 수 없었다.

"큽!"

왕소정이 크게 신음을 토해내었다. 천만다행히 몸을 비껴 요혈을 맞는 사태는 막았지만, 몸속으로 경력이 파고드는 것만은 막지 못했던 것이다.

왕소정의 걸음이 잠시나마 멈춰 섰다.

"허! 제법 재주가 뛰어나구나!"

설마하니 왕소정이 요혈을 피할 줄은 몰랐던 혈조가 작게 감탄을 토해냈다.

곧이어 더 놀랄 만한 일이 벌어졌다.

잠시 주춤했던 왕소정이 다시 경공을 펼치기 시작한 것이다.

[이보게, 금협! 북동쪽, 십여 리! 거의 다 와가네!]

승조를 품에 안고 있음에도 굳이 전음성을 펼치는 왕소정이었다. 만약 승조가 계획한 것이 있다면 절대 적의 귀에 들어가서는 안 되는 것이다.

승조 역시 그 사실을 알고 있었다.

"지금부터 흰 돌만 밟으시오."

승조가 목소리를 한껏 죽여 말하자 왕소정은 고개를 끄덕였다. 그러고는 이리저리 주위를 둘러보는데, 흙과 돌이 엉망으로 뒤섞인 바닥에 과연 드문드문 흰 돌이 섞여 있다.

왕소정은 승조의 말을 좇아 흰 돌을 밟았다. 보법에 제한이 생긴 셈, 속도가 느려진 것은 당연한 일이라 할 수 있었다.

"속도가 느려진 것을 보니 여기까지인 모양이지?"

왕소정의 뒤를 바짝 쫓던 혈조가 비웃듯 읊조렸다.

다만 기이한 것은, 혈조의 속도가 딱 왕소정만큼 느려졌다는 점이었다. 왕소정이 속도를 늦춘 데에는 이유가 있을 터, 혈조는 일부러 그에 맞추어 행동한 것이다.

하지만 다른 세 명의 마인들은 혈조만 한 안목이 없었다.

"크흐흐! 마침내! 마침내 금협을 잡게 되었구나!"

왕소정의 지근거리에 당도한 마인 한 명이 쌍장을 펼쳐 그의 등을 후려쳤다.

왕소정이 대경하여 피하자, 마인의 쌍장 역시 기기묘묘하게 바뀌었다. 마치 춤을 추듯 어지러이 손을 떨치던 마인이 왕소정 대신, 승조의 어깨를 후려쳤다.

"커헉!"

승조의 입에서 신음이 터져 나오는 순간, 왕소정의 신형이 뒤로 튕겨 나가기 시작했다. 마인의 쌍장은 승조뿐만이 아니라, 왕소정에게도 여파를 남겼던 것이다.

왕소정은 정신없이 물러나면서도 눈을 이리저리 굴렸다.

흰 돌에 무슨 의미가 있는지 모르겠지만, 일단은 흰 돌만 밟아야 했다.

"커헉! 쿨럭, 쿨럭!"

왕소정의 어깨에 짐짝처럼 얹혀 있던 승조가 경련하며 기침을 토해냈다. 어깨를 통해 파고든 경력이 전신으로 퍼져 나가고 있었던 까닭이다.

그가 입은 보갑이 아니었다면 목숨이 경각에 달했을지도 몰랐다.

왕소정이 다급히 승조를 고쳐 안으며 질문을 던졌다.

"이보게, 금협! 괜찮은가?"

"크흠, 크흠흠! 일단 한 놈……."

승조가 지친 듯한 얼굴로 중얼거렸다.

왕소정의 표정이 의아한 듯 바뀌었다.

"일단 한 놈?"

왕소정이 부지불식간에 승조를 공격했던 마인을 돌아보았다. 마인은 승조를 공격하는 대신, 보랏빛으로 물든 얼굴로 자신의 목을 긁고 있었다.

승조가 한심하다는 듯 마인을 바라보았다.

"바보 같긴. 내가 금린갑만 계속 입고 있었을 것 같아?"

승조는 이제 금린갑 대신 사천의 거부, 등소지가 보낸 연화갑(蓮花鉀)을 입고 있었다.

연화갑은 송대에 만들어진 무림의 기보로, 검기를 능히 막아내거니와, 정도 이상의 충격을 받으면 연꽃을 닮은 바늘이 나와 오히려 공격한 자의 손을 엉망으로 만든다.

승조는 연꽃을 닮은 바늘에 일찌감치 무진기독을 발라둔 바 있다.

"끄어윽, 끄으윽!"

자신의 목을 긁던 마인이 승조에게 손을 내뻗었다.

마치 해독약을 구걸하는 것처럼 말이다.

물론 승조에게는 해독약을 줄 생각이 조금도 없었다.

승조는 또 다른 마인을 돌아보았다.

"그리고 두 놈."

"흰 돌! 흰 돌만 밟아!"

승조의 말과 동시에 혈조가 다급히 외쳤다. 한 명의 마인은 그 말을 충실히 좇아 흰 돌 위로 올라섰지만 또 다른 마인은 그저 경직되어 있을 뿐 함부로 움직이지 못하였다.

잠시 뒤, 경직되어 있던 마인이 바닥에 털썩 쓰러졌다.

혈조가 얼굴을 구기며 중얼거렸다.

"이건… 독사(毒蛇)?"

마인의 시신 너머에는 한 마리 뱀이 스르르 기어가고 있었다. 뱀 주제에 사방을 돌아다니기는커녕, 굴을 파고 사는지 땅굴로 들어가는 모양새가 자연스럽다.

왕소정이 감탄한 얼굴로 말했다.

"역시 자네의 요술 주머니는 대단하군."

"저기 있는 느티나무 아래 나를 내려주시오."

승조가 차분한 어조로 말하자 왕소정이 재빨리 신형을 날렸다.

왕소정의 어깨에서 내려온 승조가 물끄러미 느티나무를 바라보았다.

무창의 모산에도 이와 같은 느티나무가 있어 어린 시절에는 자주 그것을 타고 놀곤 했었다. 할머니는 '무공에 능하지 못하니 자칫 떨어지면 크게 다친다'고 걱정하곤 했었다.

갑자기 못 견디게 할머니가 보고 싶어졌다.

승조가 느티나무를 바라보는 사이, 왕소정이 작게 신음을 내뱉었다.

"젠장, 수가 느는군."

주변을 감싼 살기가 조금씩 늘어나고 있었다. 혈조가 무슨 신호를 보내어 마인들을 불러 모으는 모양이었다.

"혹시라도 구원대가 있을까 했는데, 우리에게 그런 운은 없는 모양이오."

느티나무를 바라보던 승조가 조그맣게 중얼거렸다.

"이제 이 아래 어떤 기물이 있는지에 따라 생사가 달렸군. 도박은 정말 싫어하는데, 젠장."

승조가 느티나무 아래로 몸을 굽혀 땅을 파헤치기 시작했다.

승조를 호위하듯 선 왕소정이 무언가 생각난 듯 발로 바닥을 훑었다. 처음에는 의아한 표정으로 그 광경을 지켜보던 혈조가 무언가를 깨닫고는 다급히 명령을 내렸다.

"어, 엇! 저놈? 흉소(凶笑)! 공격해라!"

하지만 이미 때는 늦은 후였다.

왕소정은 혈조의 명령이 끝나기도 전에 각법으로 바닥의 돌멩이를 걷어찼던 것이다.

명령대로 경공을 펼쳐 공중으로 뛰어올랐던 마인의 표정이 새하얗게 질려갔다.

"헉?!"

타타탁—!

왕소정이 쏘아 보낸 돌멩이는 마인 대신, 바닥의 흰 돌들에게로 날아가고 있었다.

흰 돌들이 부서지거나, 데굴데굴 굴러 밀려난 것은 당연한 일이라 할 수 있었다.

마인이 착지하려 했던 흰 돌 역시 박살 나긴 마찬가지였다.

'이, 이 빌어먹을 놈!'

순식간에 수세에 몰린 마인이 속으로나마 욕설을 내뱉었다.

흰 돌이 없어졌으니 별수 없이 맨바닥에 착지할 수밖에 없게 되었다. 마인의 입장에서는 난데없이 자신의 운명을 시험하게 된 것이다.

바닥에서 어린아이 머리통만 한 작은 바위를 발견한 마인의 눈동자가 반짝 빛났다.

"흡!"

마인이 신형을 날려 작은 바위를 디딜 때였다.

갑자기 바위 근처에서 흑사 일곱 마리가 튀어나왔다. 슉슉거리는 소리 대신 캬아악, 위협음을 내며 튀어나오는데, 그 속도가 가히 고수의 일격과도 비견할 만했다.

안 그래도 흰 돌의 파편이 사방으로 튄 탓에 독이 잔뜩 올라 있던 독사들이 마인의 인기척을 느끼자마자 굴에서 튀어나온 것이다.

"크, 크흑?"

마인은 네 마리의 공격은 막아냈지만, 세 마리의 공격은 막아내지 못했다. 어찌어찌 다시 허공으로 날아오르긴 했지만, 마인의 안색은 이미 희게 변해 있었다.

털썩—

높이 뛰어올랐던 마인은 바닥에 아무렇게나 떨어져 내렸다. 또다시 캬아악, 소리가 나더니, 이번엔 무려 혹사 열 마리가량 이 독이 올라 마인을, 아니, 그의 시신을 물어뜯었다.

땅을 파던 승조는 물론, 왕소정과 혈조까지 질린 얼굴로 그 모습을 바라보았다. 십여 마리의 뱀이 격렬하게 몸부림을 치는 모습은 꿈에 나올까 두려울 정도로 흉물스러웠다.

멍하니 옆을 바라보던 승조가 조그맣게 중얼거렸다.

"아, 앞으로 뱀과는 상종하지 말아야겠어……."

"푸흐흐."

왕소정의 입에서 헛웃음이 새어 나왔다.

헛웃음은 점점 커지고 커져 광소로 변해갔다.

"푸하하! 하하하하! 자네, 자네!"

왕소정이 눈으로는 혈조를 계속 노려보며 고개를 절레절레 저었다.

"일이 이 모양이 되었는데도 자네는 여유를 잃지 않는군!"

"일이 어떻게 되었는데 그러시오?"

"어떻게 되긴? 염라대왕을 뵙게 되었지. 저승에서 만나면 자네가 나를 좀 도와주게. 자네는 염라대왕과도 흥정을 할 사람이니, 옆에 붙어 있으면 득을 좀 보겠지."

왕소정이 말을 마치고는 등 뒤, 즉, 느티나무 너머를 바라보았다.

느티나무 너머에는 어느새 열두어 명 남짓한 마인들이 모습을 드러내고 있었다.

네다섯 명도 감당하기 어려웠는데 열두 명을 말해 뭐 하겠는가? 왕소정이 죽음을 직감한 것은 당연한 일이라 할 수 있었다.

승조가 뚱한 얼굴로 대답했다.

"저승길에서도 나와 동행하겠다고? 난 싫소. 왕 형, 보표 주제에 능력은 별로 없거든. 저승길은 따로 갑시다. 기왕이면 좀 더 시간이 흐른 후에."

"으음?"

왕소정이 기음을 내며 승조를 돌아보았다. 상황이 이 모양이 되었는데도 승조는 아직 죽을 때가 아니라는 듯 말하고 있는 것이다.

아니나 다를까.

그렇게 돌아본 승조의 얼굴에는 절망 대신 비웃는 듯한 표정이 떠올라 있었다.

"무언가 방법이 있는 건가?"

"중원에는 호암장이라는 곳이 있지. 한림학사를 지내셨던 권문종(權文種)이라는 분이 낙향하여 세운 곳인데, 그곳에서도 이 일에 끼어든 모양이오."

호암장은 원래 혈마곡의 돈줄인 운리방과 거래하던 장원으로, 승조는 적의 자금줄을 끊고자 장주인 권문종과 한바탕 흥정을 한 바 있다.

그때 승조는 크게 호의를 베풀어, 권문종에게 '모종의 음모로 인해 호암장을 잃을 뻔했다'는 사실을 알려주고 직접 호암장을 되찾아주기도 했다.

그리고 권문종은 결코 은혜를 잊는 사람이 아니었다.

"호암장은 대대로 책상물림이라, 그들이 탈출 방법을 마련해 보냈다는 것을 알면서도 나는 별 기대를 하지 않았다오. 사실 고려 대상에 넣지도 않았지. 하지만 그건 내 착각이었나 보오. 이렇게나 많은 걸 준비해 두다니, 권 대인이 돈을 좀 많이 쓰신 모양이오."

"방법이 있으면 어서 펼치게, 나불거리지 말고."

한결 밝아진 왕소정이 얼른 승조를 재촉했다.

승조가 뚱한 표정을 지으며 왕소정에게 말했다.

"내가 미친놈이라 나불거리는 줄 아시오?"

승조의 말이 끝나는 순간이었다.

왜애앵—

어디선가 벌레가 날아오는 듯한 미약한 소리가 들려오기 시작했다. 한두 마리가 날아오는 것이 아닌 듯, 소리는 점점 커져만 갔다.

왕소정이 이제야 알겠다는 듯 탄성을 토해냈다.

"허! 역시! 시간을 끌기 위해서였군."

"이게 아마 우리의 마지막 기회일 거요."

승조가 차가운 어조로 중얼거릴 때였다.

뒤편에서 조용히 승조와 왕소정을 바라보던 혈조의 신형이 사라졌다. 그와 동시에, 열두 명의 마인들이 있는 건너편에서 검은 안개 같은 것이 피어나기 시작했다.

열두 명의 마인들이 눈을 휘둥그레 뜨고 뒤를 돌아보았다.

승조가 왕소정의 뒤에서 연신 기웃기웃거리며 중얼거렸다.

"…저게 혈봉(血蜂)인가 봐?"

왜애앵—

"큭, 크흐윽!"

마인들의 입에서 낮은 침음성이 터져 나왔다.

열두 명의 마인들이 제각각 흩어진 것은 당연한 일이라 할 수 있었다.

승조는 땅에서 파낸 작은 목합에서 호리병 하나를 꺼내고는, 왕소정에게 절반을 뿌리고 자신에게 절반을 부렸다. 푹 삭힌 거름 냄새가 나는 지독한 액체였다.

승조가 코를 움켜쥐며 말했다.

"으윽, 냄새. 갑시다. 시간이 없소."

"어느 방향으로?"

왕소정은 그것이 혈봉이라는 벌을 피하게 해주는 묘약이라는 것을 짐작할 수 있었다.

왕소정은 '역시 칠십만 냥으로 산 방도가 아니라 신선이 보내준 요술 주머니가 분명해' 라고 생각했다.

"감덕… 감덕으로 갑시다."

"뭐? 목적지를 들켜서는 안 된다며?"

왕소정이 황당하다는 얼굴로 말했다.

"안타깝지만 이미 들킨 게 분명하오. 이미 늦었으니 차라리 대놓고 갑시다."

승조가 벌에 쫓겨 사방으로 흩어지는 마인을 노려보며 읊조렸다.

2

그로부터 세 시진이 지난 후였다.

귀곡자와 승조가 벌인 첫 번째 승부는 승조의 승리로 끝났다.

제 발로 혈마곡에 걸어 들어간 승조는 귀곡자가 자신의 목적을 알아차리기 전에 적의 몸통을 알아내는 데 성공했던 것이다.

빼앗긴 자금을 모두 회수한 후에는 그를 죽이려 했는데, 그때까지는 아무것도 하지 못하게 할 수 있다고 호언장담했는데 결국에는 그에게 패하고 말았으니, 귀곡자로서는 큰코다친 셈이었다.

귀곡자와 승조의 승부는 착미장(捉迷藏: 숨바꼭질) 놀이로 이어졌다.

두뇌 싸움으로 귀곡자를 이길 자신이 없었던 승조는 돈을 풀어 천하의 지자들을 고용했다. 자신의 힘으로는 이길 자신이 없으니 대리전을 치르기로 한 것이다.

승조의 계획은 그야말로 기가 막힌 것이었다. '며칠 안에 금협을 잡을 수 있을 것'이라던 귀곡자의 예상과 달리, 승조는 미꾸라지처럼 요리조리 잘도 빠져나갔다.

금협이 돈으로 방법을 구했다는 사실을 모르는 귀곡자는 '금협의 지혜는 나와 제갈군에 비견할 만하다'며 승조에 대한 평가를 대폭 상향했다.

귀곡자는 그 이후에야 승조와 동수를 이룰 수 있었다.

승조로서는 도저히 믿을 수 없는 결과였다.

'대단하군, 귀곡자. 천하의 지자들이 생각해 낸 방법을 하나로 취합하였으니 일 대 다수로 싸운 셈인데⋯ 허! 결국에는 당신 하나를 온전히 이겨내지 못하는가?'

왕소정의 등에 업힌 승조가 창백한 얼굴로 눈을 지그시 감았다.

지금 보건대, 적의 포위망은 결코 단시일 내에 만들어진 것이 아니었다. 자신의 행적은 그 이전에 들킨 것이 분명했다.

'젠장, 도대체 언제부터 수를 읽힌 거지?'

적어도 아합랍달합택산까지는 아니었다.

그때까지는 천하의 지자들이 생각해 낸 방법을 하나로 취합한 승조의 승리가 분명했다.

문제는 그 이후… 즉, 장족들의 복장을 빌려 소를 방목하던 때부터였으리라.

'젠장, 노인네가 머리 하나는 더럽게 좋군. 이제 어떻게 해야 하나……'

승조가 오만상을 찌푸리며 왕소정의 어깨를 두드렸다.

"잠시 멈추시오!"

"헉, 허억!"

왕소정이 거친 숨을 내뱉으며 걸음을 멈춰 세웠다.

끊임없이 경공을 펼친 탓도 있지만, 그의 호흡이 거칠어진 데에는 다른 이유도 있었다.

왕소정이 창백한 얼굴로 욕설을 내뱉었다.

"이 개 같은! 이번엔 또 뭔데!"

호암장은 크게 돈을 써서 생물로 만들어진 거대한 진식을 구축했다.

그들은 심지어 퇴로가 들키든, 들키지 않든 상관하지 않았다. 혈마곡의 잡졸들이 몇이나 되던, 자신들의 진식에 빠져들면 벗어날 수 없으리라 자신했던 것이다.

그들의 자신감만큼이나 그 위력은 대단했다. '고작 호암장에서 무슨 준비를 했을까' 싶어 외면해 왔던 승조조차도 '진작에 이 길로 올 걸'이라고 생각했을 정도였으니 말이다.

흰 돌을 밟아야만 빠져나갈 수 있는 독사굴.

특수한 약재를 뿌리지 않으면 죽을 때까지 추적하는 혈봉.

그다음은 마의(馬蟻: 왕개미)의 차례였다.

그 위력을 본 왕소정은 다시는 마의를 무시하지 않기로 했다.

"이번엔 뭔데! 전갈인가? 아니면 사마귀? 아니면 뭐!"

"아니, 이제 더는 없소."

승조가 안타까운 얼굴로 말했다.

"호암장에서 만들어준 퇴로는 여기까지야. 원래는 여기서 구원대를 만나게 되어 있는데……."

승조가 말을 길게 끌며 주위를 둘러보았다.

약속 장소는 틀림없이 이곳이 맞았다. 독사굴에서 남동쪽으로 십오 리, 동쪽으로 십 리, 다시 북동쪽으로 십이 리… 정확하게 거리를 재지는 못했지만, 비슷하게는 쟀다.

심지어 주변의 풍경도 약속 장소로 묘사된 것과 같다. 암석으로 이루어진 작은 산, 노송 세 그루가 삼각을 이루어 서 있는 모습, 좌측에 있는 작은 절벽과 강가까지.

하지만 구원대가 없다.

"젠장, 뭐가 잘못된 모양이지……."

승조가 안타까운 얼굴로 중얼거렸다.

"후우―"

구원대가 없다는 말에 당황하면서도, 왕소정은 더 이상 벌레가 없다는 사실만은 만족스러운 듯 보였다.

승조는 왕소정의 등 뒤에서 내려와 침을 꿀꺽 삼켰다. 천만다행히, 아직은 추적대가 자신들을 쫓지 못하고 있는 모양이었다.

"여기서부터는 방법이 없소, 왕 형. 오십여 리는 더 가야 다음 퇴로가 나와. 어떻게, 오십여 리 더 달릴 수 있겠소?"

"가봐야지, 어떻게든."

왕소정이 고개를 끄덕이자 승조가 절벽 아래의 작은 강을 내려다보았다.

"그렇다면 좋소. 물은 흔적을 지워 버리는 법… 잠시 강을 타고 갑시다."

"미안하지만 더 이상은 안 된다."

슥―

종잇장 찢어지는 소리와 함께 노인의 목소리가 들려왔다.

강가를 내려다보던 승조가 불현듯 허리를 굽혔다.

"크으음!"

승조가 신음을 토해내며 자신의 하반신을 내려다보았다.

그의 좌측 허벅지에는 날카로운 단도가 박혀 있었다.

승조는 허벅지를 움켜쥔 채 뒤를 바라보았다.

"금협, 너 이 개자식……."

승조와 왕소정의 뒤편에서 혈조가 모습을 드러냈다.

깨끗했던 이전과 달리, 혈조의 흑색 장포는 여기저기 찢어져 있었다. 흰 수염 역시 마찬가지, 불에 탄 흔적이 드문드문 보이는 데다 이곳저곳 뽑혀 있어 흉하기 짝이 없다.

아마 마의가 붙은 걸 불을 붙여 떼어냈던 모양이다.

"아느냐? 내가 이토록 고생한 것은 삼십여 년 만이니라. 죽도록… 그래, 죽도록 고생했다, 이 개자식아."

승조보다 왕소정을 더욱 미워하는 듯했던 혈조도 어느새 바뀌어 있었다. 도망치는 것을 추적하다 보니 승조가 머리고 왕소정은 팔다리에 불과하다는 것을 알게 되었던 것이다.

혈조는 이제 승조를 죽이지 않고는 배기지 못하게 되었다.

"내 이 함정을 마련한 네놈의 대가리를 뽑아버리고 말리라!"

혈조가 살기를 한가득 일으키며 외쳤다.

허벅지에서 밀려오는 통증에 승조가 이를 질끈 악물었다.

승조는 통증을 참기 위해 몇 차례 고개를 휘젓고는 조용히 혈조와 그 주변을 훑어보았다.

천운이 따른 것일까?

장내에는 오직 혈조뿐, 아직 다른 마인들은 보이지 않았다.

'이는 다른 마인들이 아직 호암장이 마련한 함정에서 벗어나지 못했다는 뜻. 그렇다면 기회는 지금뿐인 셈인데……'

승조의 눈빛이 한층 더 깊어졌다.

비도술(飛刀術)로 승조의 허벅지를 꿰뚫은 혈조는 경계하듯 그들을 바라볼 뿐, 함부로 몸을 움직이려 하지 않았다. 이는 왕소정을 한 번에 제압할 자신이 없기 때문이기도 했고, 승조가 또 다른 술수를 부릴까 경계하는 것이기도 했다.

혈조는 그들을 공격하는 대신, 원군이 오기를 기다리고자 했다.

'젠장, 기회가 지금뿐이면 뭐 해? 이건 진퇴양난이 아닌가?'

승조는 뒤편에 있는 작은 절벽을 흘끔 돌아보았다. 절벽 아래에는 암초가 많을뿐더러 물길이 좁아 급류를 이루고 있는데, 함부로 몸을 던졌다가는 적지 않게 낭패를 보게 생겼다.

아니, 뛰어내린다고 해도 문제다.

승조는 강가 건너편에서 스무 명 남짓한 마인들을 발견할 수 있었다.

'어떻게 해야 하지? 어떻게 해야……'

승조가 눈을 질끈 감고 머리를 굴릴 때였다.

혈조의 뒤에서 세 명의 마인들이 나타났다.

"시간은 결코 자네들 편이 아니지."

혈조가 흡족하게 웃으며 말했다.

"…으음."

왕소정이 어두운 얼굴로 승조를 바라보았다.

방법이 없다고, 요술 주머니가 다 떨어졌다고 말하면서도 호암장인지 뭐시기인지에서 보낸 생물진을 기억에서 떠올려 마인들 수십을 날려 버린 승조였다.

지금도 무언가 방법이 있을지도 모른다.

왕소정이 침을 꿀꺽 삼키며 물었다.

"이제 어찌해야 하나?"

"관운장께 무운이나 비시오. 이제부터는 방법이 없어. 무공으로써 길을 뚫어야 할 거요."

승조가 길게 한숨을 토해내며 대답했다. 지금 떠오르는 방법은 하나, 저쪽에 인원이 더 충원되기 전에 속전속결로 승부를 내야 한다는 것뿐이었다.

그 외에는 방법이 없다.

왕소정이 눈을 질끈 감으며 말했다.

"정말 끝인가?"

"정말 끝이오."

승조의 대답에 왕소정의 얼굴이 구겨졌다.

하긴, 여기까지 온 것만 해도 대단한 일이라 할 수 있었다. 천하에 누가 변변치 않은 무공만 가지고 청해를 이렇게까지 누빌 수 있었겠는가.

오직 돈을 풀어 천하의 지자들을 고용하고 각각의 귀물을 모은 승조만이 가능한 일이었다.

왕소정은 '자신의 무공으로는 세 명의 마인 중 둘도 상대하기 어렵다'는 사실을 잘 알고 있었다. 하물며 혈조까지 있으니 더 이상 명을 보존하기는 어렵게 된 셈이었다.

죽음을 직감한 왕소정이 유언처럼 말했다.

"사실 자네를 구하는 일에 자원할 때에는 이런 순간이 금방 올 줄 알았는데… 자네 덕택에 잔명, 며칠 더 보존할 수 있었네. 예상치 못했는데, 사실 그동안 좀 즐겁기도 했어."

승조가 태연한 얼굴로 질문을 던졌다.

"이제 죽을 때가 되었으니 알려주시구려. 모르고 가면 저승길, 좀 답답할 것 같아."

"뭘 말인가?"

"왜 나를 구하는 일에 자원했소?"

말을 하면서도 승조의 시선은 정면을 향하고 있었다.

왕소정이 피식 실소를 머금었다.

"당연한 거 아닌가? 돈 때문이지."

"돈 때문에 죽을지도 모를 길에 자원했단 말이오? 뭐, 세상에 그런 사람이 많긴 하지만, 왕 형은 그럴 사람으로는 안 보이는데. 아무리 봐도 전귀(錢鬼)는 아니야."

절뚝거리며 왕소정의 옆에 선 승조가 단도 한 자루를 뽑아 들었다. 그가 든 단도는 다름 아닌 그 자신의 허벅지에 박혔던 혈조의 단도였다.

왕소정이 어두운 얼굴로 말했다.

"실은 딸이 좀 아파."

"딸이 아프다… 그랬구려. 역시 그랬어."

승조의 말이 끝나는 순간, 왕소정이 두 개의 단도를 어지러이 흔들며 마인들에게로 뛰어들었다. 한 번에 세 명 모두를 상대하려는 듯 초식을 넓게 펼치는 것이다.

"흐흐흐! 궁지에 몰린 쥐인가?"

혈조가 왕소정을 공격하는 대신, 한 걸음을 뒤로 물러나며 말했다.

승조가 펼친, 정확히는 호암장에서 마련한 함정을 보았기 때문에 마지막의 마지막까지 경계심을 늦추지 않는 혈조였다.

챙, 채챙─!

왕소정의 단도와 마인의 겸(鎌)이 부딪히는 소리가 들려왔다.

하지만 안타깝게도 왕소정은 세 명의 마인을 모두 상대하지 못했다.

검을 든 마인 한 명이 왕소정을 뚫고 승조의 앞에 나타나고 말았던 것이다.

"크흡!"

승조가 오행검 중 수검세의 초식을 펼쳐 마인의 검을 막아 내었다.

검날끼리 부딪히자 미세한 검명이 일어났다.

승조가 일부러 빈틈을 보였음에도 불구하고 마인은 그의 몸통만은 절대 공격하지 않았다. 승조가 연화갑을 입은 것을 이미 알고 있었기 때문이다.

"크흐흐, 결국 내가 금협을 죽이게 되는구나!"

"크으윽!"

마인이 발로 승조의 허벅지를 두들기자 승조의 입에서 침음 성이 새어 나왔다. 승조가 균형을 잃고 휘청거리자 마인이 승 조의 목을 집요하게 노리고 검을 쏘아 보냈다.

텅—!

승조가 허리를 굽히자 마인의 검이 그의 등을 두들겼다.

비록 상대가 죽음을 맞긴 했지만, 이전에 마인에게 얻어맞 을 때 약간의 내상을 입었던 승조였다. 승조는 또한 혈조의 단 도에 허벅지가 꿰뚫렸으며, 혈조가 두 번째로 던진 단도에 등 을 얻어맞으면서 또 다른 내상을 입기까지 했다.

그런 상태에서 마인의 검을 몸으로 막았으니 어찌 되겠는 가?

승조는 더 이상 피를 토해내지도 못했다.

창백한 얼굴로 가볍게 경련을 일으킬 따름이었다.

마인은 그 기회를 놓치지 않았다.

서걱!

"아악, 아아악!"

승조가 바닥에 쿵 넘어지며 비명을 토해냈다. 팔뚝에 무언가 화끈한 것이 닿는가 싶더니 이내 지독한 통증이 밀려들었던 것이다. 고개를 숙여보니 팔뚝에 긴 자상이 생긴 것이 보였다.

하지만 상처를 치유할 새도 없었다.

무릎을 굽힌 마인이 검을 역수로 들고 아래로 내려찍은 탓이었다.

"이제 그만 죽어라, 금협!"

턱!

희희낙락 웃으며 검을 내려찍던 마인이 눈을 휘둥그레 떴다. 승조가 검을 양손으로 움켜쥔 까닭이었다. 검기까지 일으켰는데도 그의 검은 승조의 손가락을 잘라내지 못했다.

승조가 차갑게 웃으며 말했다.

"연화갑은 원래 한 쌍이야, 이 등신아."

마인은 그제야 승조가 수투를 착용하고 있다는 사실을 깨달았다.

"그렇다고 결과가 달라질 것 같으냐?"

마인이 얼굴을 일그러뜨리더니 검에 힘을 한가득 실었다. 검이 승조가 낀 수투 사이로 미끄러지며 끼기긱, 하는 기괴한 소리를 일으켰다.

검극은 정확히 승조의 목을 노리고 내려오고 있었다.

도대체 어째서일까?

위기일발의 순간, 승조는 어처구니없는 생각을 떠올렸다.

'신체발부(身體髮膚)는 수지부모(受之父母)라 함부로 훼손하지 않는 것이[敢不毀傷] 효의 시작이라[孝始之也] 했지. 내가 불효 하나는 기가 막히게 저지르는구나.'

혈마곡에 납치될 때 귓불 하나에 손가락 하나를 날려먹었다. 소량 형님은 당연하고, 할머니도 자신을 보면 크게 꾸중을 할 것이 분명했다. 왜 그렇게 몸을 생각하지 않았냐고, 똑똑한 척은 다 하더니 세상에 너처럼 멍청한 놈이 없다고 우실지도 모른다.

승조가 피곤한 얼굴로 생각했다.

'이제 그만할까.'

겉으로는 태연한 척하고 있지만, 승조의 정신은 조금씩 마모되고 있었다. 혈마곡에서 얼마나 많은 심기를 쏟았던가. 끝없이 이어지는 추적 속에서 얼마나 괴로웠던가.

'이제 그만 포기할까……'

검은 조금씩 미끄러져 승조의 목 바로 앞까지 다가와 있었다.

승조가 지친 얼굴로나마 이를 질끈 악물었다. 그러고는 목을 옆으로 비틀어 빼내며 수투에 싣고 있던 힘을 몽땅 빼어버렸다.

푹!

마인의 검이 땅에 박히는 순간, 승조가 무릎을 꿇은 그의 발을 잡아당김으로써 몸을 굴렸다. 그러고는 마치 살려달라고 발을 붙잡고 비는 것처럼 추레하게 달라붙는다.

"헉?! 놈!"

마인이 대경하여 승조의 등에 검을 휘둘렀다.

승조는 검에 한 차례 더 얻어맞고는 몸을 데굴데굴 굴려 빠져나왔다. 마인이 도망치는 승조를 공격하려다 말고 다급히 물러나더니 허벅지 쪽의 혈도를 눌렀다.

조금 전, 연화갑에 찔려 따끔한 감각을 느낀 탓이었다.

하지만 연화갑에 묻은 독은 고작 혈을 누른다고 제압할 수 있는 것이 아니었다.

"크으음!"

마인의 입에서 침음성이 새어 나왔다.

승조는 더 이상 자신과 싸우던 마인을 신경 쓰지 않았다. 그저 시선을 돌려 왕소정과 다른 두 명의 마인을 바라볼 뿐이었다.

"아아……."

왕소정이 어찌어찌 제압했는지, 한 명의 마인은 바닥을 나뒹굴고 있었다.

하지만 그뿐이었다.

이제 남은 것은 한 명뿐인데, 수세에 몰린 것은 오히려 왕소정 본인이었던 것이다. 혈조는 고사하고 두 명의 마인조차 제대로 상대하지 못한 셈이었다.

쐐애액— 푹!

승조의 어깨에 화살이 날아와 박힌 것은 바로 그때였다.

승조가 '끄으응' 하고 앓는 신음을 내며 두어 걸음을 뒤로 물러났다.

"젠장! 괜찮나, 금협?"

왕소정이 이를 질끈 악물고는 힘겹게나마 마인을 떨쳐내고 승조에게로 다가왔다.

아니, 떨쳐내었다기보다는 마인이 일부러 몸을 빼낸 것에 더 가까우리라. 무려 스무 명 가까운 동료들이 다가온 것을 안 마인이 왕소정을 놓아주고 뒤로 물러났던 것이다.

왕소정은 승조를 부축하듯 안고는 앞을 바라보았다. 화살이 박힌 어깨를 짚은 채 허리를 굽히고 서 있던 승조 역시 눈물 고인 얼굴로 앞쪽을 주시했다.

승조와 왕소정 모두에게서 절망이 떠올랐다.

"이제 진짜 끝난 모양이로군. 더 이상은 꾀가 없나 보지?"

혈조가 싸늘하게 웃으며 말했다.

왕소정과 승조는 초라하게 서 있을 뿐, 대답을 하지 못했다. 그저 흘끔 서로를 바라보고는 마지막이 왔음을 재확인했을 뿐이다.

승조가 조그맣게 중얼거렸다.

"그간 고생 많았소, 왕 형."

"받은 돈이 있으니 그만큼은 해야지. 나 먼저 가겠네. 자네는 뒤따라와."

왕소정은 마지막까지 승조를 보호하겠다는 듯 그를 등지고 섰다.

혈조가 왕소정과 승조를 보고는 너털웃음을 터뜨렸다.

"으허허! 이봐, 금협. 또 꾀가 있다면 펼쳐보아라. 사실 나는 더 있는지 궁금하단다."

혈조가 즐거워 죽겠다는 듯 손을 들어 올렸다. 활을 든 마인 서너 명이 화살을 걸고는 시위를 잡아당겼다. 승조에게 접근하기보다는 원거리에서 제압하기로 한 모양이었다.

승조가 화살을 보다 말고 눈을 지그시 감을 때였다.

쿠웅—

갑자기 바닥이 덜덜덜 떨리는 듯한 느낌이 들었다. 승조는 그것 역시 마인들의 무공인 줄 알고 감은 눈조차 뜨지 않았지만, 알고 보면 마인들의 표정 역시 창백하게 질려 있었다.

드드드―

"커헉!"

"큭! 끄으읍!"

곧이어 무언가가 바닥에 떨어지는 소리가 들려왔다.

승조는 그제야 눈을 뜨고는 멍하니 주위를 둘러보았다.

기세등등하게 서 있던 혈조는 물론, 장내의 마인들이 모두 무릎을 꿇고 있었다. 마치 누군가에게 경배를 바치듯, 오체투지를 하고 있는 모양새였다.

승조는 등골에 소름이 오싹 돋아 오르는 것을 느꼈다.

곧이어 천신의 목소리인 듯, 사방에 누군가의 목소리가 울려 퍼졌다.

"감히 누구를……"

천하의 무엇보다도 무거운 목소리였다.

第八章
형제(兄弟)

1

소량이 이상을 발견한 건 칠 주야 전이었다.

할머니를 모시고 청해를 빠져나가는 것은 그야말로 지난한 일이었다. 홀몸이었다면 모르겠지만, 할머니를 모시고 가는 지금 혈마나 마존을 만나면 그 한(恨)을 어찌 감당하겠는가.

소량의 보보(步步)가 극도로 조심스러워진 것은 당연한 일이라 할 수 있었다. 소량은 끊임없이 사방을 경계했고, 하루에도 수십 번씩 주변을 수색했다.

그렇게 청해를 가로지르다 보니 몇 가지 알게 되는 것이 있었다.

첫 번째는 청해에 남아 있는 적의 숫자가 예상외로 적다는 점이었다. 진무십사협의 복수를 위해 삼관(三關)을 통과하던 때와는 비교도 안 될 정도로 적의 수가 적었다.

소량은 몰랐지만, 이는 그 자신, 즉, 천애검협 덕분에 사기가 오른 무림맹이 예상보다 빨리 출병을 시작한 까닭에 혈마곡 역시 맞대응을 할 수밖에 없던 탓이었다.

두 번째로 알게 된 것은 삼천존에 대한 소문이 끊어졌다는 점이었다.

할머니를 찾기 위해 잠행할 당시만 해도 삼천존의 정보를 쉽게 접하곤 했는데, 이제는 그들을 거론하는 자가 없다. 소량으로서도 이유를 알지 못할 변화였다.

그리고 마지막, 세 번째는 다름 아닌 승조에 대한 것이었다.

귀곡자는 혈마곡에 남아 있는 소수의 병력으로나마 승조를 수색하고 있었다. 그 누구보다도 대국적으로 천하를 봐야 할 귀곡자였지만 승조에 대한 분노만큼은 잊지 못했던 것이다.

심지어 귀곡자는 뛰어난 두뇌를 굴려 승조의 도주로를 알아내기까지 했다.

역설적이지만, 바로 그것이 승조의 목숨을 살렸다.

칠 주야 전, 소량은 귀곡자의 명령을 좇아 이동하는 마인들을 발견했다.

처음에는 그들을 보자마자 제압했으나, 그 목적이 승조의 수색에 있다는 것을 알게 된 이후에는 생각을 바꾸었다.

소량은 마인들의 뒤를 추적하기로 한 것이다.

그렇게 칠 주야가 지난 후, 소량은 마침내 승조를 발견할 수 있었다.

허벅지에 자상을 입고, 어깨에는 화살에 맞은 채로 피를 토하는 동생을……

"귀하는 도, 도대체 누구시오?"

바닥에 납죽 엎드린 혈조가 공포에 질린 얼굴로 외쳤다. 그 역시 눈이 있는 바, 작금의 무위가 천존이나 마존의 경지라는 점은 알고 있었다.

마존이 자신들을 공격할 리는 없으니 천존이 분명한 셈.

그렇다면 자신의 목숨은 없는 것이나 다름없다.

그럼에도 불구하고 상대의 정체를 묻는 것은 의식보다는 무의식이 저지른 일이리라.

"거, 검천존 경 노, 노선배 되시오? 아니면 창천존?"

혈조가 재차 질문했지만 대답은 들려오지 않았다.

"그도 아니라면 호, 혹시 도천존 단 노선배……?"

혈조는 힘겹게 고개를 들어 금협을 바라보았다.

눈을 휘둥그레 뜬 채 서 있던 금협이 일순간 휘청거렸다.

"소, 소량 형님?"

승조의 입에서 의아한 침음성이 들려왔다.

"소량 형님? 헉!"

승조의 말을 들은 혈조의 얼굴이 납빛으로 변해갔다. 작금 장내에 울려 퍼진 목소리가 누구의 것인지 비로소 알게 되었던 것이다.

'천애검협이라니… 이 일을 어찌한다?'

차라리 삼천존을 만나는 것이 나았다. 물론 그들을 만나도 목숨을 잃는 것은 마찬가지이겠지만, 적어도 그건 깔끔한 죽음이지, 그들의 분노를 감당한 끝에 맞는 죽음은 아닐 것이다.

하지만 지금은 경우가 달랐다.

'끝장이다. 형 앞에서 동생을 죽이려 하였으니……'

어떻게 머리를 굴려도 살아날 방법이 보이지 않는다.

머리를 굴리던 혈조가 승조를 흘끔 바라보았다.

그제야 한 가지 방도가 떠올랐다.

혈조가 머리를 비틀어 수하들을 돌아보았다.

[금협이 목소리를 알아본 것을 보면, 지금 다가오고 있는 이는 천애검협이 분명하다. 아직은 거리가 먼 듯하니 지금이 마지막 기회야.]

혈조의 입술이 몇 차례 달싹였다.

[내가 신호를 보내면, 움직일 수 있는 놈은 모조리 움직여서 금협을 붙잡아라. 상처 하나도 내지 말고 잡아야 할 것이야. 그렇게 하지 않으면 모두 죽은 목숨이다.]

혈조가 내력을 한가득 끌어 올렸다. 천애검협이 당도하기 전에 몸을 움직여야 하는데 그러기가 쉽지 않다. 내력을 끌어 올리는 시간이 하염없이 길게 느껴졌다.

혈조는 심장이 두근두근 뛰는 것을 느꼈다.

"바로 지금!"

혈조가 벼락처럼 고함을 지르더니 앞으로 신형을 날렸다.

신호가 떨어지자 스물 남짓한 마인들 중 두 명이 몸을 일으켰다. 거리가 멀리 떨어져 있음에도 불구하고 소량의 기세를 이겨낼 수 있는 마인은 두 명뿐이었던 것이다.

그 순간, 강가 너머에서 노호성이 터져 나왔다.

"진승조, 엎드려라!"

승조가 휘청이며 몸을 숙이는 순간이었다.

픽, 피픽—

가느다란 소리와 함께 마인 두 명의 머리가 터져 나갔다.

그 뒤에는 엎드린 스물 남짓한 마인들이 피를 뿜어낸다.

곧이어 귓가를 먹먹하게 만드는 굉음과 함께 광포한 바람이 불어왔다.

콰콰콰쾅!

"크흡!"

승조와 왕소정의 입에서 신음이 터져 나왔다. 나름대로 소량이 기운을 일으켜 그들을 보호하긴 했지만, 거리가 멀다 보니 완벽하진 못했던 것이다.

승조와 왕소정의 신형이 몇 걸음 앞으로 쏠렸다.

혈조에게는 천하에 다시없을 기회였다.

'됐다! 금협을 인질로 삼으면 살 수 있……'

조법을 일으켜 승조를 공격하던 혈조가 눈을 부릅떴다.

갑자기 바람의 방향이 바뀌어 혈조를 덮친 까닭이었다. 그의 등 뒤에 있던 마인들의 시신은 물론, 땅이 한꺼번에 일어나 혈조에게로 다가오기 시작했다.

왕소정 역시 경악한 것은 마찬가지였다.

'이, 이게 도대체 무슨 무공……'

마치 용이 지나가듯 구불구불한 검세가 일어나 마인들의 목숨을 쓸어버리더니, 곧이어는 뿜어져 나왔던 기세가 왔던 자리로 돌아가며 땅을 뒤집고 바닥을 헤집는다.

이건 그야말로 경천동지할 기세가 아닌가!

휘이이잉—

거센 바람이 불어오자 왕소정이 눈을 질끈 감았다.

그의 귓가에 혈조의 신음 소리가 들려왔다.

"커헉!"

눈을 질끈 감은 까닭에 왕소정과 승조는 보지 못했지만, 땅이 뒤집힌 순간 강가에서 물안개가 한가득 피어올랐다. 누군가가 빛살처럼 강물 위를 뛰어오고 있었던 것이다.

안개가 뭉치고 뭉쳐 작은 소용돌이를 이루는 순간, 누군가의 손이 혈조의 목울대를 잡았다.

"크흐윽, 크윽!"

혈조가 신음을 토해내며 안개의 소용돌이에서 나타난 자를 바라보았다. 허름한 마의에 낡은 철검 한 자루를 든 청년이 얼음장보다도 차가운 눈으로 혈조를 노려보며 말했다.

"감히 누구를……"

청년, 아니, 소량이 차갑게 중얼거리고는 손아귀에 힘을 주었다.

우득.

나뭇가지 부러지는 소리와 함께 마지막까지 승조를 인질로 잡으려 했던 혈조가 움직임을 멈추었다. 목뼈가 부러진 사람이 생명을 이어나갈 수는 없는 노릇인 것이다.

"으음."

뒤늦게 눈을 뜬 왕소정이 침을 꿀꺽 삼키고는 주위를 한차례 둘러보았다.

반경 오 장 내가 그야말로 초토화가 되어 있었다. 살면서 삼천존은 물론, 삼후제조차도 본 적이 없는 왕소정에게 있어서는 그야말로 꿈에서나 볼 법한 무공이라 할 수 있었다.

모두 승조가 목숨을 잃을 위기에 처하자 다급해진 소량이 예상보다 과하게 손을 쓴 탓이었다.

털썩—

혈조의 시신을 바닥에 던져 버린 소량이 승조에게로 뚜벅뚜벅 다가가더니, 다짜고짜 그의 맥문을 움켜쥐었다.

승조가 믿을 수 없다는 듯 소량을 바라보았다.

승조는 심지어 소량이 펼친 무공조차도 염두에 두지 않았다.

"소, 소량 형님? 진짜 소량 형님이십니까?"

승조가 재차 불렀지만 소량은 대답하지 않았다. 정신을 집중하느라 눈조차 질끈 감고서 승조의 육신 안으로 태허일기공을 흘려보낼 뿐이었다.

태허일기공을 느낀 승조가 멍하니 중얼거렸다.

"진짜 소량 형님이시군요. 역시 무사하셨군요. 역시 무사하셨어……."

승조가 아랫입술을 질끈 깨물고 공연히 하늘을 올려다보았다.

그동안 귀곡자가 했던 말들이 머릿속에 하나하나 떠올랐다.

네 형은 흑수촌인가 하는 마을을 구하려다 빈사 상태에 빠졌다, 어찌어찌 정도 무림인들이 구해간 모양이지만 추적대를 보내었으니 살길이 없다, 너는 어떻게 할 테냐, 네 형이 죽으면 너는 어떻게 할 테냐……

그야말로 정신이 한 가닥, 한 가닥 갉아먹히는 과정이었다.

승조가 눈물이 잔뜩 고인 눈을 질끈 감을 때였다.

귓가에 소량 형님의 목소리가 들려왔다.

"다행히 죽을 정도는 아니로구나. 며칠 요양하면 낫겠다."

소량이 한결 안도한 얼굴로 눈을 뜨고는 승조의 얼굴을 물끄러미 바라보았다.

귓불 하나가 사라진 얼굴이 보였다.

"하아— 진승조, 이 한심한 녀석아."

도대체 어째서일까? 다 자란 얼굴, 제 스스로 뜻을 세운 사내대장부의 얼굴인데도 어린 시절의 얼굴이 겹쳐 보인다.

피죽도 못 먹은 얼굴로 자신의 밥그릇을 뺏으려고 달려들던 독기 어린 얼굴이 겹쳐 보이고, 형아, 형아, 하고 살갑게 굴던 얼굴이 겹쳐 보인다. 어린 시절 동네 패거리들에게 매를 맞고 퉁퉁 부은 얼굴로 돌아왔을 때, 그때의 얼굴이 겹쳐 보인다.

승조 역시도 소량의 얼굴을 살피긴 마찬가지였다.

잠시 둘 사이에 묵직한 침묵이 감돌았다.

침묵을 깬 것은 다름 아닌 소량이었다.

"이 멍청한 녀석아. 귓불은 어디다가 팔아버린 게냐?"

소량이 쓴웃음을 지으며 질문했다.

승조가 눈물을 참으며 태연한 척 답했다.

"혈마곡까지 오는 삯이었습니다. 좀 비싸게 들더라고요."

"…손가락은?"

"혈마곡 입곡비도 꽤 듭다."

승조의 대답에 소량이 눈을 질끈 감았다.

귓불 하나, 손가락 하나를 잃어놓고도 반가움 가득한 얼굴로 웃는 것이 오히려 가슴 저린다. 유영평야에서 자신을 보았을 때 동생들의 심정도 이러했으리라.

소량이 불현듯 표정을 굳혔다.

"이 멍청한 녀석. 어린애가 아니라고, 형님이 하는 건 과보호라고 말하더니… 이 꼴이 나려고 그리 자신감 있게 말했던 게냐?"

어린 시절부터 함께 살아온 형제인데 어찌 눈치를 못 채겠는가?

소량의 기색을 읽은 승조가 꿀 먹은 벙어리처럼 입을 다물었다.

신양상단의 단주 앞에서도, 한림학사를 지냈던 대인 앞에서도, 심지어 귀곡자 앞에서도 기가 죽지 않았던 승조였지만 형 앞에서는 달랐다.

승조가 소량의 시선을 피해 고개를 숙였다.

"…하려던 바를 완수하려니 어쩔 수 없었습니다, 소량 형님."

"됐다. 상처나 좀 보자."

어두운 얼굴로 승조를 보던 소량이 무릎을 꿇었다.

그다음에는 소맷자락을 길게 찢어 승조의 허벅지를 묶기 시작한다. 아직 화살을 뽑지 않았으므로 어깨의 상처는 조금 후에 돌볼 예정이었다.

승조가 '제가 하겠습니다'라고 말했지만 소량은 꿈쩍도 하지 않았다.

생각해 보면 승조는 어린 시절부터 무딘 데가 있어 이런 잔일은 잘하지 못했었다.

승조의 허벅지를 감싸던 소량이 왕소정을 바라보며 말했다.

"예가 늦었습니다. 저는 무창 사람으로 성은 진가요, 이름은 소량이라 합니다. 형장은 누구시기에 제 동생과 동행하시는지……?"

"마, 말씀 편하게 하십시오! 무공으로도 배분으로도 감히 공대를 들을 처지가 되지 못합니다."

왕소정이 화들짝 놀라며 장읍했다.

승조가 왕소정 대신 대답했다.

"중원상단에서 돈을 받기로 하고 저를 구하러 온 사람입니다. 왕 형, 이분이 우리 형님이시오. 당금 강호에서 제일 잘나가는 분이니 잘 보이면 득이 이만저만 아닐… 크흐읍!"

"예의하고는!"

승조가 말을 하다 말고 몸을 부르르 떨었다. 자리에서 일어난 소량이 승조의 어깨에서 빠르게 화살을 뽑은 까닭이었다. 살이 찢어지고 피가 튀는 것을 본 소량이 안쓰러운 표정을 짓고는 화살을 몇 번 핥았다.

"다행히 독은 없는 모양이다."

소량이 화살을 바닥에 던지고는 또다시 소맷자락을 찢어 승조의 상처를 묶어갔다.

시선도 다시 왕소정에게로 돌아가 있었다.

"동생을 구하러 오셨다니… 구명지은에 감사를 드립니다. 얼핏 보기엔 상처가 없어 보이는데, 혹시 다치신 곳은 없는지요?"

"예, 저는 멀쩡합니다."

저도 모르게 주위를 둘러보던 왕소정이 화들짝 놀라 말했다.

마치 거인이 할퀴고 지나간 듯 난장판이 되어버린 광경을 보자 두려움이 물씬 몰려든다. 겉으로 보면 평범한 형제처럼 보이지만, 저들 중에는 범상한 자가 없는 것이다.

승조의 상처를 미약하게나마 다스린 소량이 그 명문혈에 손을 가져가 태허일기공을 불어넣었다. 시간이 없으므로 약식에 불과했지만, 내상을 다스리기 위함이었다.

"다행입니다. 많이 피곤하실 테지만, 저희 형제에게 사정이 있어 쉴 틈이 없습니다. 몇 리를 이동한 후에야 쉴 수 있을 듯하니, 부디 양해를 바랍니다."

"우리 형제에게 사정이라니요?"

승조가 의아한 얼굴로 소량을 바라보았다.

"하아—"

소량은 바로 대답하지 못하고 눈을 지그시 감았다. 할머니를 찾은 과정을, 아니, 할머니의 현재 상태를 설명할 자신이 없었기 때문이었다.

"…할머니를 찾았다, 승조야."

잠시 뒤, 소량이 나지막한 어조로 말했다.

2

승조의 가슴이 철렁 내려앉았다. 할머니가 청해를 떠돌고 있다는 사실은 승조도 이미 알고 있었다. 할머니를 찾았다는 말은, 곧 그녀가 지근거리에 있다는 뜻이나 다름없었다.

생각해 보면 남궁세가에서 잠깐이나마 할머니를 뵈었던 소량과 달리, 다른 형제들은 무창에서 헤어진 이후 할머니를 뵌 적이 한 번도 없었다.

승조가 더듬더듬 질문을 던졌다.

"하, 할머니를 찾으셨다니요?"

"질문은 나중에. 치상요결을 운기해라."

소량이 승조의 명문혈을 통해 태허일기공을 불어넣으며 말했다.

승조가 고개를 저으며 소량의 손을 떨쳐내려 했다.

"형님, 대답부터 해주세요! 할머니를 찾으셨다니……."

"진승조!"

소량이 엄한 어조로 외치자 승조가 이를 질끈 깨물었다.

그러고는 눈을 지그시 감고 태허일기공의 치상요결을 운기하기 시작했다.

혈마곡의 마인들이 남긴 경력이 마치 지진처럼 장기를 뒤흔든다면, 소량의 태허일기공은 보드라운 햇빛처럼 흔들리는 장기를 가라앉혔다. 경력뿐만이 아니라 적지 않은 마기도 침투해 있었지만, 소량의 태허일기공은 남김없이 그것을 태워 버렸다.

이는 곧 소량의 무공이 경지에 올랐음을 말해주는 것이었지만, 승조는 그 사실을 눈치채지도 못하였다. 치상요결을 읊조리는 가운데서도 신경은 할미니에게로 쏠려 있었던 것이다.

"집중하지 못하겠느냐!"

승조는 소량이 몇 번이나 꾸중을 하자 겨우 집중할 수 있었다.

사정을 전혀 모르는 왕소정은 부럽다는 듯 승조를 바라보고는, 털썩 주저앉아 가부좌를 틀고 운기를 시작했다.

호법도 없이 운기를 하는 셈이지만 바로 옆에 천애검협이 있는데 무엇이 걱정이랴?

왕소정은 아무런 걱정도 없이 홀가분하게 운기를 할 수 있었다.

장내에 잠시 고요한 침묵이 가라앉았다.

침묵은 무려 일다경이나 지난 뒤에나 깨졌다.

"후우우— 이만하면 움직일 만하겠구나."

소량이 그렇게 중얼거리고는 왕소정을 흘끔 바라보았다.

왕소정 역시 어느 정도 운기가 끝나가는 듯 보였다.

호흡을 고른 승조가 다급히 소량의 어깨를 붙잡았다.

"소량 형님. 할머니를 찾으셨다니요? 어디서… 아니, 무탈하십니까?"

"얼굴을 좀 다치셨다. 내상도 심하신 듯 보였고."

"내상이 심하시다니, 그게 무슨……"

승조가 당황한 듯 입을 다물었다. 머릿속으로는 수만 가지 생각이 오가고 있었지만, 그렇다 보니 오히려 입 밖으로 질문을 쏟아내기가 어렵다.

"너무 흥분했구나, 승조야."

소량이 차분한 얼굴로 손을 들어 올렸다.

흔들리는 눈으로 허공을 바라보던 승조가 소량을 돌아보았다.

"할머니의 상태가 그리 좋지 않구나. 그런 얼굴로 할머니를 뵐 셈이라면 차라리 시간을 좀 들여 심정을 다스린 다음에 만나는 것이 나을 것이다. 그리하고 싶으냐?"

"아니, 아닙니다."

승조가 고개를 홰홰 젓고는 눈을 질끈 감았다.

소량의 말대로 머릿속을 정리하려는 모양이었다.

잠시 뒤, 승조가 한결 차분해진 어조로 입을 열었다.

"할머니 상세부터 알려주십시오."

"아까도 말했지만 얼굴을 좀 다치셨구나. 생사의 고비를 몇 번이나 넘기셨는지 내상도 심하시다. 그래도 지금은 어느 정도 진정되셨는지 당장 돌아가실 정도는 아니다. 그리고 매병이……."

"그건 알고 있습니다, 형님."

승조가 아랫입술을 질끈 깨물고 고개를 끄덕였다.

그사이, 왕소정이 운기를 모두 마치고는 자리에서 일어났다.

"후우우—"

승조가 생각에 잠긴 얼굴로 가만히 있을 뿐이므로, 소량은 왕소정에 대한 자세한 소개를 받지 못하였다. 소량이 가볍게 한숨을 내쉬고는 왕소정에게 작게 목례하여 보였다.

"그러고 보니 성함도 여쭙지 못했군요. 결례하였습니다."

소량이 목례하자 왕소정이 허둥지둥대며 재차 장읍해 보였다.

"결례는 무슨! 저는 왕가 사람으로 이름은 소정이라 합니다. 그냥 왕 모라고 불러주시면 될 것입니다, 진 대협."

"원래 왕 씨셨군요. 혹시 내상이 심하다거나, 다른 도움이 필요하시면 말씀해 주십시오, 왕 대협."

"아이구, 도움이라니요! 저는 움직일 만하니 염려치 않으셔도 됩니다."

왕소정이 손사래를 몇 번이나 치며 말했다.

소량은 알겠다는 듯 고개를 끄덕이고는, 아무 말 없는 승조를 불러 등에 업었다. 허벅지를 다쳐 절뚝거리는 몸으로는 몇 리를 걸어가기도 힘들 터였다.

왕소정이 따라붙자 소량이 가볍게 경신의 공부를 펼쳤다. 한 사람을 등에 업고 가는 데도 소량의 보보는 경쾌하기 짝이 없었다.

그렇게 얼마나 달렸을까.

왕소정이 힘겨워하는 기색을 보이자 소량이 쓴웃음을 지으며 말했다.

"북쪽으로 십여 리만 가면 됩니다."

"예, 예… 후우!"

사실, 왕소정으로서는 입 밖으로 말을 꺼내는 것조차 부담이었다. 천애검협 진소량이야 동네 산책이라도 나온 듯 여유롭게 경공을 펼치고 있지만, 왕소정은 그야말로 죽을힘을 다해야 겨우 그 뒤를 쫓아갈 수 있었던 것이다.

왕소정은 또다시 혀를 내두를 수밖에 없었다.

사실, 소량으로서는 이것도 상당히 힘을 뺀 거였다. 승조에게 시간을 주고자 함이었고, 미리 기감을 풀어 할머니께서 다른 곳으로 이동하지 않았다는 것을 알고 있었기 때문이다.

그것은 작은 동굴 앞에 도착해서도 마찬가지였다.

소량은 곧바로 동굴로 들어가려는 승조를 제지했다.

"옷깃이라도 여미고 들어가거라."

"……"

승조가 소량을 흘끔 보고는 힘없이 고개를 끄덕였다. 소량 형님이 일부러 마음을 진정케 하려는 것임을 아는 까닭이었다.

그리고 옷깃을 몇 차례 여미는데, 손이 부들부들 떨려온다.

승조가 어느 정도 준비가 끝난 듯 보이자 소량이 동굴로 그들을 안내했다.

동굴의 한가운데 있는 작은 바위 위에는 고운 마의를 입은 할머니가 앉아 있었다. 할머니의 넝마를 보다 못한 소량이 청해의 어느 민가에 들러 얻어온 마의였다.

작은 체구에 비해 옷이 큰 까닭에 옷차림이 유난히 낙낙해 보였다.

동굴로 몇 걸음을 옮기던 승조가 가볍게 심호흡을 했다.

"후우―"

눈물을 애써 참아낸 승조가 이를 질끈 악물며 걸음을 옮겼다. 한 걸음, 한 걸음씩 절뚝거리며 다가가자 동굴 뒤편을 바라보던 할머니가 고개를 돌렸다.

승조는 그제서야 할머니의 일그러진 얼굴을 발견할 수 있었다.

승조는 저도 모르게 걸음을 멈추었다.

"……."

할머니의 얼굴을 보자 울음을 참기가 더더욱 힘들어졌다.

승조는 공연히 동굴 천장을 바라보며 몇 번이나 호흡을 골랐다.

몸이 편찮으신 할머니. 공연히 앞에서 마음을 불편하게 해드릴 필요는 없었다. 승조는 눈물을 참으려 무진 애를 쓰며 다시 걸음을 옮겼다.

그렇게 한 걸음을 뗄 때마다 승조는 어떤 근원으로 돌아가는 듯한 기분을 느꼈다.

지금의 자신을 만들어준 근원.

그곳에는 '밥 먹어라잉!'하고 카랑카랑하게 외치며 소반을 들고 들어오던 할머니가, '니는 머리도 좋은 놈이 하려고 들지를 않어!'라고 꾸중하던 할머니가 있었다.

작은 손으로 세상 무엇보다 든든한 할머니의 손을 마주 잡고 시전 구경을 하던 아이가 있었다.

"할머니, 셋째 승조가 왔습니다."

할머니의 앞에 당도한 승조가 다시 한번 고개를 숙였다.

할머니의 일그러진 얼굴을 감히 볼 수가 없었던 까닭이다.

잠시 뒤, 겨우 고개를 든 승조가 천천히 무릎을 꿇었다.

그러고는 눈물이 가득 고여 충혈된 눈으로 할머니를 올려다본다.

"할머니, 승조가 왔어요."

할머니는 대답하는 대신 어깨를 조금 움츠렸다.

승조가 억지로, 억지로 미소를 지으며 손을 들어 올려 할머니의 얼굴로 가져갔다.

"다쳤어도 곱다, 우리 할머니……."

흠칫.

승조의 손이 닿자 할머니의 몸이 움찔했다.

마치 낯선 사내를 대하듯 경계하는 것이 분명했다.

승조의 얼굴이 슬픔으로 일그러졌다.

"할머니, 왜 놀라고 그러세요. 저 아시잖아요, 승조. 모르시겠어요?"

고통 때문에 자신의 손길을 피한 것이라고 이해해 보고 싶지만, 그게 아니라는 것을 안다. 승조도 할머니가 매병에 걸려 있다는 것을 너무나 잘 알고 있었다.

조금 전, 소량 형님이 경고했을 때에도 각오한 듯 손사래를 치지 않았던가.

하지만 마음이 부서지는 통증만은 막을 수가 없었다.

승조는 더 이상 할머니의 얼굴에 손을 가져가지 못했다.

"할머니, 나 기억 안 나요? 정말 나 누구인지 몰라?"

할머니는 승조를 전혀 모른다는 듯 고개를 절레절레 저었다. 그러고는 겁에 질린 얼굴로 소량을 돌아보았다. 마치 '이 사람은 누구냐'라고 묻는 것처럼 말이다.

승조가 다 알면서도 불안한 얼굴로 질문을 던졌다.

"할머니, 나 누구야?"

"글쎄… 나는 모르겄는디."

주춤거리던 할머니가 웅얼대듯 입을 열었다.

"이름이 워찌게 되시오?"

승조는 더 이상 견디지 못했다.

애써 평정을 가장해 오던 승조의 표정이 완전히 무너져 내렸다.

"나 승조잖아, 할머니 손주. 흑, 흐흑. 할머니 나 알잖아, 우리 할머니는 나 알잖아……."

그녀가 매병에 걸려 있다는 것을 알고 있었고, 또 형님의 경고까지 들었지만 지금 이 순간만큼은 아무것도 기억나지 않았다. 그저 할머니의 손을 부여잡고 통곡을 할 뿐이었다.

소량은 그런 승조를 씁쓸하게 바라볼 뿐, 아무런 제지도 하지 않았다.

승조가 할머니의 손을 잡고 그 아래 얼굴을 묻었다.

어느새 말투마저도 어린 시절로 돌아가 버린 승조였다.

"할머니가 학문 안 닦는다고 혼내던 승조잖아. 태승이보다도 키가 작아서 걱정하던 승조잖아."

할머니는 멍하니 승조의 뒤통수를 내려다보았다.

잠시 그렇게 본 끝에는 손을 내밀어 그 뒤통수를 쓰다듬어 준다.

"난 진짜 할머니 보고 싶었는데. 진짜 보고 싶었는데 나를 잊으면 어떻게 해⋯⋯."

승조의 머리를 쓰다듬어 주던 할머니가 소량을 흘끔 돌아보았다.

소량이 어설프게 미소를 지으며 할머니에게로 다가왔다.

"할머니, 무서워하지 않아도 돼요. 무서운 사람 아니에요, 할머니 손자예요."

"무섭지 않아. 나는 안 무서워야."

할머니가 순박한 눈으로 고개를 도리도리 저었다.

승조가 억지로 정신을 차리려는 듯 침을 꿀꺽 삼키고는 눈물에 가득 젖은 얼굴을 들어 올렸다. 할머니가 매병에 걸렸다면 이제부터라도 기억을 하면 된다.

만약 또다시 잊으신다면, 또 가르쳐 드리면 된다⋯⋯.

승조가 떨리는 어조로 입을 열었다.

"할머니, 내 이름은 진승조야. 내 이름이 뭐라고?"

"진승조."

할머니가 얌전히 승조의 말을 따라 했다.

승조는 소매로 눈가를 몇 번이나 훔쳤다.

"그리고 진승조는 할머니 손자야. 진승조가 누구라고?"

"내 손주."

"그래요, 할머니. 나 할머니 손자야. 이제 까먹지 마? 알았지? 이제 까먹으면 안 돼?"

승조가 다시 고개를 숙이며 웅얼거렸다.

마치 어린 시절로 돌아간 듯한 기분이 들었다.

먹을 것 없어서 주린 배를 움켜쥐던, 아무도 돌아보지 않았고 아무도 도와주지 않았던 어린 시절로. 할머니를 만나기 전의 그 서글픈 시절로.

천하의 상계를 한 몸에 움켜쥐었다는 금협이 되었지만 그건 아무 상관없었다.

깊은 상실감과 함께 의지할 데 없는 고아가 되어버린 느낌이 들었다.

아니, 완전한 고아는 아니었다.

승조가 울음 섞인 얼굴로 형을 바라보며 말했다.

"형님, 우리 할머니 불쌍해서 어떻게 해?"

소량으로서도 무어라 대답할 수가 없는 질문이었다.

잠시 멈칫했던 소량이 대답 대신 승조의 어깨를 두드렸다.

승조가 재차 말했다.

"형님, 형아. 우리 할머니 불쌍해서 어떻게 해. 우리 할머니 어떻게 해……."

"괜찮다, 승조야. 괜찮아."

소량이 승조의 어깨를 재차 두드리며 말했다.

승조는 할머니의 무릎에 얼굴을 묻은 채 재차 무어라고 웅얼거렸다. 아무리 마음을 다스려도 그리움 한 조각을 이기지 못한 것이다.

동굴의 입구에서 서 있던 왕소정은 이해할 수 없다는 표정으로 승조를 바라보았다.

왕소정은 승조의 이런 면모를 처음 보았다.

혈마곡에서 벗어날 때에도 태연했고, 죽음을 눈앞에 두었음에도 초연했던 승조가 어린아이처럼 울부짖을 줄은 상상도 하지 못했다.

다만 가슴 한편이 타들어가는 것만은 느낄 수 있었다.

그에게도 어머니가 있었으므로.

무거운 침묵 속에서 석양이 드리워졌다.

第九章
불충(不忠)

1

승조가 소량과 할머니를 만났을 무렵이었다.

북평부의 하늘에도 노을이 졌다.

바람 한 점 없는 맑은 날을 보낸 탓인지 은은한 노을이 유난히 따뜻하게 느껴졌다. 북평부가 아닌 다른 곳이었다면 모두들 나른한 기지개를 켜며 집으로 돌아갈 시간이었다.

하지만 북평부의 하루는 아직 끝나지 않았다.

황상께서 천도를 결심하셨으니 머지않아 수도가 될 터인데 어찌 쉽게 잠에 들 수 있겠는가! 해가 지는데도 불구하고 사람들은 삼삼오오 모여 '올해에 천도를 하신다더라', '내년에 천도를 하신다더라'라며 갖가지 소문들을 주워섬겼다.

포두(捕頭) 서극영(徐剋英)도 천도가 얼마 남지 않았다는 데 동의하는 편이었다.

'올해는 때가 너무 늦었고… 내년! 내년쯤이면 북평부가 북경(北京)이 되겠지.'

포두 서극영이 그리 생각하는 데는 다 이유가 있었다.

무려 십사 년이나 들여 공사한 거대한 성이 마침내 완공에 다다라 있었다. 십만이 넘는 장인과 백만이 넘는 장한들을 불러 만들었다더니, 그 위용이 가히 하늘을 찌를 듯했다.

이미 대소 신료들은 북평부에서 정무를 보고 있으니, 사실 천도는 요식행위일 뿐 이미 수도는 옮겨졌다 봐도 과언이 아니리라.

"후우—"

하지만 수도가 된다는 것은 생각보다 어려운 일이었다.

과거 북평부가 연왕부였을 때에는 함부로 떠드는 자가 없었는데, 연왕께서 황위에 올라 천도를 결심하니 복잡한 정치가 생기고 이놈 저놈 나타나 왈가왈부하는 꼴을 보게 된다.

서극영이 한숨을 길게 내쉴 무렵, 집무실의 문이 벌컥 열렸다. 곧이어 서극영의 수하인 이진용(李眞龍)이 욕설을 잔뜩 내뱉으며 집무실 안으로 걸어 들어왔다.

"염병할! 하여간 말들도 더럽게 많아요, 더럽게! 알고 보면 선황께서 간신배들 농간에 놀아난 것도 이해 못 할 것은 아니야."

짜증이 머리끝까지 솟구쳤는지 들어와서도 욕설이 한창이다.

서극영이 한심하다는 표정으로 이진용을 바라보았다.

"말조심하게, 이 친구야. 천도가 가까워진 지금, 그렇게 함부로 떠들다가는 언제 목이 달아나는지도 모르게 목을 잃고 말 거야. 그래, 알아보라는 건 어떻게 되었나?"

"지금 보고 올리오리까?"

이진용의 말에 서극영이 고개를 두어 번 끄덕였다.

이진용이 큼큼 목을 가다듬고는 보고를 시작했다.

"우리의 짐작대로 사교(邪敎)의 난은 천하대란으로 퍼질 조짐을 보이고 있소이다. 정쟁 때문에 쉬쉬하고는 있지만, 조정에서도 이제 일의 심각성을 눈치챈 듯하더구려."

당금 조정은 두 갈래로 나뉘어 있었다. 적장자인 태자 주고치를 지지하는 자들과 한왕 주고후를 지지하는 자들로 나뉘어 있는 셈이었다. 황상께서 건재하시거니와 태평성대이므로 후자의 비율이 압도적으로 적긴 하지만, 슬슬 물밑에서 암투가 오가는 모양이었다.

"태자께서는 서둘러 난을 정리하고 싶어 하시는데, 한왕을 지지하는 자들이 반대를 하는 모양이오. 하긴, 태자께서 심약하시다 말하는 놈들이니 군세를 일으키는 꼴만은 보기 싫겠지. 그랬다가는 여태껏 심약하다 말한 게 몽땅 뒤집어지지 않겠소."

"흐음."

서극영이 의자에 몸을 묻으며 턱을 쓰다듬었다.

"에이, 난 이 꼴 저 꼴 다 보기 싫소. 황상께서 몽고달자들을 물리치시겠다고 친정을 하신 이때가 간신배들에게는 기회인가 보오. 이놈 저놈 나타나서 지랄하는 걸 보니."

알고 보면 서극영도, 이진용도 모두 정난군 출신으로, 지난 정난의 변 때 당금 황상을 쫓아 종군한 적이 있는 자들이었다.

세월이 흘러 연왕께서 황위에 오른 지금도 그들의 충성심은 아직 남아 있었다.

서극영이 눈을 반개한 채 질문했다.

"한림학사 해 대인께서는 어떻던가?"

"해 대인이야 정통성부터 따지는 모양인데, 안타깝지만 방법이 틀렸소. 군부를 배제하려다 오히려 일이 꼬인 셈이지. 황상께서 친정을 나가 있으시니 결과는 모르겠지만, 아마 좋은 꼴 보긴 어려울 거요. 덕분에 우리 진 대장군께서 힘을 좀 받으시지 싶은데. 하하하!"

진 대장군이라는 사람을 좋아하는지, 이진용이 껄껄 웃음을 터뜨렸다.

서극영은 이진용이 웃거나 말거나 관심이 없는 듯했다.

그의 관심은 오직 한 점에 쏠려 있었다.

"그럼 그 벽서(壁書) 놈은 확실히 벼슬아치들의 끄나풀은 아니라는 소리로군?"

"그렇소. 벼슬아치들 사이에서 벽서와의 끈은 찾을 수 없었소. 벽서의 정체는 천하의 안위를 근심한 유자(儒者)가 분명하오. 보면 볼수록 괜찮은 놈이야. 음, 음."

이진용이 흡족한 얼굴로 말했다.

최근, 밤이 되면 북평부 이곳저곳에 벽서가 붙곤 했다. 그 문장이 명문이거니와 당금 조정의 부조리를 이리저리 꼬집는 데가 있었으므로, 유림이 그에 호응하기 시작했다.

조정에서 당장 그 벽서 놈을 잡으라고 성화를 부린 것은 당연한 일이라 할 수 있었다.

"일개 유자라고? 하면 고작 유자 놈이 어찌 이리 몸이 날래단 말인가?"

서극영이 눈앞에 놓인 종이 뭉치를 물끄러미 바라보았다.

밀풀이 발려 벽에 붙어 있던 것을 떼어온 까닭에 종이 뭉치는 걸레처럼 찢어져 있었다.

이진용이 기웃기웃하며 질문했다.

"어제 벽서요? 저도 한번 봅시다."

"여기 있네. 읽어보게."

서극영이 작은 종이 한 장을 내밀었다. 찢어진 종이 대신, 벽서의 원문을 정리한 것이었다.

이진용이 히죽 웃으며 그것을 받아 들었다.

"어디 보자. 지난달 이십사 일, 서녕위(西寧衛)의 역도(逆徒) 수천 명이 검은 두건을 두르고[著黑巾] 도부(都府)에 들이닥쳐[突入都府]……."

벽서는 격문(檄文)이라기보다는 상소(上疏)의 형식을 띠고 있었다.

모월 모일, 반역자 수천 명이 사천에 들이닥쳐 정당(政堂)까지 범하였다는 것으로 시작한 벽서는 '그들은 힘을 얻어 나라를 뒤집고자 하는 반역도다' 라는 설명으로 이어졌다.

한참을 읽어 내려가던 이진용이 감탄을 터뜨렸다.

"이래서 해 대인의 반응을 보고 오라 그런 것이셨구려."

이진용이 문서의 한쪽 면을 툭툭 두드렸다.

서극영이 고개를 돌려보니, '한림학사(翰林學士) 해진(解縉)이 일을 제대로 하지 못하여[不能事事] 이와 같은 변고를 불러일으킨 것이니[致有此變], 먼저 파출(罷黜: 파면)하여[爲先罷黜]……'라는 문장이 보였다.

"틀린 말은 아니지. 해 대인은 군부를 너무 견제했어."

서극영의 말에 이진용이 히죽 웃었다.

"이놈, 보면 볼수록 마음에 드는군. 안 그렇수? 벼슬아치들이 천하 백성의 안위는 무시하고 권력 놀음에만 치중해 있으니, 야인에 불과한 유자 한 사람이 나서서 바로잡으려는 거 아니우. 게다가 무공도 뛰어나니 문무겸전인 셈! 영웅이로다, 영웅이야!"

만약 벽서가 정쟁이 낳은 농간이었다면 이를 빠드득 갈았겠지만, 이진용은 직접 조사한 끝에 '벽서와 조정은 연관이 없다'는 결론을 내린 상태였다.

이진용의 감탄에는 진심이 깃들어 있었다.

서극영이 오만상을 찌푸리며 말했다.

"영웅인지 효웅인지는 모르지 않겠나? 어쨌든 국법을 범한 셈이니."

"내 장담컨대, 이 유자는 상소를 수도 없이 올렸을 거요. 하지만 그게 황상의 귀에는 들어가지도 않았겠지. 나는 이 유자가 이리 벽서를 붙이고 다니는 이유를 알 것 같소."

"그만 웃게. 그 탓에 오늘 아침 실컷 밟히고 왔어."

아침부터 상부에 불려가 온갖 문책은 다 받고 온 서극영이 불만스럽게 혀를 차며 말했다.

이진용이 안쓰럽다는 듯 서극영을 바라보았다.

"힘내시오, 서 형. 원래 힘은 위에서 주고 똥은 우리가 싸는 거 아니겠소."

"미안하면 다음에 술이나 사게. 어쨌든 자네 말대로면 수사는 원점으로 돌아간 셈이군. 조정과 연관이 있는 자면 벽서의 정체를 특정할 수 있을 텐데 그게 아니니……."

서극영이 찢어진 종이 뭉치를 흘끔 내려다보았다.

하필이면 보이는 문장이 거병을 거론하는 문장이다.

이는 결코 대수롭지 않은 민란에 비교할 것이 아니니[此非尋常民擾之比], 속히 병영에 명을 내리시어[則亟令兵營] 정예병을 일으키고[調發精兵], 날짜를 정해 적을 치게 하소서[刻日進討].

서극영의 입가에도 미소가 떠오르긴 마찬가지였다. 최근 들어 조정에 신물만 느끼고 있었는데, 차라리 이러한 벽서를 보니 반갑기까지 하다.

원래 군인이었던 그의 상식으로는, 사교도들이 일어나 나라를 뒤집으려 하면 정쟁은 접어두고 출병하여 백성들부터 구하는 것이 옳다.

그런 서극영의 심정을 읽었음일까?

"…서 형."

이진용이 멋쩍은 듯 뒷머리를 벅벅 긁적였다.

"이 벽서 놈, 나중에 잡고 잠시만 놔두면 안 되겠소?"

"흐음, 왜?"

서극영이 턱을 쓰다듬으며 이진용을 물끄러미 바라보았다.

이진용이 우물쭈물하며 대답했다.

"조정에서는 강호의 야인들을 이용하여 사교 놈들을 제압하려나 본데, 돌아가는 사정을 보면 많이 어려울 듯싶소. 게다가 그 사교도 놈들은 사천에만 나타난 게 아니지 않소. 강서행성, 남직례, 호광성. 각양각색의 곳에서 나타나 사람들을 도륙하고 그랬으니……."

"그래서?"

"저 벽서 덕택에 거병할 수 있게 된다면, 잠시만 놔둡시다. 잡는 거라면 나중에 잡아도 될 일 아니겠소?"

서극영이 눈을 지그시 감고 한숨을 길게 내쉬었다.

굳이 입 밖으로 내지 않았을 뿐, 어쩌면 자신의 본심도 그에 가까울지 모른다.

잠시 그렇게 앉아 있던 서극영이 끙차, 소리를 내며 의자에서 일어났다.

"쯧! 자네는 가서 나졸들에게 순라나 돌라 이르게. 문개폐조(門開閉條)를 어긴 놈들은 하나도 남김없이 추포하라 이르고. 금지령 무서운 줄 몰라, 요즘 사람들은."

"어? 그러면 우리는 안 나서는 거요?"

이진용이 화색 띤 얼굴로 말했다.

서극영의 표정이 문득 딱딱하게 굳어갔다.

"그럴 리가 있나, 이 포두. 물론 우리도 나가야지. 자네 말은 이해하지만 국법을 기망하는 것을 용납할 생각은 없네. 사교의 문제는… 조정이 잘해주길 바라야겠지."

서극영은 '다만 목숨만은 보전할 수 있게 해줄 생각일세' 라고 중얼거렸다. 그것이 국법과 양심 사이에서 갈등하다 내린 결론이었다.

이진용이 실망한 표정으로 자신을 바라보자, 서극영이 더욱 표정을 굳히며 고개를 저었다.

"뭐 하는가? 명령을 내리지 않고."

"알겠수, 알겠수."

이진용이 몸을 돌려 집무실 밖을 빠져나가려 할 때였다.

집무실 밖에서 소란이 들려왔다. 수하로 두고 있던 포졸들이 더듬더듬 중얼거리는 소리와 함께, 누군가의 묵직한 음성이 마주 들려오는 것이다.

곧이어 수하의 난감한 목소리가 들려왔다.

"장군부에서 사람이 왔사온데… 들이오리까?"

"장군부라면, 어디?"

"왜 대장군부 있지 않습니까."

작금 조정에서 대장군부라 하면 군영을 이르는 말인 동시에, 한 사람의 장원을 말하는 것이기도 하다. 적어도 군대에서만큼은 천하제일인이라고 믿는 걸출한 무인의 장원 말이다.

서극영이 표정을 바꾸며 말했다.

"어서 들어오시라 하게."

서극영의 말이 끝나기 무섭게 문이 벌컥 열리더니, 평범한 마의를 입은 두 명의 무인이 안으로 걸어 들어왔다. 갑주를 챙겨 입지는 않았으나, 서극영은 그들이 군문의 사람이라는 것은 쉽게 알아볼 수 있었다.

"으음! 하(廈) 군관……."

서극영이 앞장선 무인을 바라보며 신음을 토해냈다.

이진용은 아예 대경하여 눈을 휘둥그레 뜨고 있었다.

"하 군관이면… 헉? 대소쌍검(大小雙劍)!"

다소 우스꽝스러운 별호였지만, 크고 작은 두 개의 검이라면 당금 대장군의 호위를 뜻하는 말로 군문에서는 그야말로 존경의 대상이라 할 만하다.

하 군관이라 불린 중년인이 앞으로 나서며 말했다.

"귀하가 서극영, 서 포두이신 모양이군요. 저는 하주양이라 하는 군관으로, 대장군의 명을 받들어 왔습니다."

나이가 비슷한데도 불구하고 존대를 하는 하주양이었다.

서극영이 이해할 수 없다는 듯 질문했다.

"대장군의 명?"

"예, 그렇습니다. 당금 북평부에 괴이한 벽서를 붙여 민심을 혼란케 하는 자가 있다는 소문을 들은 대장군께서 민심의 동요를 막겠다며 저를 보내셨지요."

"하오나 그것은 아문의 일인데……."

"이것을 확인해 보십시오."

하주양이 소매에서 작게 접은 종이를 꺼내어 내밀자 서극영이 그것을 받아 들었다. 그리고 몇 줄 읽어 내려가는데 절로 침음성이 터진다.

서극영이 딱딱하게 굳은 얼굴로 고개를 들었다.

"허! 상부에서 허가를 내린 것은 그렇다고 치고… 대장군께서도 벽서에 관심을 두실 줄은 몰랐소이다만."

하주양은 대답 대신 희미하게 미소를 지었다.

서극영이 미간을 좁히며 질문을 던졌다.

"이미 서류에서 읽었소만 그래도 묻지 않을 수 없구려. 대장군께서 정말 이렇게 명령하신 것이 맞소? 벽시를 보는 즉시 추살하라?"

"예, 그렇습니다."

하주양이 고개를 끄덕이며 대답했다. 서극영의 눈빛이 한층 더 깊게 가라앉는 순간, 하주양이 몇 마디를 첨언했다.

"감히 허언으로 민심을 동요케 하였으니 보는 즉시 응당 베어야지요."

하주양이 속을 알 수 없는 얼굴로 웃었다.

얼굴은 웃고 있는데 눈만은 감정의 동요 없이 고요했다.

물끄러미 그를 바라보던 서극영이 이진용에게로 흘끗 시선을 돌렸다. 그들이 생각해 왔던 벽서의 수사가 전혀 엉뚱한 방향으로 풀려 나가게 생긴 것이다.

북평부에 한바탕 폭풍이 다가오고 있었다.

2

무릇 밤은 고요한 시간이다.

원래 야간의 통행이 금지되는 시간을 인정(人定)이라 하고, 통행을 허(許)하는 시간을 파루(罷漏)라 하는데, 이때에 도심을 배회하다 나졸들에게 들키면 크게 곤욕을 치르게 되는 것이다.

특히, 최근 북평부의 통금(通禁)은 타 지역보다 엄한 감이 있었다.

모두 벽서(壁書)의 탓이었다.

"후우—"

인적 하나 없는 고요한 거리에 작은 숨소리 하나가 들려왔다. 가호(家戶)로 세기엔 너무 큰 건물들이 늘어선 거리에 그림자 하나가 얼룩처럼 스며들어 왔다.

그림자는 허리춤에 매달린 죽통에서 무언가를 부어 벽에 바르고, 둘둘 말아 놓은 종이를 펼쳐 그 위에 붙였다. 그 손속이 어찌나 날랜지, 죽통을 기울이는 손은 풀을 바른다기보다는 마치 물을 붓는 듯했고, 종이를 붙이는 손은 그저 벽을 두드리는 듯했다.

손길 두 번에 벽서 하나가 붙으니 그 무공이 가히 뛰어나다 할 만했다.

'오늘은 유난히 고요하구나. 슬슬 소란이 시작될 때가 되었는데.'

그림자의 주인이 주위를 둘러보며 생각했다.

그림자의 주인은 아직 앳된 기가 남아 있는 청년이었다.

눈썹이 두툼하거니와, 눈빛이 맑고 흔들림이 없는 것이 한눈에 봐도 견정(堅貞)함을 알 수 있는 얼굴이다. 야음을 틈타 움직이는 도적이라기보다는 차라리 서원에서 학문이나 닦을 법한 학사(學士)의 인상이었다.

청년은 허리춤을 만지작거려 남은 벽서를 확인했다.

'…아무래도 뭔가 이상해. 오늘은 이만 물러나야겠다.'

벽서가 아직 석 장 남아 있었지만, 오늘따라 불길한 예감을 떨칠 수가 없다.

청년은 주위를 흘끔 돌아보고는 달그림자 밑으로 몸을 숨겼다. 그러고는 드넓은 북평부의 거리를 은밀하게 미끄러져 지나가기 시작했다.

그렇게 얼마를 걸었을까.

빠직.

누가 나뭇가지라도 밟았는지 조그마한 소리가 들려왔다.

담벼락에 비친 달그림자를 쫓아 숨어가던 청년이 걸음을 멈추었다.

'인기척?'

청년은 뒤를 돌아보거나 하지는 않았다. 만약 추적하는 자가 있다면 자신이 동요를 보일 때를 놓치지 않을 것. 그저 조용히 귀를 기울이고, 얼마 되지 않는 무공으로나마 기감을 일으켜 주변을 훑어볼 뿐이었다.

사방은 그야말로 적막했다. 말 그대로 아무 소리도 들리지 않는 것이, 조금 전의 소리는 생쥐나 고양이 따위가 지나가다가 나뭇가지를 밟았다 생각해도 좋을 정도였다.

하지만 청년의 안색은 점점 굳어가고 있었다.

'…밤새도, 풀벌레도 울지 않는다.'

원래대로라면 풀벌레나 부엉이 따위의 밤새가 우는 소리가 들려야 정상인데, 지금은 아무 소리도 들리지 않는다. 풀벌레나 밤새가 무언가를 경계하고 있다는 뜻이다.

북평부의 거리에 묵직한 침묵이 내려앉았다.

잠시 뒤…….

"흡!"

청년이 빠르게 앞으로 달려 나가기 시작했다.

뒤이어 누군가가 잇새로 신음을 내뱉는 소리가 들려왔다.

"칫!"

뒤이어 청년의 뒤편에 세 명의 나졸들이 모습을 드러냈다. 허리춤에 매단 포승줄이야 그렇다 치지만, 각각의 복장이 화려한 것을 보니 아무래도 포두인 모양이었다.

쐐애액—

나졸, 아니, 포두 한 명이 허리춤에서 비도를 꺼내어 던졌다.

등에도 귀가 달렸음인가!

청년은 뒤 한 번 돌아보지 않은 채, 담벼락을 밟아 신형을 날렸다. 무려 세 걸음이나 달려간 청년이 크게 회전하는 순간, 원래 그가 있던 자리에 비도 한 자루가 꽂혔다.

"좋은 무공!"

비도를 던진 포두에게서 감탄사가 터져 나왔다.

천하의 벽서가 이 정도의 무공도 없었다면 오히려 실망했으리라.

포두가 또다시 비도를 날리며 외쳤다.

"허! 재주가 아까운 청년일세. 이보게, 바로 죽일 생각은 없으니 일단 투항하게."

청년을 쫓아 경공을 펼치면서도 포두의 목소리는 고요하기만 했다. 이는 곧 무공이 강호에서도 일류로 치는 경지에 달했다는 뜻, 청년에게는 그리 좋지 않은 소식인 셈이었다.

포두가 싸늘한 어조로 말했다.

"아무리 무공이 뛰어나도 금의위(錦衣衛)에게서 도망칠 수는 없다네."

금의위!

금의위는 홍무태조께서 의란사(儀鸞司)를 폐하는 대신 친군지휘사(親軍指揮司)에 설치하여 만든 기관으로, 황제를 호위하고 수도를 방비하는 군병들을 말한다. 원래대로라면 호위병에 불과해야 할 그들이지만, 한 가지 특권이 모든 것을 바꿔놓고 말았다.

그 특권이 무엇이냐 하면, 형부(刑部)의 법률 절차를 따르지 않아도 된다는 것. 즉, 재판도 판결도 없이 죄인을 가두거나 죽일 수 있다는 것이었다.

당금 금의위는 그야말로 초법적인 단체라 할 수 있었다.

'금의위가 개입했다면… 벽서의 내용이 마침내 태자 전하께 전해진 것인가?'

경공을 펼쳐 달려가던 청년이 진중한 얼굴로 생각했다.

처음에는 상소를 올렸으나, 배경도 힘도 없는 유자의 상소는 태자 전하께 전해지지도 않았다. 조정의 권력 다툼 탓에 일부러 관련된 상소를 끊어내는 것도 같았다.

충언(忠言)을 다하고자 백의(白衣)를 입고 궁(宮) 앞에 무릎을 꿇은 채 수일을 보낸 적도 있었다. 관졸들이 다가와 두들겨 패서 그를 쫓아냈지만, 청년은 찾고 또 찾아와 무릎을 꿇은 채 상소가 받아들여지기를 주청했다.

기력이 다하여 탈진할 때까지 그리해도 황궁의 문은 열리지 않았다.

체계와 법도 내에서, 절차 내에서는 방도가 없었던 셈.

청년이 벽서를 붙인 데에는 그런 사정이 있었다.

'그렇다면 어느 정도는 뜻을 이룬 것이나 다름없구나.'

청년이 씁쓸한 얼굴로 생각했다.

벽서를 통해 조정이 움직였다면 적어도 최소한의 목적은 달성한 셈이었다. 적어도 조정이 이 일을 심각하게 받아들이기 시작했다는 뜻이니까.

하지만 아직은 부족한 감이 있다.

'아니, 아직은 아니야. 태사 선하께 본뜻을 아뢰려면 지금 주포되어서는 아니 된다.'

청년이 흘끔 뒤를 돌아보았다.

금의위의 무공은 가히 뛰어난 것이라 할 수 있었다. 자신과 거리가 무려 십여 장 가까이 떨어져 있었는데도 불구하고 어느새 삼 장 가까이 따라붙은 것이다.

그때, 청년의 앞쪽에 순라를 돌던 나졸들이 모습을 드러냈다.

'이런!'

청년의 안색이 새파랗게 질려갔다.

다만 기이한 것은 나졸들의 표정도 그러했다는 점이었다.

"엇?! 도, 도적?!"

창졸지간에 만난 청년을 도적으로 착각한 나졸들이 깜짝 놀라 주춤했다. 무공이 그리 뛰어나지 않은 모양인지, 나름 육모단봉을 휘두르긴 하는데 그 자세가 어설펐다.

청년이 내심 안도하며 담 위로 뛰어올라 나졸들을 지나치려 할 때였다.

"쯧! 자네 덕분에 살생을 하게 생겼군!"

"…뭐?"

달려가던 청년이 눈을 부릅뜨며 경공을 거두었다. 금의위라 스스로를 밝힌 포두가 다시금 비도를 꺼내더니 자신이 아닌, 나졸을 향해 집어 던진 것이다.

쐐애액—!

"히이익!"

목각 피리를 꺼내어 신호를 보내려던 나졸이 비명을 토해냈다.

"피하시오!"

청년이 나졸의 목덜미를 움켜쥐어 뒤로 밀어냈다.

찰나의 순간, 청년과 나졸 사이로 비도가 스쳐 지나갔다.

한발만 늦었더라면 나졸이 죽거나 청년이 죽거나 했으리라.

청년이 믿을 수 없다는 듯 금의위를 바라보았다.

"어, 어찌 조정의 관리라는 자가 나졸을 해한단 말이오?"

"허! 난 자네가 더 이상한데?"

마찬가지로 경공을 거둔 금의위의 포두가 이상하다는 듯 청년을 바라보았다.

"자네는 나졸들을 피해야 할 처지가 아닌가? 내가 저들을 죽인다면 자네에게는 오히려 잘된 일일 텐데, 어찌 그것을 막는 건가?"

청년의 표정이 점점 더 딱딱하게 굳어갔다.

"당신, 금의위 소속이 확실하오?"

"그럼. 확실하지. 그것은 왜 묻는가?"

청년의 눈에 한 줄기 광채가 떠올랐다.

"그럼 당신은 역도였군. 나졸들의 시선을 피해야 한다는 것은 곧 비밀리에 움직였다는 뜻… 태자 전하의 명령을 받고 온 것이 아니었어."

"호오, 머리도 제법 돌아가고. 좋군, 좋아."

포두가 작게 감탄을 토해냈다.

청년은 뒤를 흘끔 돌아보았다. 나졸 한 명만이 주저앉아 어버거리고 있을 뿐, 나머지 나졸들은 모조리 도망을 친 후였다. 청년이 '어서 도망치시오'라고 말하자 주저앉아 있던 나졸이 벌떡 자리에서 일어나 달음박질쳤다.

청년이 다시 포두를 돌아보았다.

"금의위가 태자 전하가 아닌 다른 자의 명령을 받았다… 당신, 누구의 개요?"

청년의 말이 끝나는 순간, 포두가 손가락으로 신호를 보냈다.

포두와 함께 청년을 추적하던 나머지 두 명의 포두가 빠르게 달려가기 시작했다. 다만 청년을 노리는 것이 아니라 다른 이를 노리는 듯한 것이, 나졸들을 추적하는 모양이었다.

알고 보면 그들은 오늘의 행사를 결코 들켜서는 아니 되는 것이다.

포두가 싱긋 웃으며 청년에게로 걸어왔다.

"그걸 자네가 알아서 뭣하게?"

청년은 대답 대신, 자신을 스쳐 지나가는 또 다른 포두에게로 덤벼들었다. 나졸들에게로 다가가지 못하게 하기 위함이었다.

퍽, 퍼퍽—!

달려가던 포두가 각법을 두 차례 내지르자 청년의 신형이 뒤로 튕겨났다. 신형이 튕겨 나가기 전, 육합권의 첩신고타의 초식을 펼쳐 역습을 가한 것이 다행이라면 다행인 일이었다.

바닥에 형편없이 널브러진 청년이 다급히 고개를 들었다.

한 명의 포두는 이미 자신을 스쳐 지나간 후고, 자신에게 각법을 펼친 포두는 첩신고타의 초식에 얻어맞아 피를 토해내고 있었다.

문제는 그 둘만이 아니었다.

마지막 남은 한 명의 포두가 자신에게로 걸어오고 있었다.

"당금 사교도의 난이 심각하다는 것은 알고 있네. 사교도들은 청해를 넘어 사천을 범하였을 뿐 아니라, 중원 각지에 나타나 수많은 사람들을 도륙했지. 그들 중에는 기이한 재주를 가진 자가 많거니와 나날이 세를 불리고 있으니 사교도들의 난은 필시 천하대란으로 번지고 말 게야. 황상께 그것을 막아야 한다는 상소를 올린다? 충신이라면 응당 그래야지."

청년이 육합권의 기수식을 취하며 포두를 경계했다. 전신송개라, 몸이 부드럽게 펴진 것을 보면 명문의 무공을 익힌 것이 분명했다.

포두가 물끄러미 청년을 바라보며 말했다.

"하지만 사교도들의 난을 정리하다가 정작 국본(國本)이 어지러워진다면 이는 본말전도가 아니겠는가? 아무리 나라가 평안하다 한들 국기가 문란해진다면 소용없는 일인 셈이지. 이를 감안하면 자네는 불충을 저지른 셈일세."

포두의 눈빛에 불현듯 짜증이 어렸다.

"…누울 자리를 보고 발을 뻗었어야지."

말이 끝나기가 무섭게 포두의 손이 청년에게로 쇄도했다. 별 무공이랄 것도 없는 금나수를 펼친 것이었으므로, 청년은 육합권을 펼쳐 손쉽게 그것을 막아낼 수 있었다.

포두의 눈이 휘둥그레 커졌다. 처음에는 그냥 애송이인 줄만 알았는데, 그 공력이 제법 두터운 것이다. 언뜻 느낀 것만으로 보면 결코 자신의 아래가 아니다.

"흡!"

청년이 재차 공격하자 포두가 철판교의 수법을 펼쳐 몸을 굽혔다. 다시 몸을 일으킨 포두가 추가 매달린 긴 끈을 꺼내어 휘두르자 청년이 뒤로 물러나기 시작했다.

휘잉, 휘잉—

때로는 목에 걸어 방향을 바꾸고, 때로는 추를 쳐내어 속도를 높이니 끈의 궤적을 파악하기가 쉽지 않다. 처음에는 대등한 듯했던 청년이 조금씩 뒤로 밀리기 시작했다.

"쯧!"

포두가 혀를 차는 것과 동시에 청년의 신형이 휘청거렸다. 한쪽 손목이 끈에 휘감기고 만 탓이었다. 포두가 끈을 끌어당기자 청년이 몇 걸음 끌려 들어오기 시작했다.

문득 청년과 포두의 눈이 마주쳤다.

청년의 눈에서는 귀화가 피어올라 있었다.

"국본, 국기? 그래, 나도 조정의 권력 다툼은 알고 있소. 이전에는 머리로만 어렴풋이 알던 것을 이제는 신물이 나도록 잘 알게 되었지."

끌려가던 청년이 천근추를 펼치듯 발에 힘을 주었다.

둘 사이에 팽팽한 균형이 맞춰지기 시작했다.

청년이 이를 질끈 깨물며 말했다.

"하지만 이해를 할 수는 없더구려. 오직 권력 다툼뿐… 안민은, 안백성은 어디에도 없더군."

청년은 책으로 세상을 배워왔다.

군자대로행(君子大路行), 유가의 대의는 오직 안민과 안백성에 있다고 믿어왔고, 절차와 체계, 질서와 순리로서 대한다면 능히 다스릴 수 있다고 생각했다.

아무리 조정이 권력 다툼투성이라지만, 그래도 조금은 백성들의 삶을 생각할 줄 알았고, 비록 관철하는 데 힘은 들겠지만 옳은 의견이 있다면 어떻게든 받아들여질 줄 알았다.

청년은 군자(君子)의 꿈을 꾸고 있었다.

하지만 북평부에서 청년의 꿈은 완전히 깨어지고 말았다.

절차와 체계, 질서와 순리를 좇아 상소를 올렸지만 그것은 받아들여지지 않았다.

안민과 안백성 역시 마찬가지였다. 그것은 그야말로 책에서나 나오는 개념일 뿐, 위정자들 중에 백성을 신경 쓰는 자는 한 명도 없었다.

청년이 꿈꿔왔던 세상은 원래부터 존재하지 않았던 것이다.

청년의 눈시울이 불현듯 붉어졌다.

"그러면 안 되는 거잖소. 그래서는 안 되는 거잖소."

지금도 상황은 다르지 않다.

그의 벽서는 백성들을 살리기 위한 상소가 아닌, 조정의 권력 다툼의 도화선이 되어 있었다.

흔들리는 듯하던 청년의 눈동자에 각오가 들이찼다.

"아무도 천하대란을 신경 쓰지 않는다면 나라도 신경 쓰는 수밖에. 다른 사람이라면 모를까, 당신에게는 절대 잡혀줄 수 없소."

"놈! 무공은 뛰어날지 모르지만 세상을 모르는구나!"

포두가 이를 바득 갈며 내공을 끌어 올릴 때였다.

어디선가 한가득 살기가 일어나 포두와 청년을 덮쳤다.

"원래 진씨가 좀 그래. 우리 대장군도 가끔 그런 기미가 있거든."

서걱―!

포두의 목이 갑자기 사라졌다.

한발 늦게 피가 분수처럼 솟구쳐 청년의 얼굴에 튀었다.

"어?"

청년이 눈을 휘둥그레 뜨며 앞을 바라보았다. 그의 앞에는 군문의 대소쌍검, 그중에서도 대검인 하주양이 서 있었다.

하주양이 검을 들어 청년의 목을 겨누었다.

"…드디어 벽서를 잡는 순간이로군. 움직이지 말게. 움직이면 그 즉시 벨 것이야."

살기가 한가득 일어났지만 어째서인지 무섭지가 않았다.

청년은 멍하니 하주양을 바라보았다.

하주양이 살기와는 어울리지 않는 어조로 입술을 달싹였다.

[이거 반갑군. 내가 아는 것이 맞다면 자네의 성은 진씨요, 이름은 태승일 테지?]

청년, 아니, 진태승의 눈이 휘둥그레 커졌다.

第十章
묘수(妙手)

1

　청년, 아니, 진태승은 믿을 수 없다는 눈으로 하주양을 바라
보았다. 황상을 모신다는 금의위가 나졸을 죽이려 하는 광경
을 조금 전에 보았는데 누구를 믿을 수 있겠는가?

　책은 알아도 현실을 잘 몰랐던 과거와 달리, 이제는 현실을
아는 진태승이다.

　조정의 권력 다툼에 들었으니 그 누구도 믿어서는 안 된다.

　"…내 이름을 알리기 전에 귀하의 정체부터 묻고 싶소만."

　진태승이 언제든지 출수할 수 있도록 긴장하며 말했다.

　다만 그러면서도 말투는 공대요, 태도도 정중하다.

하주양은 그 점이 못내 흡족했다.

'허! 역시 명문의 자제다운 티가 나는구나.'

생각해 보면 금의위의 군관과 한바탕 혈전을 벌일 때도 마찬가지였다.

원래 같은 무공을 익혀도 사람마다 다르게 드러나게 마련이다. 사악한 자라면 정도(正道)의 무공을 익혀도 속임수를 즐겨 쓰고 살수를 아무렇지도 않게 펼쳐 목숨을 취하는 것이다.

하지만 진태승의 투로는 급박한 와중에도 살기에 취하는 대신 담백했으며, 또한 고지식할 정도로 정직했다. 명가(名家)에서 유학의 도리를 깊게 배운 자들이 우연찮게 무림의 일에 휘말리는 경우가 있는데, 그때의 무공이 바로 이러하다.

눈은 또 어떠한가?

강호를 잘 모르는 자의 눈이지만, 또한 올바른 뜻을 가진 자의 눈이다.

하주양이 내심으로나마 흡족하게 웃었다.

'좋군. 좋아. 명가의 가르침이란 원래 이토록 무섭지.'

생각은 길었으나 그에 걸린 시간은 짧았다.

하주양은 가짜 살기를 조금 더 드러내며 출수했다.

쐐애액—

당장에라도 목을 베어버릴 것 같은 흉흉한 초식에 어디선가 경악성이 들려왔다.

"헉? 잠깐!"

"이 무슨! 국법에 따라 처리해야 하오, 하 군관!"

경악성의 주인은 다름 아닌 포두 이진용과 서극영이었다. 조금 늦게 장내에 도착한 그들은 도착하자마자 문답무용으로 벽서의 목을 취하려는 하주양을 본 것이다.

벽서의 죄가 크다 해도 대명률 안에서 처리해야지, 이처럼 막무가내로 목숨을 취해서는 아니 된다.

금의위에게는 황상이 그럴 만한 권력을 주었다지만, 하주양은 금의위도 아니잖은가.

천만다행히, 벽서가 피를 흩뿌리며 넘어지는 일은 없었다.

스르르—

진태승의 손이 하주양의 검에 맞닿았다.

하주양의 무공은 금의위의 군관과는 비교도 되지 않을 정도로 고강한 것.

공력을 일으키면 검기를 일으켜 손을 베어버릴 수 있었고, 초식을 쓰자 하면 변초를 펼쳐 살수로 전환할 수도 있었지만 하주양은 그렇게 하지 않았다.

진태승이 마치 강물에 떠내려가는 버드나무처럼 하주양의 검로를 타고 내려왔다.

턱!

진태승의 손과 하주양의 손목이 마주치는 순간, 검로가 틀어졌다.

"호오?"

진태승의 목을 베려던 검의 궤적이 바뀌자 하주양이 작게 감탄을 토해냈다.

진태승이 싸늘한 눈으로 하주양을 바라보며 그의 품 안으로 뛰어들었다. 이단제장(以短制長), 짧은 것으로 긴 것을 제압하려면 그 안으로 파고드는 것이 상수(上手)다.

육합권의 일초가 펼쳐지자 하주양이 뒤로 세 걸음이나 물러났다.

[공력을 보니 틀림이 없군. 자네는 진태승이 분명해.]

하주양이 입술을 달싹여 전음입밀의 수법을 펼쳤다.

전음을 펼친 다음에는 목청을 돋워 고함을 지른다.

"허! 북평부를 혼란하게 만든 자답구나! 하나 감히 군관을 공격하였으니, 이제부터는 내 손속이 잔혹하다 원망치 마라!"

"국법에 따라 처리해야 한다 말씀드리지 않았소이까!"

서극영이 노호성을 터뜨리며 진태승과 하주양 사이에 뛰어들었다.

하주양이 갑자기 끼어든 서극영을 노려보며 외쳤다.

"서 포두! 그대는 눈이 있어도 보지 못하는가? 벽서 자체가 그러했거니와, 감히 조정의 명을 받은 군관에게 살수를 펼쳤으니 이는 반역에 준하는 죄다! 또한, 나는 저항이 거세거든 목을 베어서라도 데려오라는 명을 받았으니 이는 절차상에도 문제가 없는 셈!"

"하, 하지만!"

서극영이 난감한 듯 신음을 토해냈다.

그렇지 않아도 벽서에 호감을 가지고 있던 이진용이 은근슬쩍 서극영의 뒤에 서서 진태승을 보호하려는 기색을 취했다.

그러고는 목소리를 한껏 낮춰 등 뒤에 있는 진태승에게 속삭인다.

"이보게, 벽서. 어서 투항하게. 그래야 살아."

"……"

"지금 투항하면 살길이 있네. 하지만 투항하지 않으면 십 중 십 죽는 길뿐이야. 나는 자네를 살리려는 걸세. 경계하지 말고 내 말 듣게, 어서!"

진태승이 대답이 없자 이진용이 낮은 목소리로 재차 외쳤다.

그의 말이 끝나자 네 명 사이에 묵직한 침묵이 가라앉았다.

침묵은 나지막한 탄식으로 인해 깨어졌다.

"천하가 도적 떼들로 가득하구나."

진태승이 허탈한 어조로 중얼거렸다.

처음엔 혈마곡이 일으킨 천하대란을 막기 위해 상소를 올리려던 것뿐이었다. 하지만 현실을 알고 보니 이건 썩을 대로 썩어서 어찌할 도리가 없을 정도였다.

"천하가 도탄에 빠져들든 말든, 승냥이 떼처럼 나라를 물어뜯는 데 정신이 없을 뿐이다. 춘궁기 굶어죽는 백성들도, 사교도의 손에 죽어가는 백성들도 돌아보지 않는구나……."

"허! 벽서로써 국기를 문란케 한 자가 무슨 말이냐?"

하주양이 시험하듯 진태승을 바라보며 말했다.

"그래, 나 또한 국법을 어겼다! 공맹을 받들었으나 불충하였으니 이 또한 죄! 내 언젠가 내 발로 걸어가 죄를 청할 것이다! 하지만 부끄럽진 않구나! 마음이 깃들지 않으면 예법조차 허례가 된다 하였는데, 절차와 체계라고 다르랴? 대의를 잊었으니 그 또한 허식이고, 허식이고, 허식이 아니고 무엇이겠는가!"

이십 대 청년의 일갈이라치고는 뼈아픈 것이었다.

진태승이 싸늘하게 외쳤다.

"내 태자 전하께 죄를 청하고 죽으면 죽었지, 이 자리에서만큼은 물러서지 않으리!"

"하하! 해볼 테면 해보아라."

쐐애액—

진태승의 말이 끝나기 무섭게 하주양의 검극이 들이닥쳤다.

미간을 찌르려 덤벼드는 기세가 가히 무섭다.

진태승이 철판교의 수법으로 그것을 피한 다음, 크게 몸을 뒤집으며 검신을 두들겼다.

텅, 터터텅—

앳된 청년이라고 보기 어려울 정도의 무공이었다.

그러나 이번만큼은 하주양도 그렇게 녹록지 않았다.

검로가 기기묘묘하게 뒤바뀌자 눈앞이 검으로 가득 찬 기분이 든다. 이 중 태반은 허초요, 오직 몇 개만이 실초겠지만 그것을 파악하기가 쉽지 않다.

진태승이 잇새로 신음을 토해내며 뒤로 물러났다.

그렇지 않아도 심기가 어지러운데, 하주양의 전음성이 혼란을 더했다.

[하나를 양보하면 두 개를 양보하게 되고, 두 개를 양보하게 되면 모든 것을 양보하게 되는 법. 생각해 보게. 절차와 체계를 공연히 세워두었겠나?]

"흡!"

진태승은 전음성을 무시하려 애쓰며 몸을 빙그르르 회전했다.

핏!

진태승의 어깨에 핏방울 몇 개가 튀어올랐다.

고작 피륙의 상처일 뿐이지만, 어깨를 베이고 만 것이다.

하주양이 재차 전음성을 읊조렸다.

[천하 만민이 자신이 옳다고 생각하는 것을 좇아 국법을 어긴다면 그 혼란을 어찌 감당하겠는가? 자네의 말은 결코 틀린

바는 아니지만 또한 옳은 것도 아닐세. 자네는 국법을 어겼어. 그것을 부정할 수는 없을 걸세.]

하주양의 말은 진태승의 아픈 곳을 찌르고 있었다.

의(義)를 좇아 국법을 무시하고 나서는 이를 흔히 협객(俠客)이라 한다. 군자로서 대의만을 생각했던 태승은 조정의 권력 다툼에 휘말려 유자 대신 협객이 되어가고 있었다.

평생 배워왔던 것과 행하는 것이 대치되니, 진태승으로서는 혼란을 느낄 수밖에 없었다.

진태승이 마음을 다스리려는 듯 외쳤다.

"내 나중에 죄를 청한다고 말하지 않았던가!"

"푸흐흐!"

전음으로만 내꾸하던 하주양이 육성으로 실소를 터뜨리는 순간, 그의 검극이 진태승의 요혈을 두드렸다.

검기상인(劍氣傷人), 검기점혈(劍氣占穴)이라!

진태승은 몸이 뻣뻣하게 굳어가는 것을 느낄 수 있었다.

하주양의 살기 어린 눈을 마주한 진태승이 눈을 질끈 감았다.

이제는 죽음을 각오할 수밖에 없게 된 것이다.

'형……'

어린 시절의 소량 형님은 태산처럼 커다랬다. 햇살을 등지고 서서 큼지막한 손으로 제 머리를 쓰다듬어 줄 때는 공연히 가습이 벅차오르곤 했다.

피투성이가 된 상태에서도 소량 형님은 그때처럼 웃었다.

혈마곡, 혈마곡에 무조건 복수하고 말겠다고 생각한 것은 바로 그때였다. 조정에 들어 재상이 되는 꿈을 꾸는 대신, 벽서가 된 계기도 바로 그곳에 있었다.

'…형, 소량 형.'

죽음이 목전에 이르자 떠오르는 얼굴이 소량 형님이었다.

할머니는 그 이후에야 떠올랐다.

"으으음."

주마등처럼 옛 기억들을 떠올리던 진태승이 의아한 듯 몸을 떨었다.

아무리 기다려도 죽음이 찾아오질 않는 것이다.

슬며시 눈을 떠보니 눈앞에 검극이 보였다.

[하지만 자네 말에 동감하지 않는 것은 아니라네. 한 가지 궁금증이 드는군. 자네는 조정의 고관대작 앞에서도 같은 말을 할 수 있겠는가?]

진태승의 눈이 의아한 듯 변해갔다.

"당신은 도대체 누구요?"

"하하하!"

진태승의 질문이 끝나자마자 하주양이 검을 거두었다.

그와 동시에 진태승의 얼굴에 검은 천이 덮였다. 진태승이 깜짝 놀라 신음을 토해내자 하주양은 그가 떠들지 못하도록 아혈까지 짚어버렸다.

마혈은 이미 짚여 있던 고로, 진태승이 할 수 있는 것은 아무것도 없었다.

다만 귓가로 몇 마디 말다툼을 들었을 뿐이었다. '아문으로 끌고 가야 한다'는 서극영과 '대장군부로 데려가 목을 취하겠다'는 하주양의 말다툼이었다.

말다툼은 하주양의 승리로 끝난 모양이었다. 이미 명이 내려왔고 그것을 확인한 바, 서극영과 이진용은 죄인을 대장군부에 빼앗길 수밖에 없었다.

다만 자신들도 동행하기로 한 것이 성과라면 성과일 터였다.

하주양은 곧이어 진태승을 짐짝처럼 들더니 신형을 날렸다. 경공을 펼쳤음에도 한참을 달려가는 것이, 목적지가 제법 먼 곳에 있는 모양이었다.

반각 뒤, 진태승의 아혈과 마혈이 풀리고 얼굴을 덮은 천이 사라졌다.

"여기는……"

진태승이 의아한 듯 주변을 둘러보았다.

밤이 깊어가는데도 불구하고 대낮처럼 주위가 밝았다. 횃불과 등화가 수십 개나 켜져 있으니 어둠이 내려앉을 기미가 없는 것이다.

또한 주위에는 오십이 넘는 군병들이 전장에 온 것처럼 칼을 비껴 차고 군기 엄정하게 서 있는데, 말소리는커녕 숨소리 하나도 들리지 않는다.

"저자가 그 죄인인가."

가장 높은 곳에는 태사의 하나가 자리해 있는데, 그곳에는 한 명의 중늙은이가 앉아 있었다. 비단이라고는 하나 백의다 보니 옷차림이 소박해 보이고, 강건한 육체를 보니 나이를 먹었어도 무공은 쇠하지 않은 모양이었다. 눈매가 매서운 것이 고집이 이만저만이 아니어 보인다.

백의 중년인이 태승을 바라보며 말했다.

"그래, 너는 누구와 손을 잡고 북평부에 이와 같은 소란을 일으켰더냐? 금의위더냐, 한림원이더냐? 최근 황상께서 동창호동(東廠胡同)에 환관을 두셨다던데, 그쪽이냐?"

"이놈이나 저놈이나 배후를 찾는 데 바쁘구려. 나는 어디에도 적을 둔 바 없소."

태승이 날카로운 눈으로 백의 중년인을 쏘아보며 말했다.

백의 중년인이 어린 아들을 보듯 흐뭇한 눈으로 그를 바라보았다.

하지만 그 입에서 나오는 말은 추상처럼 엄했다.

"하면 어찌하여 그따위 벽서를 퍼뜨렸단 말인가!"

"상소를 올려도 조정의 간신들이 숨기는 까닭이요, 백의를 입고 읍소하여도 돌아보는 이 없음이다! 황상과 태자 전하의 눈과 귀가 가리어져 있으니 내 어찌해야 하겠는가?"

"간신이라니! 네가 감히 조정을 능멸하려 드는가!"

우우우웅—

백의 중년인이 기세를 일으키자 태승이 이를 악물었다. 장내의 누구도 느끼지 못했지만, 태승만큼은 천지가 자신을 짓누르는 듯한 압박감을 느낄 수 있었던 것이다.

이는 삼후제와도 비견할 만한 무위였지만, 강호에 대해 잘 몰랐던 태승은 그 사실을 짐작하지 못했다. 그저 기세만으로도 사람을 죽일 수 있다는 말을 절감했을 뿐이다.

하지만 태승의 기세는 조금도 꺾이지 않았다.

태승은 끝까지 백의 중년인을 노려보며 외쳤다.

"천하가 도탄에 빠져 있음에도 돌아보지 않는데 간신이 아니고 무엇이겠는가! 그대는 유가의 대의를 모르는가? 공맹을 배우고 법치를 따지면서 어찌 권력만을 탐하는가!"

백의 중년인의 눈에 이채가 떠올랐다. 설마하니 자신의 기세를 이겨내고 말을 할 줄은 몰랐던 탓이다. 아니, 어쩌면 말보다 그 내용이 더욱 묘하게 느껴진 탓일지도 모른다.

태승이 외침을 이어나갔다.

"국법을 어겼음을 치죄한다면 내 달게 받아들이겠으나 벽서의 내용을 가지고 말하자면 나는 한 점 부끄러움이 없다! 죽일 테면 죽여라! 나는 절대 벽서의 내용을 부정하지 않을 테다!"

진태승이 투기까지 끌어 올려 노려보자 백의 중년인이 움직임을 멈추었다.

원자에 묵직한 침묵이 내려앉았다.

잠시 뒤, 백의 중년인이 푸스스 웃음을 터뜨렸다.

"푸하하! 이거 걸물이로다. 내 앞에서도 기가 안 죽어. 대단하지 않나, 대검?"

백의 중년인을 보필하듯 서 있던 하주양이 동의한다는 듯 작게 읍하였다. 자신은 물론, 대장군 앞에서도 기가 죽지 않는데 그 모습이 결코 기분 나쁘지가 않다.

백의 중년인이 자리에서 일어나며 태승에게로 걸어갔다.

다리 한쪽을 미세하게 절면서 말이다.

"그렇다면 너는 태자 전하의 앞에 서서도 벽서와 같은 말을 할 수 있단 말이냐?"

"오히려 그것이 내가 원한 바요."

"푸하하!"

백의 중년인이 껄껄 웃음을 터뜨렸다.

그가 기세를 거두자 태승의 움직임이 자유로워졌다. 하지만 태승은 아무런 행동도 할 수 없었다. 백의 중년인에게서 느껴지는 기세가 너무나도 익숙했던 탓이다.

태승이 눈을 휘둥그레 뜬 채 백의 중년인을 바라보았다.

정확히는, 다리를 저는 그 모습을…….

"그래, 그래야지. 이래야 내 조카답지."

백의 중년인, 아니, 군문제일검 진무룡이 흡족하게 웃으며
말했다.

2

문양이나 수를 놓은 것도 아닌 수수한 백의에 미세하게 저
는 다리까지, 일견하자면 진무룡은 주위에서 흔히 보이는 중늙
은이처럼만 보일 뿐이었다.

체구가 건장하거니와, 또한 나이에도 불구하고 홍안을 유지
하고 있긴 하지만 기색이 워낙에 담담하니 그것도 별로 대단
해 보이지가 않는다.

하지만 진태승은 조금 전, 그가 기세를 펼쳐내는 것을 보았
다.

진태승으로서는 충격을 받지 않을 수 없었다.

그 뛰어남도 뛰어남이지만, 공력 자체가 몹시 익숙하였던 것
이다.

일찍이 진태승은 할머니와 소량 형님에게서 이와 같은 무공
을 본 바 있었다.

"조카… 조카라 하심은……?"

진태승이 멍하니 질문을 던졌다.

진무룡이 미간을 약간 찌푸렸다.

"이런, 설마 나, 진무룡에 대한 이야기는 하나도 듣지 못하였던 게냐? 나는 이미 형님께 네 이야기를 전해 받은 바가 있거늘."

진태승이 '그게 아니다'라는 뜻으로 고개를 한 차례 저었다.

유영평야에서 시체나 다름없는 몰골이 된 소량 형님을 만났을 때의 일이다.

진씨 형제들은 소량 형님의 상처를 임시로나마 수습하고 그를 안전한 곳으로 옮겼다.

소량 형님이 정신을 차린 후, 진태승은 할머니의 정체와 그 자식들에 대한 이야기를 들을 수 있었다. 무림맹주이신 대백부님, 아미파의 장문사태이신 대고모님, 군문제일검인 소백부님과 남궁세가의 안주인인 소고모님까지.

진태승이 고개를 젓는 것을 본 진무룡이 쓴웃음을 머금었다.

"보아하니 나를 아예 모르는 눈치는 아니로군. 아아, 이제야 알겠다. 우리 조카가 내게 실망을 했던 모양이로구나."

"그것은… 으음."

진태승이 당황한 얼굴로 말을 하다 말고 입을 다물었다.

그간 진태승은 일부러 소백부 진무룡에게 접근하지 않았다.

소백부는 소백부대로 출병을 위해 조정을 설득하고 있으니 그것을 방해하지 않기 위함이었다. 또한, 국법을 어기고 벽서를 붙이기로 했으니, 그 점이 군문의 대장군으로 있는 소백부에게 누를 끼치게 될까 저어한 까닭이기도 했다.

하지만, 하지만 어쩌면······.

진태승이 무거워진 얼굴로 고개를 숙였다.

'실망을 했다? 어쩌면 그 말씀이 맞을지도 모르겠다.'

진태승은 소백부님도 조정의 정쟁에 휘말려 있다는 사실을 알고 있었다.

어쩌면 소백부님도 권력을 탐하여 그중 한 축을 맡고 있을지도 모를 일이었다.

들려오는 풍문을 무시하려 했지만, 실제로 소백부님이 한림학사 해 대인과 척을 지고 힘겨루기를 하고 있다는 사실만은 부정할 수가 없었다.

그렇게 고개를 숙이고 보니 조금 전에 미세하게 절던 한쪽 다리가 보였다.

"······."

진태승의 눈빛이 멍하니 변해갔다.

진무룡이 감정을 감춘, 무심한 얼굴로 말했다.

"생각해 보면 네 심정을 이해 못 할 바도 아니다. 충의, 충심··· 겉으로 보면 그것은 아무것도 아니지. 하나 나, 진무룡은 하늘을 우러러 부끄러울 일을 한 적이 없느니라."

진태승은 대답 대신 진무룡의 다리만을 바라볼 뿐이었다.

진무룡이 말을 이어나갔다.

"나는 군인일 뿐이므로 굶어 죽어가는 백성들을 구휼하고, 세제(稅制)를 정비하는 일은 알지 못한다. 하지만 위로는 황상을 보필하고, 아래로는 백성들의 안위를 지키는 일을… 으음."

뒤늦게 진태승의 시선을 알아차린 진무룡이 쓴웃음을 머금었다.

"들은 적이 있더냐? 어릴 적에 좀 앓았더랬다."

진무룡의 말투는 덤덤했지만, 진태승은 그 말을 아무렇지도 않게 받아넘길 수 없었다.

갑자기 가슴에서 무언가 울컥 솟아오르는 느낌이 들었다. 군문에 들어 대장군이 되고, 외부적으로는 군문제일검이라는 명예를 얻었지만, 소백부님의 다리는 여전했다.

가장 먼저 '할머니가 마음이 아프시겠다'라는 생각이 들었다.

두 번째로 든 생각은 '같은 근원을 가지고 있구나'라는 것이다.

그리고 진태승에게 그것은 어떤 것과도 비견할 수 없는 믿음의 근거였다.

진태승이 나직한 목소리로 질문했다.

"조정의 상황이 소백부님으로서도 감당할 수 없는 것이었습니까?"

"그러하다. 아니, 그러했지."

진무극이 짧게 대답하며 고개를 끄덕였다.

"…혹시 소백부님께서 사사로이 권력을 탐하신 것은 아닌지요."

"허! 대답이 무슨 상관이겠느냐? 내가 아니라고 하면, 너는 그 말을 믿을 수 있겠느냐?"

고작 한마디 말로 자신을 믿을 수 있겠느냐는 질문에 진태승이 고개를 들었다.

그러고는 단호하게 고개를 끄덕였다.

"예."

진태승과 시선을 마주하자 진무룡의 얼굴이 기이하게 변해 갔다.

진태승의 눈빛에는 조금의 흔들림도 없었던 것이다.

어찌 보면 맹목적인 믿음을 담은 눈이었다. 당신이 정말 소백부라면, 할머니의 아들이라면 내게 거짓말을 할 리 없다, 그러므로 아니라고 한다면 나는 그것을 믿겠다…….

"아니라고 말씀하신다면 저는 그 말을 믿겠습니다."

진무룡은 진태승의 시선에서 눈을 떼지 못하였다.

그가 한없이 무거운 시선으로 진태승을 바라보며 말했다.

"…네게 확언컨대, 나는 단 한 번도 권력을 탐해본 적이 없다."

진무룡의 선언과도 같은 말에 진태승이 비틀거리며 몸을 일으켰다. 그러고는 옷자락을 털어 먼지를 떼어내고 조심스럽게 옷깃을 여민다.

"소질(小姪) 태승이 소백부님을 뵙습니다. 예를 갖춤이 늦었거니와, 감히 소백부님을 의심하기까지 하였으니 그 죄가 크옵니다. 소백부님께서 벌을 내리신다면 달게 받겠습니다."

태승이 고지식할 정도로 단도직입적으로 말했다.

'기이하구나, 참으로 기이해.'

진무룡의 시선이 이해할 수 없다는 듯 변해갔다.

분명히 핏줄이 닿지 않았다고 들었다. 어머니께서 거두신 고아라고 들었다. 그렇다면 조금 전의 믿음은 무엇이었을까.

진무룡은 자신과 진태승 사이에 보이지 않는 끈이 있음을 실감했다.

그래, 말뿐만이 아니라 진짜로 조카였다.

"하하하! 조정이 아닌 다른 곳이었다면 화를 낼 일이겠지만, 조정의 일에 끼어들었으니 이는 오히려 칭찬할 일이다. 만약 그 정도의 의심도 할 줄 몰랐다면 도리어 실망을 했으리라. 상대를 알지도 못하는 상태에서 덥석 믿는 것은 멍청한 일이 아니고 무엇이겠느냐?"

만약 다른 이였다면 의심을 당하였으니 체면이 손상당했다고 화를 냈을 테지만, 오랜 세월을 조정에 몸담아 왔던 진무룡은 오히려 칭찬을 던졌다.

"조정은… 책 속에서 읽었던 세상과 너무나도 다르더군요."

진태승이 변명처럼 읊조렸다.

말을 꺼내는 진태승의 얼굴은 지친 듯 어둡게 가라앉아 있었다.

"그래, 현실의 정치는 이상과 다르지. 어머니께 배웠다면 필시 군자의 도리를 선망했을 터, 네게는 아픈 현실이었겠구나. 하지만 적응해야 한다."

진무룡의 음성이 점점 묵직해졌다.

"혈마곡을 제압하려면 그리하는 수밖에 없다."

그간 무림 밖에서 끊임없이 싸워온 진무룡이었다. 지지부진한 싸움이었으나 또한 꼭 필요한 싸움이기도 했다.

진무룡에게서 은근한 기세가 뻗어 나왔다.

평범한 중늙은이와 같았던 진무룡이 대장군다운 기색을 뿜어내기 시작한 것이다.

"너 역시 나와 같은 생각을 했으리라. 무림맹의 힘만으로 혈마곡을 제압하지 못한다. 천하의 상계가 돈을 풀어도 그들을 고사시키지는 못한다. 혈마곡을 제압하기 위해서는……."

진무룡과 진태승의 시선이 마주쳤다.

"황군이 움직여야 한다."

"황군이 움직여야 합니다."

두 노소가 동시에 같은 말을 주워섬겼다.

황군이 움직이는 것, 그것이야말로 전쟁을 끝낼 수 있는 한 방이요, 판을 끝내 버릴 묘수다.

진무룡이 푸스스 웃으며 말했다.

"그러기 위해서는 일단 네가 죽어줘야겠다."

"예?"

심각한 얼굴로 서 있던 진태승이 당황한 얼굴로 진무룡을 돌아보았다.

물론, 진무룡의 말은 진짜로 태승의 목을 베자는 것이 아니었다.

사흘 전, 부녀자 셋을 강간한 자가 그 죄로 태형을 언도받았다. 원래대로라면 즉참을 면치 못할 일이나, 집안의 위세가 워낙에 등등하여 태형을 언도받은 것이다.

피해자는 세상을 원망하며 울부짖었고, 가해자는 고소를 금치 못했다.

하지만 하늘은 결코 무심치 않았다.

태형을 집행할 형리는 강호의 야인으로 있을 적에 항산파에서 무공을 익힌 자로, 시류에 영합할 줄 모르거니와 불의를 미워하고 악인을 증오하여 일찍이 출세에서 제외된 자였다.

강간을 한 색마는 곤장질 세 번을 견디지 못하고 죽음을 맞았다.

그리고 사흘 뒤, 현재.

그의 죄목은 강간이 아니라 벽서가 되어 있었다.

'흥! 강간에서 벽서가 된 것이니 출세를 한 셈이지.'

진무룡의 부관인 대검 하주양이 흘끗 뒤를 돌아보았다.

'하지만 벽서… 아니, 진 공자에게 그것을 알려줄 필요는 없을 것이다.'

진태승의 고집스러운 얼굴을 바라보던 하주양이 작게 한숨을 내쉬었다.

언행 하나하나에서 군사와 같은 기미를 보이는 진태승이니 거짓으로 세상을 속이는 것을 용납하지 않을 가능성이 컸다.

진태승은 이제 검은색 야행복 대신 깨끗한 학창의를 입고 있었다. 가볍게 소세까지 마치니 제법 미남자라 할 만한 얼굴이 보인다.

하주양이 쓴웃음을 지으며 말했다.

"진 공자께서는 당금 조정의 정세를 아십니까?"

"후계 문제로 복잡하다는 것은 알고 있습니다만……."

대장군부의 건물을 어색한 얼굴로 구경하던 진태승이 얼른 태도를 바꾸어 말했다.

하주양이 나직한 어조로 말했다.

"먼저 한림학사 해 대인에 대한 이야기부터 해야겠구려. 이는 알려져서 좋을 것이 없는 이야기이니 절대로 함구하셔야 할 것이오."

"그리하겠습니다."

"말씀하신 대로, 황상께서는 일찍이 태자 전하를 세워 국본을 다져두셨소. 태자 전하께서 유약하긴 하지만, 황상께서는 적장자 승계 원칙을 거스를 생각이 조금도 없지. 영민하신 황태손께서 계시니 더더욱 그러하오. 그러나 무엄하게도, 한왕 전하를 국본으로 만들려는 움직임이 있소이다."

진태승이 대꾸 대신 고개를 끄덕였다.

하주양이 설명을 이어나갔다.

"한림학사 해 대인은 중립을 유지하는 쪽이오. 황상께서 직접 친정을 나가시는 경우가 잦아 군부의 힘이 강해지므로 그를 견제하는 데 집중할 뿐, 후계 구도에서는 한 발짝 떨어져 있지. 나는 개인적으로 해 대인을 권력 지향적이라고 보고 있소. 기회주의자라고 봐도 좋소."

하주양은 '후계 구도에서 중립을 지키고 있는 파벌이 존재하고, 그 수장이 해 대인이다'라고 설명했다.

두 번째 파벌은 적장자 승계 원칙, 태자 전하를 지지하는 쪽이다.

황상께서도 그쪽으로 마음을 굳히셨으니 명분은 굳이 거론할 것도 없었다.

대장군부는 바로 이쪽에 속해 있었다.

"세 번째는 한왕 전하를 국본으로 삼아야 한다고 주장하는 쪽이오. 당금 금의위의 수장인 기망(紀網)이 바로 그쪽이지. 마치 솥의 균형을 유지하는 세 개의 다리처럼, 당금 조정은 나름대로 균형을 이루고 있소이다."

진태승의 표정이 점점 더 심각하게 변해갔다.

하주양이 재미있다는 표정을 지으며 말했다.

"아시오? 바로 그 균형을 깨어버린 사람이 바로 진 공자라오."

"예?"

심각하게 듣고 있던 진태승이 미간을 찌푸리며 되물었다.

하주양이 실소를 지으며 말했다.

"황상께서 친정을 나가신 지금, 태자 전하께서 내치를 담당하고 계시지요. 그리고 태자 전하께서는 당금 사안을 몹시 심각하게 생각하고 있소이다. 태자 전하께서 군을 움직일 만한 조짐을 보이자 나머지 두 개의 파벌은 우려를 금치 못했지. 중립에 선 이들은 군부의 힘이 강해질까 두려워했고, 한왕 전하 쪽에서는 유약하다 주장했던 태자 전하가 군을 일으키는 것을 달가워할 리 없는 거요. 하지만 진 공자의 벽서가……"

"유림을 움직여 태자 전하께 힘을 실어주었다?"

진태승이 무언가를 직감한 듯 말하자 하주양이 고개를 끄덕였다.

"바로 그렇소. 알고 보면 진 공자께서는 혼자 몸으로 천하의 흐름을 바꾸고 있었던 거요. 금의위에서 목격자까지 제거하며 진 공자를 확보하려던 까닭이 바로 그것이었지."

"하면, 이제 대장군부에서는 어찌할 계획이십니까?"

"공식적으로 벽서는 죽었다고 발표할 계획이오. 그러면 벽서에 찬동하는 유림이 반발을 시작할 것! 우리는 그 불길을 키울 생각이오."

잠시 멈춰 서서 진태승을 바라보던 하주양이 다시 걸음을 옮겼다.

진태승에게 등을 보이고 걸어가던 하주양이 나직하게 읊조렸다.

"이제부터는 시간 싸움이나 다름없소. 우리에게는 조금의 여유도 없어. 무림맹이 금천에서 패하였으니 이제는 천하대란이 시작된……."

"잠깐! 방금 뭐라고 하셨습니까?"

진태승이 눈을 휘둥그레 뜨며 되물었다.

그것으로도 부족한지, 진태승은 빠르게 하주양에게 다가가 그의 어깨를 잡아채었다.

"방금 뭐라고 하셨냐고 묻지 않습니까! 무림맹이 패하다니?"

"모르셨소?"

하주양이 의아한 얼굴로 진태승을 바라보며 말했다.

"사흘 전, 조정에 보고가 들어왔소. 무림맹이 금천에서 대패하여 무려 세력 중 삼분지 일을 잃었다고……."

진태승의 얼굴이 창백하게 변해갔다.

최대한 서두른다고 서둘렀는데 때를 제대로 맞추지 못한 꼴이었다.

말하자면 황군이 움직이기 전에 혈마곡이 먼저 손을 쓴 셈. 무림맹이 대패하였다면 사천의 절반은 혈마곡의 손에 넘어간 것이나 다름없다.

자신이 알지 못하는 사이, 혈마곡의 난은 천하대란으로 번져 있었다.

자칫하면 세상을 뒤엎을 폭풍으로 말이다.

『천애협로』 10권에 계속…